DREAMBOOKS

DREAMBOOKS

DREAMBOOKS

발렌 판타지 장편소설
FANTASY STORY & ADVENTURE

마법군주
인 칼리스타
In Kallista

dream books
드림북스

마법군주 1
새로운 삶

초판 1쇄 발행 / 2009년 9월 7일
초판 3쇄 발행 / 2015년 9월 18일

지은이 / 발렌

발행인 / 오영배
편집 / 편집팀
펴낸 곳 / (주)삼양출판사 · 드림북스

주소 / 서울시 강북구 도봉로 173
대표 전화 / 02-980-2112 팩스 / 02-983-0660
편집부 전화 / 02-980-2116 팩스 / 02-983-8201
블로그 / blog.naver.com/dreambookss

등록번호 / 제9-00046호
등록일자 / 1999년 3월 11일

ⓒ 발렌, 2009

값 8,000원

(주)삼양출판사 · 드림북스의 서면 허락 없이는 어떠한
형태나 수단으로도 이 책의 내용을 이용하지 못합니다.

ISBN 978-89-542-3335-4 04810
ISBN 978-89-542-3334-7 (세트)

* 지은이와 협의하에 인지는 생략합니다.
* 잘못된 책은 구입한 곳에서 바꾸어 드립니다.

마법군주
인 칼리스타

Prologue	007
제1화 결심	017
제2화 아드리안 폰 칼리스타	055
제3화 용언마법	085

제4화	합동작전	125
제5화	본보기	165
제6화	선물	205
제7화	천재 검사, 라키아	247
제8화	만남	275

Prologue

"젠장, 비까지 날 괴롭히는군."

무거운 갑옷에 비까지 더해지자 한스는 절로 한숨이 새어나왔다.

하필이면 오늘 밤 기습작전을 펼칠 게 뭐란 말인가.

30년 평생을 주인의 뒤치다꺼리를 하며 살아온 인생이지만, 그 짓을 전쟁터에서까지 하게 될 줄은 몰랐다.

"칼리스타 백작님, 이쪽입니다!"

주인을 부르는, 정확히는 투구로 얼굴을 가린 채 주인 행세를 하고 있는 자신을 부르는 병사의 음성에 한스는 굳은 얼굴로 발길을 돌렸다.

산속에서 맞는 어둠은 생각 이상으로 위험스러웠다. 한 치 앞도 보이지 않는 이 어둠 속에서 적군과 아군을 구분해가며 싸워야 한다는 사실에 한스는 벌써부터 등골에 식은땀이 흘렀다.

그나마 다행인 것은 현재 그가 귀족의 탈을 쓰고 있다는 점이었다. 앞에 나서는 것은 언제나 일반 병사들의 몫이지 귀족이 할 일이 아니었다. 자신은 그저 다른 귀족들처럼 안전한 후방에 몸을 맡긴 채 주인 행세나 하면 되는 것이다.

그렇다고 해서 화가 나지 않는 건 아니었다.

자신을 사지로 내몬 채 지금쯤 여인에게서 욕정을 풀고 있을 주인을 떠올리자 한스는 또다시 목구멍에서 욕이 차올랐다.

도대체 언제쯤 정신을 차리실까?

지금 이 나라는 제국의 실세라 불리는 두 공작 가문의 싸움이 절정으로 치닫고 있는 상황이었다. 시작은 컴프턴 산맥 어느 골짜기에서 드래곤의 레어가 발견되면서부터였다.

드래곤은 오래전 멸종되었지만 그들의 보금자리인 레어는 그 후로도 간혹 사람들에 의해 발견되곤 했다. 그것이 뚝 끊어진 것이 50년 전쯤이었는데 이번에 다시 발견이 된 것이다.

법으로 정해져 있기를 드래곤의 레어는 맨 처음 발견한 자와 레어가 자리하고 있는 땅의 주인에게 그 몫이 돌아가게 되어 있다. 문제는 이번에 발견된 레어의 위치가 어중간하다는 점이다.

예부터 컴프턴 산맥은 제국의 두 공작 가문인 타운젠드 공작가와 맥카시 공작가의 경계가 되는 지역이었다. 명확하게 선을 그어놓은 것은 아니지만 산맥을 사이에 두고 두 가문은 오랜 세월 평화를 유지해 왔다.

하지만 그 평화는 마지막일지도 모르는 레어가 발견되면서 끝이 났다. 양쪽 모두 레어가 위치한 곳이 서로의 땅이라고 우기기 시작한 것이다.

레어가 무엇인가?

지상 최강의 생명체이자 지성체였던 드래곤이 살던 보금자리다. 수천 년을 살면서 방대한 지식을 쌓고 마법에 관한 한 최고의 자리에 올라선 그들이 살던 곳.

긴 설명도 필요 없다.

레어에서 얻어지는 것들은 감히 상상조차 할 수 없을 만큼 엄청난 것들이 대부분이다. 양쪽 모두 그것을 놓칠 만큼 바보가 아닌 것이다.

더구나 제국 로젠바움을 떠받치는 두 기둥, 타운젠드 공작가와 맥카시 공작가는 그 위세가 가히 백중지세였다.

그 말은 곧 레어를 차지하는 쪽이 균형을 깨고 우위에 설 수 있다는 뜻이다.

이번 싸움이 끝나면 제국의 실세는 둘이 아닌 하나가 될 것이라는 사실을 잘 알기에 다른 귀족들도 가만히 있을 수는 없었다. 하나둘 편이 갈라졌고 전쟁의 양상은 더욱 치열해지고 그 규모 또한 커져 갔다.

한스의 주인인 칼리스타 백작 또한 살기 위해선 어느 한쪽을 택할 수밖에 없었다.

하지만 할 줄 아는 거라곤 술과 여인을 탐하는 것밖에 없는 주인인 탓에 한스는 오늘도 이렇게 주인의 대타 노릇이나 하고 있다.

어린 시절부터 주인을 대신해서 안 한 것이 없는 그였다. 사고를 치면 뒷수습을 하는 것은 언제나 그였고, 주인이 하기 싫은 모든 것은 한스의 차지였다.

좋은 점이 없었던 건 아니다. 하인 주제에 글은 물론 조금이나마 무예를 배울 수 있었고, 귀족들의 예법과 몸가짐 또한 익혔으니까.

하지만 그것은 주인을 대신할 때나 필요한 것이지 천한 신분의 하인에겐 별로 쓸모가 없는 것들이었다.

주인을 대신할 때마다 얼마나 많이 생각했는지 모른다.

귀족이었으면 좋겠다고……

자신이 하고 싶어 하는 것들 대개가 귀족이 아니면 할 수 없다는 사실에 어린 시절 한스는 하루에도 수십 번씩 좌절감을 느껴야 했다.

십 대를 지나 이십 대 중반이라는 나이가 됐을 때에야 한스는 모든 걸 포기할 수 있었다.

더 이상 좌절하지도 않았고 남몰래 억울해하며 눈물을

흘리지도 않았다. 그저 묵묵히 주어진 일에만 충실하며 남은 세월을 보낼 뿐이었다.

하지만 오늘만큼은 오래 묵혀 두었던 하늘을 향한 원망이 조금씩 되살아난다. 아마도 목숨을 걸어야 하는 전장이라는 두려움, 어둠 속에서 오는 공포감이 원인인 듯했다.

수없이 주인을 대신했지만 전장에서의 대역은 처음이기에 젊은 날의 감정들이 새록새록 올라와 그의 가슴에 불을 질렀다.

"으아악!"

갑자기 비명이 터져 나온 것은 그때였다. 선두에서부터 시작된 비명소리가 산맥을 울리며 한스의 고막을 때렸다.

본능적으로 허리에 차고 있던 검을 뽑아들었다. 그 찰나의 시간 동안 비명소리는 늘어갔고 한스의 심장은 더욱 오그라들었다. 어떻게 알았는지 상대는 이미 매복을 한 채 자신들을 기다리고 있었다.

머릿속이 하얘졌다.

검을 들었다지만 무엇을 어떻게 해야 할지 아무런 생각도 나진 않았다. 태어나 처음으로 죽을 수도 있다는 생각에 그저 몸이 벌벌 떨려왔다.

"칼리스타 백작님, 피하십시오!"

한스의 정신을 차리게 한 것은 한 병사의 외침이었다. 그제야 뒤를 바라보니 이미 저만치 도망을 치고 있는 귀족들의 모습이 보였다. 상황이 불리하다 여겼는지 다들 꽁지 빠지게 내달리고 있었다.

 비겁하다는 생각이 들긴 했지만 한스 또한 도망치기를 주저하지 않았다. 비천한 목숨이지만 이렇게 죽기에는 너무 억울했다. 원래대로라면 이곳에 있어야 할 이는 자신이 아닌 주인이질 않은가.

 한스도 죽을힘을 다해 뛰기 시작했다.

 "헉헉!"

 갑옷의 무게 때문인지 달리기가 평소보다 몇십 배는 더 힘이 들었다. 하지만 살기 위해, 살고 싶어서 한스는 이를 악물고 달렸다.

 그러나 시간이 지날수록 비명소리와의 거리는 점점 가까워져만 갔다. 두려움에 차마 뒤를 돌아보진 못하고 눈을 질끈 감은 채 달리고 또 달렸다.

 불현듯 서늘한 느낌이 든 것은 그때였다.

 푹!

 뒷목이 따끔하다는 생각과 동시에 몸이 앞으로 고꾸라졌다. 지독한 통증이 목으로부터 전해지고, 비가 내려 축축해진 지면 위로 얼굴이 닿는 순간 과거의 어린 시절이 주마등처럼 스쳐 갔다.

 '이렇게 죽는 건가……'

 주인 대신 죽는 것이 억울하긴 했지만 그보다는 허무함이 컸다. 같은 인간으로 태어나 신분이 다르다는 이유만으로 참으로 처량한 삶을 살았다.

하고 싶은 것도 마음껏 하지 못했고, 말 또한 함부로 뱉지 못했으며 심지어 먹고 싶은 것조차 원대로 먹어본 적이 없었다.

그런데 죽음마저 이따위라니.

만일 다시 태어날 수만 있다면 그땐 이토록 허무하게는 살지 않으리라.

"다음 생에는 반드시……."

서서히 죽어가는 한스의 입에서 한 맺힌 목소리가 조용히 흘러나왔다.

제1화

결심

"흑흑, 제발……."

'응?'

눈앞에 보이는 이상하다 못해 황당한 풍경에 한스는 할 말을 잃고 말았다.

분명 자신은 죽었다.

갑옷을 입고 있었음에도 불구하고 칼인지 창인지 모를 뭔가에 맞고 쓰러져 그대로 절명했다. 덧없는 인생이라며 한탄을 한 것이 방금 전이다.

그런데 지금 이 상황은 무어란 말인가.

왜 매들린이 자신을 보며 울고 있는 것일까?

"영주님, 제발……."

게다가 영주님이라니? 그녀의 영주님이라면 자신의 주인이질 않은가?

'왜 나를 보고……!'

이상함에 반사적으로 고개를 돌려 주위를 훑던 한스의 몸이 어느 순간 그대로 얼어붙었다. 갑작스레 나타난 매들린도 매들린이지만 이제 보니 주변 풍경이 확 바뀌어 있었다.

한스도 익히 아는 곳이었다. 평생을 모셨던 주인의 방을 그가 몰라볼 리 없었다.

지금쯤 비에 젖은 흙바닥에 싸늘한 시체가 되어 누워 있어야 할 자신이거늘, 난데없이 주인의 침실에서 매들린과 함께 있다니.

"……!"

그러고 보니 뭔가 이상하다. 두 눈을 부릅뜬 한스의 고개가 매들린을 향해 급히 돌아갔다.

'어, 얼굴이!'

고작 자신보다 한 살이 어린 매들린이었다.

그녀의 나이 올해로 분명 스물아홉.

하지만 지금 눈앞에 보이는 저 얼굴은 고작해야 열넷, 열다섯 정도로밖에는 보이지 않는다. 찢겨진 옷 사이로 아직 채 여물지 못한 가슴 또한 보였다. 분명 다 큰 성인 여자의 가슴이 아니었다.

"헉!"

다른 것에 놀라 가장 중요한 사실을 그제야 인식한 한스의 입에서 헉 소리가 튀어나왔다.

아닌 게 아니라 어려진 매들린이 마치 누군가에게 강간이라도 당하기 직전의 모습을 하고 있었던 것이다.

이미 여러 대를 맞은 듯 얼굴과 몸 곳곳이 상처투성이였고, 입고 있는 옷 또한 여기저기가 찢어져 가녀린 살결이 드러나 있었다. 지금도 그녀는 연신 자신을 향해 울며 매달리고 있었다.

"영주님, 제발…… 제발 살려주세요."

정황으로 보아 주인이 매들린을 겁탈하려고 했다는 것을 한스는 짐작할 수 있었다.

별로 특별한 일도 아니었다. 주인이 성의 하녀들을 건드리기 시작한 것이 열다섯이란 어린나이 때부터였으니.

'휘휴.'

여느 때처럼 그저 긴 한숨만 나올 뿐이었다.

"괜찮으니 이제 그만……."

주인은 여기에 없으니 이제 안심하라는 말을 해주려던 한스였다. 몸을 가려주기 위해 한손에 이불을 쥐고 매들린에게 다가가던 그는 문득 이상함을 느끼고 시선을 아래로 내렸다.

"컥!"

맨살이 보였다. 가슴부터 발끝까지 정말 실오라기 하나

걸치지 않은 모습으로 자신이 서 있었다. 정작 이불이 필요한 쪽은 매들린이 아니라 자신이었던 것이다.

"으아학!"

여인과의 잠자리가 없었던 것은 아니지만 한스는 기함을 토하며 후다닥 이불을 뒤집어썼다. 어찌나 창피한지 귓불까지 시뻘겋게 달아올랐다.

"매, 매들린, 나가!"

잠시 당황하는 듯했지만 반색의 빛을 띠며 매들린이 쏜살같이 방을 빠져나갔다.

"뭐, 뭐야, 대체……."

그녀가 나가고 침대 위로 털썩 주저앉은 한스는 얼떨떨한 얼굴로 주변을 천천히 다시 돌아보았다.

분명 주인의 침실이 맞았다.

가구의 배치가 기억하고 있는 것과 조금씩 다르긴 했지만 한스는 알 수 있었다. 창문의 위치가 같았고 주인이 사용하던 특유의 향수 냄새가 코끝을 찔렀다.

"꿈을 꾼 건가?"

아니다. 한스는 곧바로 고개를 양옆으로 저었다.

꿈이라기에는 너무 생생했다.

죽기 직전의 그 두려움, 지독한 고통, 인생의 허무함. 그것은 절대 꿈이라면 느낄 수 없는 것들이었다.

하지만 꿈이 아니라고 해도 말이 안 되긴 마찬가지였다.

죽었다가 다시 살아난다는 게 어디 가당키나 한 소린가.

"미친."

스스로가 생각해도 어이가 없는 나머지 절로 입에서 욕이 튀어나왔다. 상황 탓인지 평소 잘 쓰지도 않는 말들이 오늘만 벌써 두 번째였다.

"일단 옷부터 입자."

주인이 없는 방에서 이러고 있는 걸 들키기라도 하는 날에는 목숨이 날아갈지도 모른다. 바닥에 아무렇게나 벗겨져 있는 옷가지를 향해 한스는 서둘러 손을 뻗었다.

벗은 몸을 하고 있으니 당연히 바닥의 옷 또한 자신의 것이라고 생각했다.

"……?"

그러나 집어든 옷은 한눈에 보기에도 매우 고급스러운 게 하인들이 입을 만한 옷이 아니었다. 게다가 사이즈도 작았다.

한스는 이불을 뒤집어쓴 채로 일어나 방 안을 자세히 살폈다. 기억은 나지 않지만 어딘가에 분명 자신이 벗어놓은 옷이 있을 거라고 여긴 것이다.

하지만 바닥에 떨어져 있는 옷은 하나였다.

"왜 없는 거……!"

혼잣말을 하며 주변을 두리번거리던 한스의 몸이 별안간 석상처럼 굳어졌다. 그러다 잠시 후 마치 못 볼 것을 본 사람처럼 놀란 표정으로 어딘가를 향해 천천히 걸어갔다.

그의 걸음이 멈춘 곳은 방 한구석에 위치한 커다란 거울 앞이었다. 거울 속에는 이불을 뒤집어쓴 채 부들부들 떨고 있는 한스의 모습이 있었다.

아니, 정확하게 말하면 주인의 얼굴. 그것도 주인의 어린 시절 얼굴이 비치고 있었다.

한스는 한동안 믿기 힘들다는 표정으로 거울을 멍하니 쳐다봤다.

처음에는 잘못 보았다고 생각했다. 그 다음엔 주인이 방에 들어왔나 싶어 황급히 뒤를 돌아보았다. 하지만 여전히 방 안엔 그 혼자뿐이었다.

덜덜 떨리는 몸으로 다시 거울 앞에 선 한스는 자신과 똑같이 이불을 뒤집어쓰고 있는 주인의 어린 시절 모습에 한참을 말을 잇지 못했다.

혼란스러웠다.

이해할 수 없고 이해가 가지도 않지만 분명 거울 속에 비치는 모습은 한스 자신이었다. 거울 속 주인의 얼굴은 자신이 움직이는 그대로 움직이고 있었다.

이게 대체 어찌된 일일까?

죽었다가 다시 살아난 것도 이상하지만, 자신이 주인의 얼굴을 하고 있는 건 더 이상하지 않은가?

"......!"

그러고 보니 조금 전 매들린이 자신을 보며 영주님이라고 불렀다. 그땐 정신이 없었고 매들린 또한 놀란 나머지 헛소리를 한 것이라 여겼는데, 지금 생각해 보니 그게 아닌 것 같다.

울며 매달리는 그녀 앞에서 벌거벗고 있었던 것은 다른 누구도 아닌 지금의 자신이었다.

한스는 창망한 눈으로 바닥에 떨어진 옷을 주워들었다.

작아진 몸.

옷 또한 자신의 것이 분명할 것이다.

어찌된 상황인지는 모르나 한스는 일단 옷부터 입었다. 알몸이라는 것을 안 순간부터 갑자기 누가 들어오지는 않을까 염려스러웠기 때문이다.

옷은 맞춘 듯 꼭 맞았다.

거울로 잘 차려입은 주인의 잘생긴 얼굴이 보였다. 주색을 밝히고 방탕한 삶을 산 주인이지만 얼굴만큼은 제국에서 알아주는 미남이었다.

어린 시절 가끔 부러워했던 얼굴이 막상 자신의 얼굴이 되자 한스는 기쁘기보다 이질감이 들었다.

똑똑.

"영주님, 식사하실 시간입니다."

그때 노크소리와 함께 하녀의 음성이 들렸다.

'헉!'

심장이 철렁하고 내려앉는 느낌이었다. 가뜩이나 불안해하던 한스의 얼굴이 하얗다 못해 파랗게 질렸다.

"영주님."

대답이 없자 하녀의 음성이 다시 들렸다. 다음번에도 대답이 없으면 문을 열고 들어올 기세였다.

한스는 황급히 주변을 휘둘러보았다. 어린아이처럼 그저 순간 몸을 숨기고픈 생각뿐이었다.

"영주님, 들어가겠습니다."

찰나의 시간이 흐르고 철컥 하는 소리가 방 안을 울렸다. 한스는 속으로 비명을 삼키며 침대 속으로 뛰어들었다. 차마 얼굴을 마주볼 수가 없어 베갯잇에 얼굴을 파묻었다.

"영주님?"

자신을 깨우려는 것인지 하녀의 다가오는 소리가 들렸다. 목소리로 보아 꽤 나이가 든 여인이었다. 알 수 없는 긴장감이 증폭되면서 이마에 송골송골 땀이 맺히기 시작했다.

"영주님, 일어나셔야죠."

다정한 말씨였지만 한스는 움직이지 않고 계속 자는 척했다. 그러자 그의 어깨에 하녀가 살짝 손을 얹더니 천천히 조심스럽게 한스의 몸을 돌려 눕혔다. 힘을 주었다간 들킬 것 같아 그녀의 뜻대로 내버려 둘 수밖에 없었다.

"어머나, 이 땀 좀 봐."

한스의 젖은 이마가 드러나자 하녀의 입에서 호들갑스런 목소리가 터져 나왔다. 그 틈을 타 얇게 실눈을 떠 보니 아는 얼굴이 보였다.

'마그 아줌마……!'

그녀 역시 매들린처럼 자신이 죽기 전보다 젊은 시절로 되돌아가 있었다.

"열이 조금 있으시네요."

한스의 이마에서 손을 치우며 마그가 걱정스런 음성을 발했다.

그녀는 여전했다. 모두가 꺼리던 주인을 어릴 때부터 키운 정 때문인지 늙어서까지 참 많이도 아꼈다. 지금도 자신을 주인이라 착각하며 한없이 걱정스런 눈빛으로 쳐다보고 있었다.

"잠시만 기다리세요."

마그는 바닥에 떨어져 있는 이불을 정성스레 덮어주고는 방을 나갔다.

긴장의 끈이 풀어져서일까. 그녀가 나가자 굳었던 근육이 나른히 풀리며 약간의 안도감이 찾아왔다.

하지만 곧 다시 들이닥칠 것을 알기에 완전히 긴장을 풀 수는 없었다. 천장을 보며 멍하니 누워 있자니 다시금 의구심이 솟구쳤다. 한스는 이불을 걷어내고 재차 거울 앞으로 다가섰다.

"……."

혹시나 하며 가졌던 기대감은 보기 좋게 허물어졌다. 여전히 거울에 비치는 것은 주인의 얼굴이었다.

한스는 손을 들어 천천히 얼굴을 만져 보았다. 푸석하던 살결은 온데간데없고 보드랍고 매끄러운 감촉이 손끝에 느껴졌다. 고된 생활로 투박하고 거칠던 자신의 손과 달리 지금의 손은 희고 아름다웠다.

윤기가 흐르는 흑색 머리칼에 마찬가지로 밤하늘처럼 빛나는 흑빛 눈동자. 반달을 닮은 눈썹과 오똑한 코 그리고 도톰한 입술까지.

다시 봐도 참 아름답게 생긴 얼굴이었다. 언뜻 보면 여인이라고 착각할 만큼 수려했다.

'내 영혼이 주인의 몸속으로 들어온 것일까?'

문득 그런 생각이 들었다.

하지만 만약 그런 것이라면 주인은 어떻게 된 것일까?

주인도 자신처럼 죽어 다른 이의 몸속으로 들어간 것일까?

혹시 자신의 몸으로?

생각은 꼬리에 꼬리를 물고 늘어졌다.

"그러고 보니 몸이 바뀌었을 뿐만 아니라 어려졌지."

다시 살아나서 본 매들린과 마그 아줌마 둘 모두 얼굴들이 최소 10년 이상은 어려져 있었다. 거울 속에 보이는 주인의 얼굴 또한 한스가 기억하기로 십대 시절의 모습이었다.

'과거로 돌아온 것인가?'

"말도 안 돼."

반사적으로 말이 튀어나왔다. 죽었다 다시 살아난 것에 이어 과거로의 회귀라니. 그것도 다른 사람의 몸으로. 절대

상식적으로 일어날 수 없는 일이었다.

"영주님, 들어가겠습니다."

그새 시간이 많이 흐른 듯 마그 아줌마의 음성이 다시 들려왔다. 한스는 서둘러 거울에서 눈을 떼고 침대로 달려가 누웠다.

"수프를 좀 가지고 왔어요."

그녀가 들어옴과 동시에 맛있는 냄새가 방 안에 진동했다. 배가 고팠던지 갑자기 없던 식욕이 생기면서 입 안에 침이 고였다.

"그만 일어나세요."

마치 깨어 있는 것을 알기라도 하는 듯한 마그의 말투에 한스는 찔끔했지만 계속 자는 척하기로 했다.

하지만 상대는 포기를 몰랐고 결국 한스는 못 이기는 척 조심스레 눈을 뜨며 천천히 몸을 일으켰다.

"잘 하셨어요. 뭐라도 드셔야 기운이 나시지요."

한스가 일어났다는 사실만으로도 기쁜 듯 그녀가 활짝 웃으며 수프를 가져왔다.

"아 하세요."

그리곤 수프를 한 숟갈 떠 후 하고 불고는 그것을 한스의 입에 가져다댔다.

누군가가 떠주는 음식을 한스는 한 번도 받아먹어본 적이 없었다. 기억이 나는 아주 어린 시절부터 그는 모든 것을 혼자서 해야만 했다. 고아였던 그에게 부모라는 존재는 없었다.

"영주님?"

한스가 머뭇거리자 마그가 스푼을 내려놓으며 그를 불렀다. 꼭 지금 먹어야 한다면 한스는 직접 먹는 것이 편했다. 그가 어렵게 말문을 열었다.

"……제가 먹을게요."

누군가와 함께 있어서일까.

지금껏 의식하지 못했던 주인의 목소리가 느껴지며 이상한 기분이 들었다. 분명 자신이 말하고 있음에도 자신의 소리 같지가 않아 당황스러웠다.

"……?"

갑작스레 존대를 하는 한스 탓에 당황스럽기는 마그도 마찬가지였다. 천한 신분의 그녀에게 귀족인 그가 존대를 할 이유도 없지만, 여태 단 한 번도 그랬던 적이 없는 주인이기에 놀라운 한편 걱정스런 마음이 들었다.

"여기요. 어서 드세요."

사람이 아프면 간혹 헛소리를 하는 경우가 있다고 했다. 마그는 주인의 상태가 생각보다 심하다고 여기고 얼른 스푼을 넘겼다.

"잘 먹겠습니다."

평소 습관대로 그렇게 인사를 하며 한스는 수프를 떠먹었다. 그리고 깜짝 놀라 눈을 동그랗게 떴다. 생전 처음 먹어보는 맛이었던 것이다. 입으로 들어가자마자 살살 녹으며 부드럽게 목을 타고 넘어가는 맛이 기가 막혔다.

하인 시절 한스가 먹을 수 있는 거라곤 퍼석한 빵과 고기라고는 눈 씻고 찾아봐도 찾을 수 없는 밍밍한 수프가 전부였다. 아주 가끔 특별한 음식을 먹을 수 있는 기회가 있을 때도 있지만, 말 그대로 아주 가끔이어서 무엇을 먹었는지조차 기억나지 않는다. 게다가 그런 음식들은 대개가 양이 적기 때문에 오히려 배고픈 경우가 더 많았다.

수프가 무척 뜨거웠지만 한스의 손놀림은 갈수록 빨라졌다. 그릇을 다 비우기까지 걸린 시간은 불과 채 오 분도 되지 않았다.

그렇게 막상 다 먹고 나자 한스는 조금 민망스러웠다. 사람을 앞에 두고 너무 게걸스럽게 먹은 건 아닌가 하는 걱정이 뒤늦게 든 것이다.

하지만 쟁반을 들고 일어서는 마그의 얼굴은 더없이 흡족한 빛을 띠고 있었다.

"이렇게 잘 드시는 영주님의 모습이 얼마만인지 모르겠네요. 유모는 무척 기쁩니다."

그저 맛있어서 열심히 먹은 것뿐인데 감격까지 하는 마그의 모습에 한스는 무슨 말을 해야 할지 몰라 그저 어색한 웃음만 지어 보였다.

"더 필요한 것이 없으시면 이만 나가 보겠습니다. 푹

결심 31

쉬세요."

 마그는 한 번 더 한스의 이마에 손을 얹어 열을 짚어본 뒤 당부의 말을 남기고 방을 나갔다. 그녀가 나가고 한참을 아무런 움직임 없이 누워 있던 한스는 어느 순간 침대에서 일어나 문을 열고 밖으로 나갔다.

 애초에 아프지도 않았고 이제 어느 정도 마음이 안정된 상태였다. 머릿속이 복잡한 건 여전했지만 지금은 일단 다른 사람들을 만나고 싶었다. 그들도 과연 매들린과 마그처럼 과거의 모습으로 되돌아가 있는지 그것을 확인하고 싶었다.

 여섯 살이란 어린 나이 때부터 칼리스타 백작가의 하인으로 살아온 한스다. 성 안 구조는 눈 감고도 다닐 만큼 훤했고 모르는 사람 또한 없었다.

 그는 일단 아래층으로 내려갔다.

 "영주님, 몸은 좀 괜찮으십니까?"

 홀로 들어서자 기다렸다는 듯이 누군가 나타나 한스에게 말을 걸었다. 하지만 자신만만해했던 것과 달리 한스는 상대를 알아보지 못했다.

 '누구지?'

 중키에 나이는 대략 사오십 대 정도 되어 보이는 자였다. 존칭을 쓰는 것으로 보아 하인임은 분명한데, 어딘가 모르게 기품이 느껴졌다. 게다가 알아보진 못했어도 왠지 낯이 많이 익었다.

"집사님, 다들 모였습니다!"

한스가 아리송한 얼굴을 하고 있을 때, 웬 소년 한 명이 뛰어왔다. 그가 한스를 보고는 급히 고개를 숙여 인사했다.

'클로드!'

반가운 친구의 등장에 한스는 하마터면 크게 이름을 부를 뻔했다.

클로드는 한스가 죽기 전까지 가깝게 지낸 친구 중 하나로 굉장한 짠돌이 녀석이었다. 머리도 좋아 장차 집사가 되는 것이 꿈이기도 했으나, 기회가 없어 그 꿈을 이루지는 못했다.

클로드를 보자 다른 친구들의 얼굴도 하나둘 떠올랐다. 동시에 몰라봤던 이의 정체 또한 알 수 있었다.

집사, 알만.

한스가 백작가의 하인으로 들어오기 전부터 집사로 있었던 그는 한스의 나이 열다섯 때 마차 사고로 목숨을 잃었다. 그가 죽은 후 성의 살림이 완전히 엉망이 되었기에 똑똑히 기억하고 있었다.

아무래도 10년이 넘는 세월을 잇고 산 닷에 한 번에 알아보지 못한 모양이었다.

'잠깐, 그럼 내가 정말 과거로 돌아온 것이라면 최소 15년 전이라는 소린가?'

알만이 아직 집사로 있으니 나오는 계산이었다.

'15년 전이라······.'

"영주님, 뭐 찾으시는 거라도 있으십니까?"

잠시 상념에 빠진 한스를 제자리로 돌려놓은 것은 알만의 음성이었다. 아무런 말이 없는 한스의 태도가 이상했는지 그가 고개를 갸웃하며 물었다.

최소 15년 전이라는 가정이 나오자 한스는 지금이 과연 몇 년도일까 하는 의구심을 품던 참이었다.

그 탓일까. 얼결에 질문이 그대로 튀어나갔다.

"아, 그런 건 없지만…… 혹시 지금이 몇 년도인지 알 수 있을까요?"

"……?"

곧바로 어이없어하는 표정이 클로드의 얼굴에 드러났다. 그보다는 약했지만 알만 역시 다르지 않았다.

왜 아니겠는가.

망나니 같은 주인이 하다하다 며칠도 아닌 몇 년인지를 묻고 있으니 기가 막힌 것이다. 아무리 한심한 삶을 사는 인간이라지만 이건 너무하다는 생각이 들었다. 그 때문에 한스가 존칭을 했다는 사실도 인식하지 못한 둘이었다.

오랜 세월 집사로 살아온 덕분인지 알만의 표정 회복은 클로드보다 빨랐다. 그가 친절히 또박또박 입을 열었다.

"오늘은 제국력으로 853년, 6월 10일입니다. 시간은 오후 5시가 조금 넘었네요."

뒷말은 거의 들려오지 않았다.

어제까지만 해도 868년도를 살아가던 한스다.

그런데 853년이라니?

자신이 정말 15년 전 과거로 돌아왔다는 말인가? 그것도 자신의 몸이 아닌 주인의 몸으로?

혹시나 하며 생각했던 일이 현실에 너무 꼭 들어맞자 한스는 또다시 말문이 막히고 말았다. 그리고 그 순간, 문득 과거 자신의 모습이 떠올랐다.

'그럼 나는? 원래의 나는 어떻게 된 거지?'

"한스! 한스는 어디에 있나요?"

원래의 자신을 찾으면 지금의 모든 혼란스러움이 제자리를 찾을 수 있을지도 모를 거라는 생각이 들었다. 한스는 태어나 처음으로 남이 아닌 자신의 이름을 애타게 불러보았다.

하지만 그런 한스를 바라보는 알만과 클로드의 눈은 조금 전과 별반 다를 바가 없었다.

"한스라니요? 그게 누굽니까, 영주님?"

"한스라고 여기 하인…… 하, 한스를 몰라요?"

"예, 처음 듣는 이름입니다. 클로드, 혹시 근래 들어온 하인들 중에 한스라는 자가 있는 것이냐?"

혹시나 싶어 알만이 클로드에게 묻기까지 했으나 클로드는 고개를 가로저으며 그런 자는 없다고 대답했다.

'내가 없다고……?'

오늘 받은 충격 중에서 이보다 더 큰 충격은 없었다.

자신이 없다니?

여섯 살이란 어린 나이부터 죽을 때까지 이곳에서 먹고 자고 일을 하던 자신이다. 그런데 없다고?

'말도 안 돼!'

직접 눈으로 확인하지 않는 이상 절대 믿을 수 없었다. 한스는 미친 듯이 뛰기 시작했다. 그가 향하는 곳은 과거 하인 시절 그가 묵던 곳이었다.

"헉헉!"

잠시도 쉬지 않고 뛰어온 탓에 숨이 턱까지 차올랐다. 그가 깨질 듯 노려보며 서 있는 곳은 하인들의 숙소 중에서도 그가 머무르던 방문 앞이었다. 다들 일이 바쁜 듯 하인은 한 명도 보이질 않았다.

"후우."

마지막으로 심호흡을 한 뒤 한스는 방문을 벌컥 열었다. 다행히 안은 비어 있었다.

하지만 어제까지만 해도 그의 방이었던 곳은 주인이 바뀐 듯했다. 침상과 탁자의 배치가 전혀 달랐고 옷가지와 물건들이 모두 처음 보는 것들이었다.

심장이 멈춘다면 바로 지금과 같은 느낌일 것이다.

한스는 한참을 말없이 우두커니 자리에 서 있었다. 그러다 갑자기 실성한 사람처럼 방 안을 마구 헤집기 시작했다.

탁자 위의 물건들과 서랍 속 물품들이 바닥으로 떨어지며 방안이 순식간에 난장판으로 변했다.

하지만 그 난장판 어느 곳에서도 한스의 물건이라고는 단 한 개도 찾을 수 없었다.

어린 시절부터 줄곧 지낸 곳이기에 한스의 기억은 정확했다. 알만과 클로드의 말대로 이곳에 자신은 존재하지 않았다.

맥이 풀리며 다리에 힘이 쭉 빠졌다.

툭.

한스의 몸이 그대로 바닥에 주저앉았다. 죽어가며 인생의 허무함을 느꼈을 때만큼이나 큰 허탈감이 찾아왔다.

대체 뭐가 어찌 된 것일까?

남의 몸으로 다시 살아난 대가로 원래의 자신은 그냥 사라져버린 걸까?

자랑할 만한 인생은 아니지만 흔적도 없이 사라진 자신의 존재가 한스는 너무 가여웠다. 제대로 한 번 피어보지도 못하고 헛되이 간 삶이 아니던가.

"하긴, 있어도 문제인가……."

주저앉아 멍하니 옛 일을 더듬고 있자니 문득 그런 생각이 들었다.

만약 이 자리에 원래의 자신이 있었다면 그건 자신이 둘이 되었다는 소리다. 그게 아니라면 지금의 자신처럼 자신의 몸에도 누군가 들어갔다던가.

끔찍한 상상이 떠오르자 절로 얼굴이 찡그려졌다.

그럴 거라면 차라리 원래의 자신은 없는 게 나을지도 모른다. 서글프지만 그렇게 생각하는 게 편했다.

　　　　　＊　　　　＊　　　　＊

'난 귀족이 된 것인가.'

방으로 돌아온 한스는 탁자 위에 놓인 물을 벌컥벌컥 들이마셨다. 목이 탔다.

정신을 차리고 성 안을 둘러본 결과 만나는 이들 전부가 과거의 모습으로 되돌아가 있었다. 게다가 그들 모두 하나같이 허리를 굽히며 자신에게 예를 갖췄다.

사라진 것은 오직 자신 혼자였다. 자신을 빼고는 모든 것이 그대로였다.

이제는 인정을 해야 할 것 같다.

자신은 죽었다 살아났고, 15년 전 과거로 돌아왔으며 주인의 몸을 얻었다.

그렇다. 귀족이 된 것이다.

갈망했지만 되고 싶다고 해서 될 수 있는 것이 아니기에 단념할 수밖에 없었던 신분의 상승.

이대로 귀족으로 살아도 되는 것일까?

내일 아침 눈을 뜨면 이 모든 것이 꿈이 되는 것은 아닐까?

귀족이 되었다는 기쁨은커녕 불안함과 두려운 감정만이

더욱 한스를 짓눌렀다. 꼭 주인의 몸을 자신이 빼앗은 것만 같아 마음이 편치 않았다.

"오빠, 자?"

얼마나 지났을까. 의자에 앉아 복잡한 심경을 달래고 있을 때, 앳된 목소리가 문밖에서 들렸다. 한스는 깜짝 놀라 후닥닥 몸을 일으켰다.

오빠라니! 지금 자신을 그리 부를 수 있는 사람은 오직 한 사람밖에 없었다.

주인의 동생이자, 과거 주인 때문에 팔려가다시피 시집을 간 레지나 아가씨. 앳되지만 분명 그녀의 목소리였다.

"오빠, 없는 거야?"

대꾸가 없자 다시금 묻는 소리가 들렸다.

무슨 말이든 대답을 해야 할 텐데 자꾸만 말이 목구멍에서만 맴돌고 밖으로 나오지가 않았다. 전처럼 존댓말을 하자니 지금의 입장에서 말이 안 되었고, 또 반말을 하자니 어쩐지 입이 벌어지지가 않았다.

'으윽.'

평범한 하인이었던 그에게 지금의 상황은 사실 너무 벅찼다. 적응할 시간도 없이 모든 것들이 너무 빠르게 다가왔다.

"나 들어간다?"

대답이 없자 결국 문을 열고 레지나가 들어왔다. 역시나 그녀도 15년 전 열네 살 어린 소녀의 얼굴을 하고 있었다.

한스와 동갑이었던 주인은 서른이라는 나이가 될 때까지도 정신을 차리지 못하고 가산을 탕진하며 주색을 탐한 반면, 동생인 그녀는 어릴 때부터 이미 철이 든 상태였다.

지금으로부터 3년 전 전대 영주님이 돌아가시고 그 충격으로 마님이 쓰러지셨을 때 그녀의 나이 고작 열한 살이었다. 그러나 나이답지 않은 성숙함으로 어머니를 지극정성 돌보며 성의 안살림을 도맡은 것이 바로 그녀였다.

얼마나 대단하게 생각하였는지 모른다. 비록 어린 나이 탓에 미숙함은 있었지만 주인과는 정반대의 모습에 한스는 존경심까지 느꼈었다.

그런 그녀의 오빠 노릇을 자신이 해야 한다니. 한스는 별로 자신이 없었다.

"유모 말이 오빠가 아픈 것 같다던데, 이제 괜찮은 거야?"

어느새 한스의 코앞까지 다가온 레지나가 그를 바라보며 걱정스레 물었다.

너무 가까웠던 것일까. 민망함에 한스의 양 볼이 불그스름하게 변했다.

"열 나?"

그러자 그녀가 한스의 이마로 손을 가져왔다. 한스는 본능적으로 뒤로 한걸음 물러서며 그녀의 손길을 피했다.

"괜찮습……."

의식할 새도 없이 존댓말이 튀어나갔다. 다행히 빨리 입을 다문 덕분에 불상사는 면했지만 한스의 긴장감은 더욱 커졌다.

"괜찮지가 않아 보이는데. 여기 이러고 서 있지 말고 누워, 오빠."

그녀가 갑자기 팔을 잡아당기는 바람에 한스는 엉겁결에 침대로 가 몸을 눕혔다.

"자, 여기 이불."

손수 이불까지 덮어주는 자상한 그녀의 배려에서 한스는 왠지 모를 따스함을 느꼈다.

'가족이란 이런 것인가.'

기억하기로 그녀는 훗날 돈 많은 늙은이에게 시집을 갈 때조차 주인을 원망하지 않았다. 밝은 얼굴은 아니었지만 주인을 향한 그녀의 눈빛에서 그런 느낌은 전혀 받지 못했다.

더 이상 웃고 떠들 돈이 없어서 자신의 동생을 늙은이에게 팔아버린 주인의 처사에 한스는 기가 막혔지만, 일개 하인일 뿐인 그가 할 수 있는 건 아무것도 없었다.

하지만 이제는 아니었다.

진짜 오빠는 아닐지라도 최소한 그녀가 늙은이에게 팔려가는 것까지는 막아줄 수 있었다. 이제 주인은 자신이니까.

특별한 감정 같은 것은 없었다.

그저 평생을 봐왔기에, 신분의 차이를 떠나 자신보다 어린 그녀를 아끼는 마음에서 한스는 그렇게 마음을 먹었다.

"엄마가 오빠 걱정을 많이 하셔. 나한테 오빠가 요즘 어떻게 지내는지 어찌나 꼬치꼬치 물으시는지 진땀이 다 날 정도야."

의자 하나를 침대 옆으로 가져와 앉으며 레지나가 마님에 대한 이야기를 꺼냈다. 그러고 보니 이땐 아직 마님이 살아계실 때다.

하지만 앞으로 2년 후면 마님도 곧 세상을 떠나신다. 몸져누우시기 전까지만 해도 하인들에게 참 잘해주셨던 분이었는데 몸이 약하신 것이 흠이었다.

"오빠 듣고 있어?"

"……어어."

"오늘은 아프니까 푹 쉬고 내일은 직접 오빠가 엄마한테 가봐. 요즘 통 안 가봤잖아. 알았지?"

"그래……."

"정말이다. 약속했다?"

"으응."

"알았어. 난 그럼 이만 나가볼게. 푹 쉬어."

한스의 약속에 기분이 좋아진 듯 레지나가 활짝 웃는 얼굴로 인사를 한 뒤 방을 나갔다.

고작 한다는 말이 어, 그래, 응이 다였지만 한스는 그것만으로도 온몸에 진땀이 났다.

이제 주인으로, 한 영지를 다스리는 영주로서 살아가야 하는데 겨우 이런 것에 고생을 하고 있다니 왠지 좀 한심스러웠다.

그때였다.

"제발, 제발 한 번만 봐주십시오! 저희 누나는 안 됩니다! 제가 며칠 내로 반드시 돈을 마련해 올 테니 제발 이번 한 번만 봐주십시오!"

창밖에서 들리는 누군가의 애절한 음성에 한스는 침대에서 일어나 창가로 걸어갔다.

'스캇……?'

날이 어둑해져 가고 있었지만 목소리의 주인공을 한스는 한눈에 알아봤다. 아무리 15년 전 과거의 모습을 하고 있다 해도 친구의 얼굴을 몰라 볼 만큼 머리가 나쁘지는 않았다.

'저 녀석이 왜?'

한스가 고개를 갸웃하며 의문을 품을 찰나 어디선가 노성이 터져 나왔다.

"여기가 어디라고 소란을 피우는 것이냐! 내가 어제 분명히 말했거늘, 네놈이 정녕 혼이 나봐야 알겠느냐!"

"어릴 때부터 몸이 약한 누나입니다! 제발 저희 사정도 좀 봐주십시오!"

"네놈의 사정 따위는 관심 없다. 난 그저 내 할 일을 했을 뿐이다!"

"며칠만 더 말미를 주시면……."

"시끄럽대도! 그런 식으로 특혜를 주다보면 너도나도 봐줘야 할 테고, 그리 되면 목이 달아나는 건 네놈이 아니고 나다! 네놈 때문에 내가 영주님의 미움을 사서야 되겠느냐!"

"나리, 제발······."

바닥에 엎드린 채 눈물을 뚝뚝 흘리며 애걸하는 친구의 모습을 보고 있자니 한스는 잊고 있던 과거의 기억이 떠올랐다.

부모님과 함께 자그마한 농사를 지으며 살아가는 스캇에겐 위로 누나가 한 명 있었다. 몸이 약해 어릴 때부터 집 안에 있다시피 했지만 그 미모가 출중하여 마을 내에서 소문이 자자한 여인이었다.

어려서부터 남매 사이의 우애가 매우 돈독했던 스캇은 그런 누나를 은근히 자랑스럽게 여겼고, 간혹 친구들 사이에서 누나의 얘기가 나오면 한껏 거드름을 피우며 잘난 척을 해댔다.

그때까지만 해도 녀석은 참 잘 웃고 잘 떠드는 행복해 보이는 친구였다. 하지만 누나가 끌려가면서 더는 녀석의 웃음을 볼 수 없었다.

가난한 농민에게 터무니없는 세금을 부과하고 그것을 내지 못하자 관리들이 대신 그녀를 잡아간 것이다.

이때 이미 관리들의 악행은 도를 넘어서고 있었다.

아버지를 여의고 열두 살이란 어린 나이에 영주에 오른 주인은 관리들의 손아귀에서 놀아나고 있었다. 껄끄러운 대상인 마님마저 충격으로 쓰러져 거동이 불편하신 상태였기 때문에 영지는 완전히 그들의 세상이었다.

스캇의 누나는 그 후로 관리의 노리개로 전락하여 치욕스런 삶을 살다가 1년 후 세상을 떠났다.

그 충격으로 스캇의 부모님은 돌아가시고 스캇 또한 반쯤은 정신이 나간 상태로 겨우 버티며 살아갔다.

다행히 몇 년 후엔 온전한 정신을 차리고 열심히 농사일에 몰두했지만, 그런 녀석의 얼굴엔 언제나 그늘이 져 있었다.

그 그늘을 걷어내고 녀석의 웃는 모습을 다시 보고 싶다고 한스는 늘 생각했었다.

"안 되겠군. 이놈에게 본때를 보여주도록 하라!"

한스가 옛 생각에 잠겨 있는 사이 지시가 내려졌다. 한스도 익히 아는 건장한 하인 둘이 몽둥이를 들고 스캇에게로 다가갔다.

'안 돼!'

친구가 당하는 것을 두 번은 볼 수 없었다. 전에는 어쩔 수 없었지만 이제는 자신이 지킬 것이다. 지금은 그럴 힘이 있있다.

한스는 전속력을 다해 아래층으로 뛰어 내려갔다.

"이게 무슨 소란이냐!"

스캇을 향해 하인들이 막 몽둥이를 내리치기 직전, 한스의 화난 음성이 쩌렁하게 울렸다.

그동안 주인의 대타 노릇을 해온 덕분일까? 한스의 어느

곳에서도 하인의 흔적은 찾아볼 수 없었다.

"영주님!"

생각지도 못한 영주의 등장에 깜짝 놀란 듯 다들 하던 일을 멈추고 급히 몸을 낮췄다. 그중 가장 놀란 이는 농경지의 관리를 맡고 있는 플린이었다. 그가 육중한 몸을 이끌고 달려와 한스 앞에 섰다.

"몸이 좋지 않으시다는 말씀을 들었습니다. 이제 괜찮으신 겁니까?"

"무슨 일이지?"

원래의 주인이라면 아마 플린의 질문에 답을 하고 있을 것이다. 비대한 몸과는 어울리지 않게 엄청난 달변가인 그는 주인을 손아귀에 넣고 주무른 대표적 인물이었다.

앞에서는 어린 주인을 위하는 척 갖은 아부와 아양을 떨고, 뒤에서는 몰래 재산을 빼돌려 개인적인 부를 축적하는 전형적인 부패한 관리였다.

"아무 일도 아닙니다. 별것도 아닌 일로 영주님의 심려를 끼쳐드려 소인……."

"내 침실까지 이 소년의 음성이 다 들리더군. 그 소리가 너무 억울하게 들려서 말이야. 별거 아니더라도 말해 보라."

한 여자의 일생과 그녀의 가족 전체를 망가뜨린 잔인한 일이었다. 플린의 입에서 별것도 아니라는 소리가 나오자 한스의 눈에서 불길이 치솟았다.

당장에라도 그 입을 찢고 혀를 뽑아 다시는 입을 함부로 놀리지 못하도록 하고 싶었다.

하지만 모든 일에는 순서가 있듯이 지금은 때가 아니었다. 누군가를 완전히 부수기 위해서는 준비가 필요하다는 걸 한스는 이미 알 만한 나이였다.

더구나 평생을 하인으로 살아왔다. 참을성이라면 누구에게도 지지 않을 자신이 있었다.

"어서."

플린의 말을 자르며 한스가 분명하게 요구했다.

"아, 예……."

당황한 것일까?

처음 보는 주인의 확실한 태도에 주눅이 든 듯 플린이 그답지 않게 머뭇거리며 말을 잇지 못했다.

"네가 직접 말해 보거라."

한스는 기다릴 것 없이 스캇에게 직접 명했다. 그러자 스캇이 당혹스런 눈으로 플린의 눈치를 살피는가 싶더니, 이내 몸을 납삭 숙이며 고하기 시작했다.

"저, 저는 코르 마을에 살고 있는 스캇이라고 합니다. 죄송한 말씀이지만 이달에 내야 할 세금을 미처 다 채우지 못했습니다. 죽을죄를 지었습니다! 시키시는 것은 무엇이든 하겠습니다! 그러니 제발 저희 누나를 돌려보내주십시오! 부탁드립니다, 영주님!"

"누나라니? 이게 무슨 소리지?"

다 알고 있으면서 짐짓 모른 척 한스가 플린을 향해 몸을 돌려세웠다.

"세금을 내지 못한다고 하여 사람을 강제로 끌고 올 순 없다. 모든 일은 그에 맞는 적법한 절차가 존재하는 법. 이 아이의 말이 사실이냐?"

"그게 말입……."

"다른 말은 필요 없다. 사실이냐, 아니냐?"

"영주님, 그것이……."

"묻는 말에만 대답하라. 아이의 누나는 어디 있지?"

"말씀을 끝까지……."

"내 말이 말 같지 않은가?"

결국 한스의 입에서 싸늘한 음성이 터지고야 말았다. 고저가 없는 평소와 비슷한 말투였지만 풍기는 기세는 가히 폭풍 같았다.

아프다더니 잠시 정신이 나가기라도 한 걸까?

자신을 향해 날아오는 거대한 분노의 힘에 플린은 순간 압도당했다. 온몸이 쩌릿해지며 숨이 막혔다. 열다섯 살 애송이 영주에게서 갑자기 지배자의 힘이 느껴졌다.

"마지막으로 묻지. 사실이냐, 아니냐?"

정신이 없는 와중이었지만 지금이 대답할 수 있는 마지막 기회임을 플린은 알았다.

"사실……입니다."

"이유는?"

"납부하지 못한 세금 대신……."

"다른 마음이 있었던 건 아니고?"

어린 영주의 입에서 나올 말은 아니었다. 플린의 말을 자르며 묻는 한스의 음성은 마치 뭔가를 알고 있는 듯한 말투였다. 지은 죄가 있는 탓인지 플린의 몸이 순간 움찔거렸다.

생각 같아선 지금 당장 놈의 죄상을 밝히고 파면시키고픈 마음이었다.

하지만 현재 중요한 것은 잡혀간 스캇의 누나를 무사히 집으로 돌려보내는 것이었다. 무슨 일이 벌어지기 전에.

한스가 즉시 명했다.

"지금 당장 저 아이의 누나를 풀어주고, 치료사를 보내 몸을 살피라 명하라. 내지 못한 세금은 내가 특별히 사면을 내리니 이후로는 문제 삼지 말도록."

이게 꿈인가, 생시인가?

고개를 번쩍 치켜든 스캇의 눈에는 놀라움이 가득했다. 방금 전 영주의 입을 타고 나온 믿기 힘든 판결에 스캇은 한동안 아무 말도 못한 채 멍하니 그러고만 있었다.

반대로 플린은 눈이 뒤집히기 직전이었다. 놈의 누나를 손에 넣기 위해 기다린 시간이 얼마이던가.

저 애송이 영주는 기억할지 모르지만 세율을 높이자고

꼬드기는 데만 장장 2개월이 넘게 걸렸다. 늙은 집사놈과 여동생의 반대로 망설이는 것을 어르고 달래서 겨우 얻어낸 성과였다.

이제 막 손에 넣고 맛을 보기 직전이건만 저 얼간이 영주 녀석이 훼방을 놓을 줄이야.

아침나절에 보았던 야들야들한 여인의 몸뚱어리가 떠오르자 침이 꼴깍 넘어갔다.

이렇게 잃어버릴 수는 없었다. 어떡해든 입을 놀려서 저 어린놈을 다시 잘 꼬드겨야 했다.

"너는 그만 일어나 집으로 돌아가라. 기다리고 있으면 누나도 곧 도착할 테니 안심해도 좋다."

"저, 정말입니까?"

"난 두말하지 않아."

"가, 감사합니다, 영주님!"

한스의 관대한 처사에 스캇이 몸 둘 바를 모르며 대답할 때, 잠자코 있던 플린이 불쑥 끼어들었다.

"영주님, 영주님의 결정에 토를 달고 싶지는 않지만 소인 드릴 말씀이 있습니다."

"말하라."

"송구한 말씀이오나 이번에 세율을 올린 후 세금을 내지 못한 영지민이 좀 많습니다. 한데 저 아이에게만 특별히 감면 혜택을 내리시면 다른 영지민에게 공평하지 못한 처사가 아닙니까. 해서 제 생각엔 감면을 하는 대신 아이의 누나를 노비로 삼는 것이……."

"그럼 세율을 내리면 되겠군."

"예?"

그 무슨 망발이냐는 듯 플린이 인상을 구기며 새된 목소리를 뱉었다.

"영주님의 명으로 세율을 올린 지 고작……."

"내 명으로 올렸으니 다시 내 명으로 내리라는 것이 아니냐?"

"하오나 그리되면 재정 상태가……."

"영주인 내가 괜찮다는데 그대가 무슨 상관이지?"

"……소, 송구합니다."

역시 영주의 힘이란 대단했다. 입에 영주란 말을 올리자마자 플린이 급히 꼬리를 말며 머리를 조아렸다.

한스는 차갑게 말을 이었다.

"오늘은 늦었으니 이만 물러가고 내일 보도록 하지. 마지막으로 말하는데, 저 아이는 물론 누나를 포함한 가족 전체에게 무슨 일이 있을 시엔 플린 그대에게 책임을 묻겠다. 알겠나?"

"며, 명심하겠습니다."

"지켜볼 것이다."

그 말을 끝으로 한스는 방으로 돌아갔다. 잠시 스캇을 노려보긴 했지만 플린 또한 몇 가지 지시를 내리고는 곧 자리를 떴다.

"영주라……."
방으로 돌아온 한스는 침대에 누워 팔베개를 한 채 곰곰이 생각해 보았다.

영주로서 살아가는 건 어떤 것일까?

당연히 하인으로밖에 살아보지 못했기에 아는 것이라곤 없었다.

다행인 점은 주인의 대타 노릇을 해온 경험 덕분에 글을 안다는 것이다. 기본적인 식사예절과 귀족들을 대하는 예법과 격식에 대해서도 어느 정도는 기억하고 있었다.

하지만 영주라는 건 일종의 작은 군주였다. 왕이 나라를 다스리듯 영주도 자신의 영지를 다스려야 하는 것이다. 글과 예법을 좀 안다고 해서 할 수 있는 것이 결코 아니었다.

행정은 물론 법, 군사, 회계, 역사 등 많은 것을 배우고 익혀야 하는 것이 영주였다.

그런 면에서 주인은 좋은 영주는 아니었다. 그렇다고 영지민들의 등골을 빼먹는 악독한 영주도 아니었다.

그냥 무능했다고 해야 할까?

영지에서 무슨 일이 벌어지건 주인에겐 관심 밖이었다. 행정에 관한 처리도 아랫사람에게 떠넘기기 일쑤였고, 그저 틈만 나면 술과 여인들을 찾아다니기 바빴다.

문제는 밑의 관리들이었다. 사자 없는 산에 토끼가 왕이라고, 관리들이 설치기 시작한 것이다. 마치 자기들이 영주라도 된 듯 권력을 남용하며 개인적인 부를 축적하는 등 자신들의 배만을 불리며 갖은 악행을 서슴지 않았다.

그들로 인해 피눈물을 흘린 영지민의 수만 해도 헤아릴 수 없을 만큼 많았다.

하지만 무능력한 주인은 그 사실도 모른 채 그저 관리들의 과도한 아첨 속에서 희희낙락 인생을 즐기며 살아갔다.

그들이 뒤에서는 주인을 욕하며 낄낄거리는 것을 한스는 여러 번 목격했다. 그럴 때마다 속에서 무언가가 끓어올랐지만 역시나 그가 할 수 있는 건 아무것도 없었다.

일찍 돌아가신 아버지와 병약하여 거동이 불편하신 어머니. 어찌 보면 주인은 그런 환경 속에서 잡아주는 이가 없어 무능한 영주가 된 것인지도 몰랐다.

주변에 단 한 사람이라도 바른 말을 하며 옳은 길로 인도하는 자가 있었다면, 망나니가 아닌 다른 말로 불릴 수 있지는 않았을까?

이제 자신이 주인이 되었다.

주인처럼 망나니로 불리지 않으려면 정신 똑바로 차려야 할 것이다.

내일 아침 일어나 눈을 떴을 때 여전히 자신이 주인의 몸을 하고 있다면, 그땐 한번 해보리라.

부패한 관리들이 득실거리는 세상이 아닌, 평범한 이들이 행복하게 살아갈 수 있는 그런 세상을 만들어 볼 것이다.

 더 이상 왜 이런 운명이 자신에게 주어졌는지는 고민하지 않겠다.

 한 번쯤 살아보고 싶었던 귀족으로의 삶.

 다시 오지 않을 이 기회를 즐기면서 살아가겠다. 그리고 후회하지 않을 삶이 되도록 노력할 것이다.

 반드시, 꼭.

제2화
아드리안 폰 칼리스타

두근두근.

아침 일찍 잠에서 깨어난 한스는 쉽사리 몸을 일으키지 못했다. 심장이 거칠게 뛰었다.

꿈은 아니었을까?

다시 예전으로 되돌아가 있지는 않을까?

고단했던 탓인지 간밤엔 생각보다 잠을 푹 잤다. 하지만 눈을 뜬 순간 머릿속은 다시 혼란의 소용돌이로 넘쳐났다.

천천히 몸을 일으켰다. 그보다 더 천천히 거울 앞으로 걸어갔다.

"……!"

안도를 해야 할까, 아니면 실망을 해야 할까.

여전히 거울 속으로 보이는 어린 주인의 모습에 한스, 아니 이제는 리안이라 불리어야 할 그가 흠칫 몸을 떨었다.

아드리안 폰 칼리스타······.

마치 주문이라도 외듯 리안은 그 이름을 속으로 계속 되뇌고 또 되뇌었다.

스스로에게 이제 자신은 하인이 아니라 귀족이며 한 영지를 다스리는 영주라는 사실을 끊임없이 주지시켰다. 하루 사이에 사람이 변하지는 않겠지만 이렇게라도 해야 뛰는 가슴을 진정시킬 수 있었다.

어젯밤 플린을 상대할 때 티는 안 냈지만 얼마나 떨렸는지 모른다. 말을 하면서도 이게 맞는 건지 어쩐지 머릿속에선 온갖 생각이 떠돌다 사라졌다.

플린이 끝까지 말을 듣지 않으면 어쩌지?

감옥에 가둬버릴까?

영주에게 반항한 대가로 사형을 내릴까?

삼족을 멸할까?

정말 별별 생각이 다 들었었다.

동시에 더럭 겁도 났다. 배운 것도 아는 것도 없는 자신이 이대로 영주가 되어도 좋은 건지 스스로에게 계속 의문을 던졌다. 친구인 스캇이 관련되지 않았다면 아마 모른 척 내버려두었을지도 몰랐다.

원래부터가 리안은 생각이 많은 편이었다. 주인을 바로 옆에서 보필하는 입장이다 보니 보고 듣는 것이 그만큼 많았다. 사소한 것에서부터 은밀한 것까지 무척 다양했다.

그러다 보니 자연스레 입이 무거워졌다. 가벼운 말이라도 함부로 뱉게 되면 어떤 불상사가 생길지 모르기 때문이다.

하지만 생각만큼은 자유였다. 머릿속은 오로지 혼자만의 것이기 때문에 말을 하는 대신 리안은 생각을 했다.

그 탓인지 영주가 된 지금도 하나의 일에 수십 가지의 생각을 하게 된다. 타고난 성격까지 진중한 탓에 더욱 그랬다.

'제일 먼저 무엇을 해야 할까.'

좋은 영주가 되기로 마음을 먹은 이상 당장 오늘부터 실천에 들어가야 했다.

공부를 할까?

주인 덕분에 글을 배운 후 독서에 재미를 들였던 리안은 더 많은 책을 보지 못한 게 한이라면 한이었다. 주인의 서재에는 수많은 책들이 있었지만, 리안이 그 책을 볼 수 있는 건 주인을 대신할 때뿐이었다.

서재는 하인의 신분으론 들어갈 수 없는 불가침의 영역이었다. 하지만 이제는 아니다.

서재로 갈까?

발걸음을 옮기려던 리안은 고개를 저었다. 영주가 된 이상 서재는 어느 때라도 갈 수 있었다. 고가의 책도 이제는 사서 볼 수 있는 입장이 아닌가. 그보다 더 급한 것이 있을지도 몰랐다.

리안은 탁자로 걸어가 종이와 펜을 꺼냈다. 그리고 지금부터 해야 할 일에 대해서 생각나는 대로 적어보았다.

처음에 쓴 것들은 대개가 책이나 사람을 통해서 배워야 할 것들이었다. 주인의 공부방에 널려 있던 책들을 떠올리며 리안은 기억이 나는 대로 써내려갔다.

그러다 점차 자신이 생각하던 바를 적기 시작했다.

위에 적은 것이 영주로서 공부해야 할 것들이 주류를 이뤘다면 아래는 그가 하인으로 있으면서 보고 느끼고 바라던 것들 위주였다.

세율을 내리는 것에서부터 평민들의 권위 향상, 노예제도 폐기 등. 이룰 수 있을지 없을지도 모르는 것들을 일단 떠오르는 대로 무작정 적었다.

어느새 종이는 다음 장으로 넘어가고 있었다.

그러다 문득 리안은 펜을 멈추고 자신이 쓴 것들을 쭉 훑어보았다.

'이게 다 가능할까?'

억눌렸던 삶의 영향 탓인지 온통 하층민들을 위한 내용이 주를 이뤘다. 그중에는 아무리 영주라 할지라도 시행하기 어려워 보이는 것들도 있었다.

왕이 뜻대로 나라를 다스리기 위해선 많은 힘이 필요하듯 영주도 마찬가지였다. 힘이 없는 왕과 영주는 그저 허수아비일

뿐이었다.

제국 로젠바움의 황제가 그러하고, 자신의 주인이 그랬다.

어린 나이에 황제가 된 카터 3세는 황제이긴 하나 타운젠드 공작과 맥카시 공작을 위시한 귀족들의 위세에 눌려 그저 이름만 황제인 자였다.

주인 또한 어려서부터 노는 것에 빠져 제 할 일을 관리들에게 맡기고 평생을 휘둘리는 삶을 살았다.

자질의 문제를 떠나서 이 모든 게 힘이 없어서라고 리안은 늘 생각했었다. 황제나 주인이나 힘이 있었다면 그리 살지는 않았을 것이다.

아무것도 모르는 어린 나이에 높은 지위에 오른 황제와 주인.

그들처럼 되지 않으려면 힘이 있어야 했다. 다행히 자신은 몸은 어리나 정신은 서른 살의 어엿한 어른이었다.

신체 나이가 서른이 되었을 때 원하는 대로, 뜻대로 살기 위해선 지금부터 준비해야 했다.

'힘을 키워야 해.'

리안은 한 장의 종이를 더 꺼내 거나랗게 힘이린 글자를 써넣었다.

어떻게 하면 힘을 키울 수 있을까?

공부만으로는 안 될 것이다.

아무것도 모르지만 공부만 해서 될 거라고는 생각하지 않았다. 혼자서도 할 수 없었다. 손과 발이 되어줄 믿을 수 있는 측근들이 필요했다.

그래, 인재가 필요하다.

가르침을 줄 선생은 물론이요, 여러 방면의 능력 있는 자들을 구해야 했다. 신체 단련도 빼놓을 수 없었다. 체력이 없으면 이루고자 하는 일을 이루기도 전에 포기해야 할지도 모르니까.

무력을 기르는 일 또한 중요했다. 영지전이 빈번히 일어나는 시대다. 영지와 영지민을 지키기 위해선 기사단과 병사를 늘리는 데 힘을 써야 했다.

"결국 돈인가."

인재를 양성하고 병력을 키우는 데 돈이 많이 든다는 걸 모르는 사람은 아마 없을 것이다.

리안은 곰곰이 기억을 더듬어 보았다. 죽기 전 영지의 재정 상태는 형편없었지만 지금은 15년 전이다. 재정 상태가 나빠지기 시작한 건 그가 기억하기로 집사인 알만이 죽고 나서부터였다.

관리들의 추천으로 처음 보는 자가 집사로 들어오더니 관리들과 짜고 본격적으로 돈을 빼돌리기 시작한 것이다.

세상 물정 모르던 순진한 주인과 레지나 아가씨가 그 사실을 안 것은 이미 그들이 해먹을 만큼 해먹고 도망을 친 후였다.

명문가는 아니지만 제법 방대한 토지와 재산을 소유했던 칼리스타 백작 가문. 알만이 살아 있으니 아직은 탄탄할 것이다.

왠지 안심이 되었다. 예전처럼 더 이상 신분으로 인해 좌절하지 않아도 되었고, 돈 때문에 구차한 삶을 살지 않아도 되었다.

'우선 오늘은 마님을 뵈러 가자.'

대략적으로 생각을 정리한 리안은 어머니에게 아침 문안을 올리기로 결정했다. 이제는 마님이 아닌 어머니라고 불러야 할 분.

인자하셨던 예전 마님의 얼굴을 떠올리자 저절로 입가에 미소가 지어졌다. 리안이 문고리를 잡고 돌리자 찰칵 하는 작은 소리와 함께 문이 열렸다.

그런데 무슨 일일까?

밖으로 나가려던 리안의 몸이 순간 움찔하더니, 다시 안으로 들어와 문을 닫았다. 그런 그의 시선이 향한 곳은 문의 정중앙에 그려진 어떤 그림이었다.

위협적인 날개를 펼치고 입에서는 용암보다 더 뜨거운 불길을 내뿜고 있는 지상 최강의 몬스터, 드래곤.

리안은 그 그림을 보며 무심코 중얼거렸다.

"……레어."

왜 이제야 생각이 난 걸까?

다른 것도 아닌 드래곤의 레어 때문에 벌어진 전쟁에서 목숨을 잃고 새로운 삶을 살게 된 그다.

레어가 발견된 것은 지금으로부터 15년 후. 그 말은 즉 아직 레어는 건재하며, 레어의 존재를 아는 자는 리안이 유일하다는 소리다.

두근두근.

다시금 심장이 무섭도록 뛰기 시작했다. 마님을 뵈러 가기로 한 것도 잊고 리안은 쿵덕거리는 가슴을 안은 채 다시 생각에 빠졌다.

제국의 내로라하는 두 공작 가문이 레어 때문에 전쟁을 벌였다. 레어 하나면 작은 왕국 정도는 통째로 살 수 있다는 말이 있을 정도니 그것은 당연한 결정이었다.

어디 그뿐이랴. 잘하면 지금은 구할 수도 없는 고급의 마법서는 물론 값비싼 보석과 희귀한 여러 보물들까지 손에 넣을 수 있었다.

그게 다가 아니다.

반짝이는 것을 좋아하는 드래곤의 특성상 그들의 레어가 자리하는 근처엔 천연의 자원과 광물들이 넘쳐난다. 그것만 가져다 팔아도 자손대대로 먹고사는 걱정은 하지 않아도 될 것이다.

그런 어마어마한 것이 자신의 손에 굴러들어 오다니!

기적과도 같은 행운에 리안은 한동안 뛰는 가슴을 진정시키지 못했다.

'레어의 위치를 정확히 찾을 수 있을까?'

어디쯤인지는 리안도 알고 있었다. 하지만 레어의 정확한 입구까지는 주인조차 모를 정도로 보안이 무척 철저했다.

들리는 소문으로는 목숨을 걸지 않고선 결코 들어갈 수 없는 곳이라는 말이 있었지만, 그게 사실인지 거짓인지 리안이 지금 알 방법은 없다.

리안은 버릇처럼 다시 종이를 꺼내 글자를 적어 넣었다.

레어……

반듯하고 모양 좋은 글자가 유난히 종이 위에서 빛을 발했다.

반면 리안의 얼굴은 어느 때보다 심각했다.

그가 정말 열다섯의 어린 소년이었다면 들뜬 마음으로 레어부터 찾으려 하겠지만 그는 이미 서른 살의 어른이었다. 레어로 인해 제국에 어떠한 일이 벌어졌는지 아직도 생생히 기억하고 있었다.

절대 함부로 움직여선 안 된다. 운이 좋아 레어의 입구를 찾고 보물을 얻게 된다 할지라도 그것은 절대 발설해서는 안 되는 비밀이었다.

제국은 철저한 약육강식의 시대.

레어를 차지하는 데에도 힘이 필요했다.

남에게 뺏기지 않을 힘, 내 것을 지킬 힘, 얻은 것을 당당히 사용할 수 있는 힘.

그것을 모두 갖추기 전까지는 오로시 자신 혼자만이 알고 있어야 했다. 다행인 점은 앞으로 적어도 15년 동안은 레어의 존재를 아는 자가 아무도 없을 거란 사실이었다.

시간을 번 셈이다. 그 시간 동안 자신은 힘을 키워야 했다.

레어를 온전하게 소유할 수 있는 힘.

영지를 뜻대로 다스리기 위해선 영주에게 힘이 필요한 것과 같은 맥락이었다.

'이로써 자금은 충분해진 건가.'

가보진 못했지만 엄청난 보물이 레어에 있을 것임을 리안은 벌써부터 확신했다. 아직 나빠지지 않은 재정 상태에 레어에서 얻은 금력이 보태진다면 당분간 돈 걱정은 하지 않아도 될 것이다.

'그래도 그것을 유지하려면 계속 신경을 써야겠지.'

잘 나가던 가문이 한두 번의 실수로 쉽게 몰락하는 세상이었다. 레어를 얻었다고 해서 안심하고 지냈다간 자신에게도 무슨 일이 닥칠지 몰랐다.

큰 것을 얻었어도 긴장의 끈을 놓지 않고 계속 전진해야 했다. 그러기 위해선 믿을 수 있는 측근들이 절실하게 필요했다.

아까와 같은 생각의 반복이었다.

생각이 많다는 것은 신중하다는 뜻과 같으니 나쁠 것은 없지만, 그것이 그저 생각으로만 그치면 아무런 소용이 없다. 조심스러운 것도 좋지만 일단 무엇이든 실천에 옮겨야 했다.

"레어부터 찾자."

앞으로 15년이라는 긴 시간적 여유가 있지만 레어를 1년 뒤에 찾을지 5년 뒤에 찾을지 그건 아무도 모르는 일이다. 레어의 존재와 대략적인 위치만을 아는 것이지 그 외엔 아는 것이 없으니까.

설상가상 마법에 의해 가려져 있다면 그보다 더 큰 낭패도 없었다. 그러니 지금부터라도 시간을 내서 레어를 찾는 것에 투자해야 했다.

그런데 그것이 혼자서 가능할까?

제국의 동서(東西)를 가로지르는 컴프턴 산맥은 대륙에서도 알아주는 험준한 산맥이었다. 혼자 들어갔다간 어떤 위험한 동물을 만날지 모른다. 고작 열다섯 살 소년의 몸으로 무엇을 지켜낼 수 있겠는가.

'그래도 해야만 한다.'

레어라는 거대한 먹이를 눈앞에 두고 돌아설 만큼 리안은 겁쟁이가 아니었다.

이미 한 번 죽은 몸. 두려움이 없다면 거짓말이겠지만 피하고 싶지는 않았다.

그의 영지에서 컴프턴 산맥까지는 대략 이삼 일 정도가 소요되는 거리였다. 산맥은 두 공작 가문의 경계가 되는 곳이기도 하지만, 리안과 공작 가문들과의 경계가 되는 곳이기도 했다.

지금에서야 말하지만 사실상 레어의 위치는 그들이 아닌 리안의 영지와 가장 가깝다고 할 수 있었다.

하지만 언제나 그렇듯 세상은 강자의 편이다. 제국에서 가장 막강한 두 가문이 눈에 불을 켜고 달려든 그때, 주인이 나설 자리는 없었다.

아무리 멍청한 주인이었어도 그 정도 머리는 있었다. 주인이 할 수 있는 최선의 선택은 다른 귀족들을 따라 어느 한 곳을 택하는 것이었다.

그러나 지금은 그때와는 상황 자체가 다르다. 그들이 레어의 존재조차 모를 지금, 한시라도 빨리 레어를 찾아 자신의 것으로 만들어야 했다.

"후우."

리안은 숨을 몰아쉬며 컵에 물을 따랐다. 연속된 긴장감 때문인지 어제부터 유달리 목이 탔다.

벌컥벌컥.

한 잔을 다 비우고 다시 또 한 잔을 비울 때 이제는 어느 정도 익숙해진 노크 소리가 들렸다. 밖을 보니 벌써 해가 중천에 떠 있었다.

보나마나 식사가 준비되었다는 것을 알리러 온 하녀일 것이다. 주인은 언제나 늦은 식사로 하루를 시작했으니.

"영주님, 식사하실 시간입니다."

"알았다."

리안은 일어나기 전 촛불에 불을 붙이고 종이를 태웠다. 무슨 대단한 비밀을 적은 건 아니지만 누군가가 보는 것도 싫었다.

까만 재가 탁자 위를 더럽힘에도 불구하고 리안은 빠짐없이 꼼꼼하게 종이를 불태웠다.

* * *

"저 왔습니다."

식사를 마친 리안은 마님의 침실을 찾았다. 어제 오후 레지나와의 약속 때문이기도 하지만 그보다는 뵙고 싶은 마음이 더 컸다.

"어머니, 오늘은 좀 어떠세요?"

한 번도 불러보지 못한 말, 어머니. 익숙하지 않은 탓에 잘 나올까 걱정하던 것과는 달리 본인도 놀랄 만큼 자연스러운 목소리가 흘러나왔다.

"리안이니?"

침상에 누워 창밖을 바라보던 고개가 리안을 향해 돌아섰다. 이제 겨우 서른다섯밖에 되지 않은 오웬 폰 칼리스타 백작부인은 아이를 낳은 여인이라고는 믿기 어려울 정도로 그 모습이 무척 앳되었다.

비록 창백한 피부와 생기 없는 눈동자가 그녀가 병자라는 사실을 말해주었지만, 전신에서 뿜어져 나오는 아름다움은 여전했다.

오랫동안 보지 못했던 그녀를 다시 보자 리안은 문득 가슴 한쪽이 뭉클해졌다.

"네, 어머니. 저예요."

"밥은 먹었니?"

몸이 아파 주인을 잘 챙겨주지 못한 것을 늘 마음 아파하시던 분이었다. 리안은 최대한 밝은 표정과 목소리로 대답했다.

"그럼요. 지금 방금 먹고 왔어요. 어머니는요?"

"나도 먹었단다."

"거짓말."

오웬이 몸을 일으키는 것을 도와주던 레지나가 불만이라는 듯 입술을 삐죽거리며 끼어들었다.

"겨우 한 숟갈 뜨시고 내보내신 거 저 다 알거든요?"

침대 맡에 털썩 주저앉으며 눈을 흘기는 레지나는 잔뜩 골이 나 있었지만 그 눈빛에는 어머니를 향한 진심이 묻어 있었다.

"왜 그러셨어요. 몸 생각하셔서 다 드셔야죠."

"그보다 요즘 어딜 그렇게 바쁘게 다니는지 말해주지 않겠니?"

리안을 향해 인자한 웃음을 띠며 오웬이 화제를 돌렸다.

"맞아. 요즘 오빠 얼굴 보기 정말 어렵더라."

궁금하다는 듯 레지나까지 합세했다.

하지만 이제 겨우 그들의 아들과 오빠가 된 리안으로선 대답해줄 말이 없었다.

모르지는 않았다. 주인이 이맘때쯤 무엇에 정신이 팔려 있었는지 그는 정확하게 기억하고 있었다.

사춘기가 찾아오고 서서히 성(性)에 눈을 뜨기 시작했던 주인은 안에서는 하녀들을, 밖에서는 화류계의 여인들을 상대하느라 어머니와 동생에겐 신경을 쓸 틈이 없었다.

하인들이 알아서 쉬쉬했기 때문에 마님이 그 사실을 알게 되신 건 한참 후였다.

그의 생각이지만 아마도 그때의 충격으로 생을 더 일찍 마감하신 것이 아닐까 싶다.

얼마나 속이 상하셨을까.

리안은 두 여인의 걱정을 덜어주기 위해 입을 열었다.

"별일 아니니 너무 걱정하지 마세요. 그냥 요즘 생각이 좀 많았어요. 이제 더 이상 어린애가 아니잖아요. 영주로서 영지를 어떻게 다스려야 할지 고민하는 시간이라고 생각해 주세요."

"오빠……?"

너무 갑자기 진지한 모습을 보였나?

놀란 듯 자신을 향해 눈을 깜박이는 레지나를 보며 리안은 속으로 내심 찔끔했다.

주인은 어머니와 동생을 싫어하지는 않았지만 지금과 같은 자리는 무척이나 귀찮아했다. 노는 것을 좋아하는 성격이다 보니 이런 진지한 자리는 부담스러웠던 것이다.

어머니를 보는 것은 아들로서 당연한 일이었지만, 항상 주인과 영지에 대한 걱정을 늘어놓으시는 분이다 보니 주인과는 소원한 관계일 수밖에 없었다.

하지만 리안은 그렇게 살고 싶지 않았다.

주인으로 살아야 하는 이상 좋은 영주가 되고 싶었고, 처음 생긴 가족도 소중하게 대하고 싶었다. 그런 면에서 평소 좋아하던 이들이 가족이 된 것은 다행이라면 다행이었다.

"우리 아들이 그새 어른이 다 되었구나."

매일 어떻게 하면 이 자리를 빨리 벗어날까 고민만 하던 아들이었다. 그것을 보며 너무 어린 나이에 영주가 된 건 아닐까, 선생들의 가르침은 잘 배우고 있는 걸까, 영지민을 아껴주는 좋은 영주가 될 수 있을까.

병석에 누운 오웬은 매일 그 걱정만 하며 살아왔다고 해도 과언이 아니었다.

하지만 오늘 아들을 보고 있으니 그건 괜한 기우였던 것 같다. 아직 어리지만 어미를 안심시키려는 아들의 대답에서 오웬은 무한한 믿음이 생겨났다.

며칠 만에 만난 아들은 분위기까지 바뀌어 있었다. 무엇이 아들의 심경에 변화를 가져온 것인지는 모르지만 그녀는 진심으로 기뻤다.

"그래서 말입니다, 어머니. 이제부터 매달 한 번씩은 영지를 돌아볼까 합니다."

"달에 한 번씩?"

"네, 오고가는 시간까지 합쳐서 열흘에서 보름 정도면 될 것 같습니다."

아들의 변화에 기뻐하던 오웬의 얼굴이 금세 다시 걱정스럽게 변했다.

"영주가 돼서 너무 자주 성을 비우는 것 아니니? 그러다 밖에서 무슨 일이라도 생기면 어쩌려고……."

영지를 돌아보는 것이니 강하게 반대는 하지 못하나 오웬은 어린 아들이 행여 잘못되기라도 할까봐 벌써부터 가슴이 뛰었다. 한 번도 어딘가로 멀리 떠나보내 본 적이 없었기에 더욱 그랬다.

"그래, 오빠. 상의도 없이 갑자기 그런 결정을 하는 게 어디 있어. 그리고 매달 보름은 너무 심한 거 아니야? 아버지도 반년에 한 번씩 하시던 거잖아."

레지나도 걱정이 되는 듯 말리고 나섰다.

"나도 무리가 있는 결정이라고는 생각하지만 아직 난 너무 모르는 게 많아. 그래서 내린 결정이야. 내가 없는 동안 네가 좀 도와주면 안 될까?"

"오빤 이제 겨우 열다섯 살이야. 더 크고 나서 하면 안 돼?"

"아버지께서는 사내가 되어서 마음먹은 일을 제때 옮기지 않으면 안 된다고 하셨어."

생전에 전대 영주께서 주인에게 자주 하시던 말씀이었다. 물론 주인은 귓등으로 흘려들었지만.

리안은 부드러운 얼굴로, 그러나 음성만큼은 단호하게 레지나를 향해 못을 박았다.

"······알았어."

동생으로 태어났지만 철없는 오빠를 볼 때마다 항상 자신이 누나 같다는 생각을 하던 레지나였다. 설득하는 것은 언제나 자신이었고 이해해야 하는 것도 자신이었다.

하지만 오늘만큼은 반대가 된 듯하다. 저렇듯 뭔가를 강경하게 말하는 오빠의 모습을 본 적이 없었다.

원하던 모습이긴 하나 너무 갑작스러운 탓인지 레지나는 기분이 조금 묘했다. 하지만 분명 좋은 뜻의 묘함이었다.

"어머니, 그럼 좀 더 주무세요. 저는 할 일이 있어 이만 나가보겠습니다."

"그래, 일찍 일어났더니 오늘은 좀 피곤하구나."

"쉬세요."

작고 가냘프지만 아름다운 오웬의 볼에 인사를 남기고 리안은 방을 나섰다.

"엄마, 오늘 오빠 꼭 다른 사람 같지 않아요?"

문이 닫히자마자 자리에 눕는 오웬을 도우며 레지나가 이상하다는 듯 고개를 갸웃거렸다.

"갑자기 왜 저렇게 변한 거지?"

아무리 자신과 약속을 했다고 하나 이토록 일찍 찾아온 것도 기이하다면 기이한 일이었다. 언제나 피하고 피하다가 겨우 늦은 저녁에서야 찾아오곤 했기 때문이다.

물론 기쁘고 좋은 일이었다. 하지만 이상한 건 이상한 거다.

"설마 저러다가 원래대로 돌아가진 않겠죠?"

"레지나, 우린 그냥 믿어주는 게 좋지 않겠니? 나에겐 아들이고 너에겐 오빠니까."

어릴 때부터 속이 깊은 아이였던 딸을 바라보며 오웬은 그녀

특유의 자상한 웃음을 건넸다. 똑똑한 딸이 자신만큼이나 그동안 오빠 걱정을 많이 했다는 것을 그녀는 알고 있었다.

 정성스레 이불을 덮어주는 딸의 손을 맞잡으며 오웬은 오랜만에 편하게 잠이 들었다.

 주무실 때마저 수심이 가득하던 엄마의 얼굴이 오늘은 오빠로 인해서 한결 가벼워 보인다는 사실에 레지나는 좋은 게 좋은 거라고 생각하기로 했다.

 오빠가 갑자기 변하면 좀 어떤가.

 하나밖에 없는 오라비가 이제야 철이 드는 것일지도 몰랐다. 언제 다시 본 모습으로 되돌아갈지는 모르나 지금의 변화는 일단 너무도 반가운 사실이었다.

※　　　※　　　※

 침실을 나선 리안이 찾은 곳은 알만의 업무실이었다. 집사란 영주의 가족을 제외하고 영주 다음으로 성에서 직책이 높은 자리다. 그런 만큼 하는 일도 많아 하인으로는 드물게 업무실까지 따로 존재했다.

 "들어와."

 장부 정리에 한창 몰두하고 있던 알만은 노크소리에 얼굴도 들지 않은 채 대답했다. 그러다 잠시 후, 고개를 들어 방문자의 존재를 확인하고는 깜짝 놀라 벌떡 일어섰다.

"여, 영주님!"

하인을 시켜 부르면 불렀지, 지금껏 단 한 번도 직접 업무실을 찾은 적이 없는 영주였다. 으레 하인이겠거니 생각하고 평소대로 말했던 알만은 그야말로 얼굴이 사색이 되었다.

하지만 어쩐 일인지 당사자인 영주는 별로 신경 쓰지 않는 눈치였다. 오히려 웃으며 소파로 걸어가 앉았다.

"그렇게 놀라고 있지 말고 여기 와서 앉아, 알만."

잠시 머뭇거리긴 했지만 영주의 명을 거역할 수는 없는 노릇. 알만이 급히 리안의 맞은편으로 가 앉았다.

"바쁜데 내가 찾아온 건 아닌가 모르겠네."

"아니요, 괜찮습니다. 그보다 제게 무슨 하실 말씀이라도……."

"아, 다른 건 아니고 다음 주부터 영지 순방을 떠날까 해서."

"영지…… 순방이요?"

"응, 앞으로 당분간은 매달 한 번씩 순방을 할 생각이야. 그러니 알만이 알아서 준비를 좀 해줘."

"지금 매달이라고 하셨습니까?"

알만은 행여 자신이 잘못 들었나 싶어 확인 차 물었다. 그도 그럴 것이 그토록 부지런하셨던 전대 영주님도 6개월에 한 번씩 하시던 순행이다. 영지 순방을 매달 시행하는 영주가 있다는 얘기는 듣도 보도 못했다.

"잘못 들은 거 아니니까 그렇게 놀랄 것 없어. 이제 나도 다 컸잖아. 슬슬 정신 차리고 내가 다스릴 영지를 돌아봐야지.

어느 곳부터 시작할지는 아직 정하지 않았으니까, 일단 알만은 준비나 해둬. 장소는 결정이 되는 대로 알려줄게."

"진심……이십니까?"

충격이 너무 컸을까? 알만이 그답지 않게 멍한 표정을 지으며 재차 물었다.

이해가 갔다. 왜 아니겠는가. 전 주인을 향한 하인들의 평은 오로지 하나였다.

망나니 영주.

얼굴 하나 예쁘장하게 생긴 것 말고는 뭐 하나 봐줄 것이 없는 주인이라며, 다들 알게 모르게 망나니라 부르며 비웃었다.

주인은 절세미녀도 울고 갈 만큼 아름다운 외모를 지녔지만, 그에 어울리는 품격은 갖추지 못한 사람이었다. 입만 열면 무식함이 튀어나왔고, 여자만 보면 어디서든 발정난 개처럼 굴었다.

더욱이 영주임에도 불구하고 관리들의 꼭두각시 노릇이나 해댔으니 얼마나 우스워 보였겠는가.

가끔 술에 취하거나 기분이 안 좋을 땐 무섭게 돌변하기도 했지만, 하인들이 가장 어려워하고 두려워했던 것은 영주가 아닌 관리들이었다.

지금 그런 영주의 입에서 정신을 차린다느니, 영지를 돌아본다느니 하는 말이 나오고 있는 것이다.

리안은 알만의 심정을 충분히 이해하고도 남았다. 그가 빙긋 웃으며 말했다.

"당연히 진심이야. 나야 몸만 가면 되지만, 알만은 준비할 게 많을 것 같아서 미리 얘기하러 온 거야. 내 말 알아들었지?"

"……네에."

"그래, 그럼 알만만 믿고 난 그만 가볼게. 아참, 그리고 당분간 서재에서 지낼 것 같으니까, 식사도 그쪽으로 부탁해."

"서재……로 말입니까?"

갑자기 이건 또 무슨 소리? 책이라고는 남이 읽어주는 것조차 질색하던 영주가 아닌가.

정신을 차린다고 하더니, 설마 책까지 보시겠다는 건가, 지금?

리안을 보는 알만의 눈동자가 조금 전보다 훨씬 더 커졌다. 리안은 일어서다 말고 피식 웃음을 지으며 다시 자리에 앉았다.

"알만, 그동안 내가 너무 철없이 굴었지?"

"아, 아닙니다, 영주님."

리안의 밑도 끝도 없는 질문에 알만은 재빨리 고개를 저었다. 그의 신분으로 감히 '네, 맞습니다. 너무 철이 없으셨습니다.'라고 대답할 수는 없지 않은가?

"아니긴, 나도 다 알아. 하지만 앞으로는 많이 달라질 거야. 그러니까 그때마다 지금처럼 놀라지 말고, 알만이 잘 좀 도와줘."

"소, 송구합니다."

"그렇게 죄스러운 표정 지을 거 없어. 난 지금 잘 부탁한다는 말을 하는 거지, 야단을 치는 게 아니니까. 나보다 오래 살았으니 아는 것도 그만큼 많겠지? 앞으로 자주 귀찮게 할 건데 도망가기 없기야."

"도망이라니요. 이곳에서 평생을 살아온 제가 어디를 가겠습니까. 앞으로도 성심을 다해 영주님을 보필할 것입니다."

자신의 충성심이 오해라도 받았다 생각한 걸까?

도망이라는 말에 알만이 펄쩍 뛰며 강하게 부정했다.

리안은 웃으며 일어났다.

"그래, 알았어. 아까 내가 말한 것들 잊지 말고 부탁해."

"네, 영주님. 차질 없도록 준비하겠습니다."

리안을 따라 일어서며 대답하는 모습이 그제야 좀 알만다웠다.

순행을 떠날 다음 주까지는 오늘을 포함해서 이제 닷새 정도가 남았다. 리안은 남은 그 시간을 평소 원하고 소원하던 것들을 해보기로 이미 마음을 먹은 상태였다.

그 첫 번째로 리안이 향한 곳은 서재였다. 식사도 당분간은 그곳으로 가져오라 했으니, 지금부터 리안이 할 일은 서재에 틀어박혀 독서를 하는 것이었다.

어느새 시간이 훌쩍 지나 출발일이 내일로 다가왔다. 그동안 리안이 한 일이라고는 밥을 먹고 잠을 잔 것을 빼면 책을 읽은 것이 다였다. 어려운 단어는 사전까지 찾아가며 읽고 또

읽었다.

그래봤자 고작 하루에 네다섯 권씩 해서 채 스무 권이 되지 않았지만 리안은 마치 세상을 다 얻은 기분이었다.

그토록 소망하던 것을 누구의 방해도 없이, 그것도 맛있는 음식까지 먹어가며 할 수 있다는 것은 크나큰 축복이었다.

알만은 식사를 서재로 가져오라는 리안의 명을 아주 훌륭히 수행했다.

사실 리안이 그런 부탁을 한 이유는 순행을 나가기 전까지 보다 많은 책을 보기 위함이었다.

식사 때마다 아래층에 위치한 식당으로 내려가는 것도 번거로운 일이지만, 그보다는 시간이 아까웠다. 그 시간이면 책 한 자를 더 볼 수 있기 때문이다.

리안은 식사를 하면서도 책을 손에서 놓지 않았다. 모든 책들이 어찌나 재밌고 흥미로운지 도저히 중간에서 눈을 뗄 수가 없었다.

그러자 그런 리안이 행여 몸이라도 상할까 걱정된 것인지, 처음에는 간단하게 차려졌던 식사가 이제는 식당에서 먹는 것만큼이나 진수성찬으로 차려졌다. 덕분에 요즘 리안은 입과 눈이 동시에 호강하고 있었다.

과거 하인으로 살던 시절 리안이 소원하던 것은 별거 아니었다.

귀족이 되고 싶다는 욕망과는 별개로 리안이 소박하게 바란

것은 그저 마음껏 자고, 책도 보며, 맛있는 음식을 원 없이 먹어보는 것이었다.

이제 서재의 모든 책이 그의 것이었고, 음식은 특별히 명하지 않아도 매일 같이 최고급 요리가 올라왔다.

그런데 이상하게도 잠만은 생각대로 되지 않았다. 우습게도 습관이란 병은 영주가 된 리안에게 많은 잠을 허락하지 않았다.

고단했던 시절 늦잠을 자보는 것이 소원이었건만, 평생을 그리 살아온 탓인지 이른 아침만 되면 저절로 눈이 떠졌다.

밤 문화에 익숙했던 주인은 해가 중천에 뜨고서도 한참이 지나서야 일어나곤 했기 때문에 리안의 아침잠을 방해하는 사람은 아무도 없었다.

하지만 리안의 기상 시간은 다른 하인들과 마찬가지로 언제나 새벽닭이 우는 것과 동시에 시작되었다.

처음에는 더 자보려고 노력까지 했었다. 그러나 잡생각만 들 뿐 도저히 잠이 오질 않았다.

그래서 할 수 없이 일어나 욕실로 향했다가 그를 본 하녀가 난데없이 비명을 지르는 바람에 덩달아 깜짝 놀라 같이 비명을 질렀었다.

후에 이유를 물으니 새벽부터 영주가 욕실에서 보이자 귀신인 줄 알고 놀랐다나?

그 대답에 처음에는 어이가 없었지만, 조금 시간이 지나자 리안도 어느 정도는 이해가 갔다.

과거의 기억을 아무리 더듬어 보아도 주인이 그토록 일찍 일어났던 기억이 없었기 때문이다.

아무튼 그 사건으로 인해 리안의 이른 기상을 다들 알게 되었고, 그 덕에 따로 지시를 하지 않았음에도 맛있는 아침 식사가 서재에 마련되었다.

리안에게는 브룩이라는 이름의 열세 살짜리 전담 하인이 따로 있었다. 과거 리안이 그랬듯, 브룩의 주된 일과는 리안을 따라다니며 잔심부름을 하는 것이었다.

옛 생각이 나서일까, 아니면 익숙하지 않아서일까?

리안은 브룩의 존재가 불편하고 싫었다. 그래서 생각한 끝에 요리사가 되는 것이 꿈이라는 브룩의 말에 따라 녀석을 주방으로 보냈다.

그것을 안 알만이 바로 다른 하인을 붙여주려 했지만 리안의 결사반대로 인해 성공하지는 못했다.

하지만 알만은 틈만 나면 리안에게 전담 하인을 만들어주고 싶어 했다. 집사 된 도리로써 영주를 홀로 나둘 수 없다는 게 이유였다.

그래서 합의한 것이 리안이 성 밖으로 나갈 때만으로 그것을 한정했다. 그렇게 결론을 내고서야 리안은 다시금 독서에 몰입할 수 있었다.

이제 내일이면 순행을 떠나야 할 시간이다.

과연 레어를 찾을 수 있을까?

조바심 때문인지 어느 순간부터 리안의 손에 들리는 책은 모두가 산과 관련된 것들이었다.

대개가 모험가들이 편찬한 것들로 초보들이 산에서 저지르는 실수라던가, 산속에서 맹수나 몬스터를 만났을 때 취해야 할 올바른 대처법 등. 여러 종류의 책들이 서재에 구비되어 있었다.

그렇게 얼마나 지났을까.

글자가 보이지 않는다는 사실에 고개를 들어보니 어느 틈엔가 해가 지고 어둠이 몰려와 있었다.

그리고 기다렸다는 듯 서재의 문이 열리며 하녀들이 저녁 식사를 내왔다. 그동안의 규칙적인 식사 탓인지 뱃속에서도 밥 달라는 신호가 들렸다. 잠시 후, 촛불이 켜지고 식사가 차려졌다.

"오빠, 오늘은 나도 끼워줘."

리안이 막 포크를 들던 찰나, 또랑또랑한 목소리와 함께 방문객이 찾아왔다. 보지 않아도 알 수 있었다. 자신을 오빠라고 부를 수 있는 존재가 이곳에 또 누가 있을까.

그의 하나밖에 없는 여동생, 레지나였다.

가족을 가져보지 못했던 리안에게 동생이란, 생각만으로도 한없이 귀엽고 사랑스러운 느낌을 들게 했다.

그동안 독서에 방해가 되고 싶지 않다며 자신을 찾지 않던 레지나가 갑작스레 저녁을 같이 먹자고 하는 이유는 아마도 내일이면 자신이 순행을 떠나야 하기 때문일 것이다.
 동생임에도 불구하고 항상 오빠를 챙기려드는 그녀를 예전 주인은 참 못마땅해 했었다.
 하지만 리안은 아니다. 오히려 기쁘고 행복했다. 누군가 자신을 걱정해주고 위해준다는 것은 언제나 사람을 기분 좋게 했다.
 이런 소중함을 지키기 위해서라도 자신은 강해져야 할 것이다. 그러기 위해서 레어는 반드시 찾아야 할 목표였다.
 레지나를 향해 어느 때보다 환한 미소를 지으며 리안은 속으로 그렇게 다짐했다.

제3화

용언마법

"영주님, 어딜 그렇게 가시는 겁니까!"

오스왈트는 무거운 기사복도 벗어던지고 끈질기게 리안을 따라붙었다. 그는 몰랐겠지만 그로 인해 앞서 달려가고 있던 리안의 얼굴에는 낭패감이 돋았다.

왜 그를 생각하지 못했을까.

전대 영주님에 대한 충성심으로 죽는 순간까지 주인을 진심으로 모셨던 노기사, 오스왈트.

순행 중 유곽에 들르는 척 몰래 빠져나왔다가 그만 그에게 걸리고 말았다.

다른 기사들처럼 못 본 척 그냥 넘어가 주면 좋으련만,

고리타분한 성격답게 늙은 몸을 이끌고 끝까지 자신을 쫓아오고 있었다.

처음에는 충분히 따돌릴 수 있을 거라 생각하고 적당히 머리를 써가며 움직였다.

하지만 얼마나 집요하게 뒤쫓아 오는지 지금은 잡히지 않기 위해 있는 힘을 다해 뛰고 있었다.

산맥을 뒤진 지 오늘로써 벌써 세 달째다.

순행을 이유로 성을 벗어난 리안은 핑계로 삼은 것이기는 하나 영지를 돌아보는 일을 소홀히 하지 않았다.

다만 중간에 한 번씩 유곽에 들러 쉬어가는 척하며 홀로 몰래 컴프턴 산맥을 드나들고 있었다. 일부러 산맥과 연결된 영지로만 순방을 다녔기에 가능한 일이었다.

산행은 생각했던 것만큼 위험하지 않았다. 지난 두 달 동안 목숨을 위협할 만한 동물이나 몬스터를 리안은 한 번도 마주친 적이 없었다.

처음에는 무척 의아했으나 이유를 알게 된 지금은 오히려 마음이 한결 가벼웠다. 안심이 된 것이다.

살아생전 인간에게조차 두려움의 대상이던 드래곤은 마찬가지로 숲의 동물과 몬스터들에게도 공포의 존재였다.

본능이 앞서는 만큼 그 공포의 척도가 훨씬 큰 그들은 레어 근처에는 아예 얼씬도 하지 않았다.

그 탓에 이미 멸종되었음에도 불구하고 여전히 레어의

주변은 조용했다.

입구는커녕 장소가 맞는지조차 헷갈릴 지경이던 리안에게 그나마 한 줌의 위안거리라고 할 수 있었다.

애초에 어린 영주의 신변 보호에는 관심도 없던 수행원들이고, 리안이 유곽에 있는 이상 그들도 마음껏 자유를 즐길 수 있었기에 어제까지만 해도 순조로운 날들이었다.

그러나 오스왈트가 끼어듦으로써 순조로움과는 거리가 멀어졌다.

변복을 했음에도 불구하고 어떻게 알아봤는지 뒤따라오는 오스왈트와의 간격이 점점 줄고 있었다.

레어를 발견하는 것은 반드시 혼자여야만 했다. 이제 막 영주가 된 리안에게 믿고 의지할 수 있는 자는 아직 아무도 없었다.

물론 오스왈트가 주인에게 얼마나 극진했는지는 잘 알지만 그리고 '레어'라는 커다란 보물을 앞에서 변하지 않으리란 보장이 없었다.

리안은 후드를 더욱 깊게 눌러쓰며 날리고 또 달렸다. 신 살의 노장 오스왈트도 그에 질세라 사명감을 다해 뛰고 또 뛰었다.

그렇게 한참을 달리던 중 리안이 갑자기 방향을 산길로 틀었다.

"여, 영주님!"

아직은 산세가 시작되는 곳이기 때문에 험하지 않지만 이곳은 당당히 컴프턴 산맥의 한 부분을 차지하는 곳이었다. 리안의 돌발 행동에 오스왈트가 기함하며 급히 뒤쫓아 올라갔다.

"정말 지치지도 않는군, 헉헉."

포기하지 않고 끝까지 따라오는 오스왈트로 인해 리안은 정말 죽을 맛이었다. 그의 체력도 이제 거의 한계에 다다르고 있었다.

아니, 한계는 이미 아까 전에 왔다. 조금만 더, 조금만 더를 외치며 여기까지 왔다.

"젠장!"

어느새 더 거리를 좁혀오는 오스왈트를 원망스런 눈길로 바라보며 리안은 가누던 몸을 다시 일으켜 세웠다.

산세는 갈수록 가파르고 험악해졌다. 시야를 가리는 풀과 나무들의 수가 점점 늘어나면서 오스왈트는 자꾸 리안의 모습을 놓쳤다.

"영주님! 여긴 너무 위험합니다! 어서 나오십시오!"

요 근래 성실히 순행에 임하는 것을 보며 오스왈트는 드디어 작은 영주가 철이 드나 싶었다. 물론 순행 중에도 자주 유곽에 들러 시간을 보내기는 했지만 그건 사내로서 이해할 수 있었다.

하지만 오늘 변복을 하고 몰래 유곽을 빠져나가는 어린

주인을 본 순간 왠지 불안감이 엄습해서 도저히 가만히 있을 수가 없었다.

저 어린 주인을 두고 눈도 제대로 감지 못하셨을 전대 영주님만 생각하면 오스왈트는 아직도 가슴 한쪽이 뻐근했다. 만약 어린 주인에게 무슨 일이 생긴다면 죽어서 영주님을 뵐 낯이 없었다.

대체 왜 이런 산중에서 이러시는지는 모르겠지만 오스왈트는 목청이 터져라 계속해서 리안을 불러댔다.

수풀에 가려 모습이 보이지는 않으나 메아리가 되어 울리는 오스왈트의 음성에 리안은 발놀림을 멈출 수가 없었다. 잠시 쉬다 뛰기를 반복하며 어떻게든 그를 따돌리기 위해 애썼다.

마음이 급해진 탓이었을까?

빽빽할 정도로 앞을 가로막고 있는 풀숲과 나무 사이로 리안은 조금의 의심도 없이 뛰어들었다.

"으아악!"

비명은 자연스레 터져 나왔다. 밑으로부터 전해지는 싸늘한 허전함에 리안은 외마디 소리를 지르며 두 팔을 허우적거렸다.

수풀 뒤로 도사리고 있던 것은 끝을 알 수 없는 낭떠러지였던 것이다.

깎아지른 절벽을 바로 눈앞에 두고 아래로 떨어지는 리안의 눈동자는 어느 때보다 겁에 질려 있었다.

이렇게 죽을 수는 없었다.

이제 막 새로운 삶을 시작하지 않았던가.

또다시 이처럼 허무하게 죽기는 싫었다.

죽음에 대한 공포가 물밀듯이 몰려왔지만 리안은 죽을힘을 다해 절벽으로 두 손을 뻗었다.

"크윽!"

불에 덴 듯한 극심한 고통이 뒤따랐다.

당연했다. 세상의 모든 것은 위로부터 아래로 떨어진다. 그것을 강제로 멈추고자 하는 일이니 어찌 아픔이 없을 수 있을까.

리안은 제발 뭐라도 걸리기를 바라며 이를 악물고 끝까지 양손에 힘을 가했다.

뚝!

손가락이 부러지는 소리가 그 와중에 섬뜩하리만치 뚜렷하게 리안의 귀에 들려왔다.

한 개, 두 개, 세 개. 불에 지지는 듯한 쓰라림과 아픔이 느껴졌지만 리안은 신음 한 번 흘리지 않았다. 앙다문 입술 사이로 핏물과 함께 눈에서는 눈물이 쏟아졌다.

한 번의 죽음을 이미 경험해 본 탓인지 삶을 향한 리안의 집착은 보통 사람들보다 훨씬 지독했다.

쿠웅!

그런 리안의 집념이 하늘에 닿았음일까?

절벽을 뚫고 자라던 앙상한 나뭇가지에 옷가지가 걸리며

추락이 멈췄다.

하지만 그 충격의 반동으로 몸이 휘어지며 리안의 머리와 절벽이 크게 충돌했다. 쇼크로 인해 리안은 정신을 잃고 말았다.

영주님— 영주님—

시간이 흐르고 어디선가 들리는 메아리 소리에 리안은 천천히 눈을 떴다. 그리고 다음 순간 소스라치게 놀라며 거친 숨을 몰아쉬었다.

살아 있다는 사실에 아주 잠시지만 환호성이라도 지르려던 참이었다.

하지만 발바닥에 느껴지는 것이 아무것도 없었다. 흐릿한 시야에 제일 처음 들어온 것은 차갑고 거친 절벽의 한 귀퉁이였다.

휘이이잉.

바람이 불자 몸이 앞뒤로 조금씩 흔들렸다. 침을 꿀꺽 삼키며 리안은 살짝 목과 눈동자를 돌려 주위를 살펴보았다.

위로는 청명한 하늘이, 아래로는 삐죽한 돌무더기들과 깊이를 알 수 없는 물이 보였다.

절벽을 뚫고 생명력을 뽐내고 있던 소나무에 천운으로 옷가지가 걸려 살아났다는 사실을 리안은 그제야 인식했다.

기가 막힌 상황이긴 하나 어쨌든 아직 죽지는 않았다는 사실에 리안은 아주 조금 안도했다.

"으윽."

 그 순간 양쪽 손으로부터 극심한 고통이 느껴졌다. 칼로 벤 듯한 쓰라림은 물론 화상을 입은 듯한 괴로운 열기가 손끝을 시작으로 온몸으로 파고들었다.

 얼마나 다친 걸까. 리안은 눈을 최대한 아래로 내려뜨고 자신의 몸 상태를 살폈다.

 하지만 두 팔이 온통 피투성이라는 것밖에는 알 수 있는 것이 없었다. 어느 손가락이 부러졌는지조차 분간이 가기 어려울 정도로 상태는 처참했다.

 영주니임— 영주니이임—

 그때 누군가의 목소리가 메아리가 되어 다시금 리안의 귀에 들려왔다.

"오스왈트!"

 그의 존재가 이토록 반가웠던 순간이 있었던가. 리안의 얼굴에 급격히 화색이 돌더니 그가 아픔도 잊고 힘껏 소리쳤다.

"오스왈트! 여기예요, 여기!"

 잠시 후 리안의 음성이 메아리가 되어 바로 산속에 울려 퍼졌다. 그 소리를 들은 듯 리안을 찾는 오스왈트의 목소리가 재차 메아리가 되어 들려왔다.

 하지만 아무리 리안이 힘을 다해 소리쳐도 소용없었다. 산속을 울리는 메아리로 사람을 찾는다는 건 애초부터 불가능한 일이었다.

두둑.

그러기를 한참, 목이 쉬어 더 이상 소리조차 내기 힘들 무렵 별안간 불길한 소리가 리안의 정신을 번쩍 깨웠다.

'설마!'

서늘한 기운이 등골을 타고 내려왔다. 설마 아닐 것이다. 리안은 급히 고개를 꺾어 나무뿌리 부근을 살폈다.

"······!"

안 그래도 창백하던 얼굴이 더욱 새파랗게 질렸다.

상황에 맞지 않게 화가 치솟았다. 절벽을 뚫고 당당히 살아갈 때는 언제고 고작 자신의 무게 하나 감당하지 못한단 말인가.

한 가닥 한 가닥 뽑혀져 나오는 나무뿌리를 보며 리안은 혼미해져가는 정신을 다잡으려 애썼다.

오스왈트에게 도움을 청하기엔 이미 늦었다. 분명 저 위 어딘가에 그가 있을 것이 분명하지만 까마득한 높이였고 당장은 시간이 급했다.

'이 손으로 버틸 수 있을까?'

깎아지른 절벽이긴 하나 다행히 절벽의 단면은 손발을 디딜 공간이 제법 많이 보였다. 부러진 손가락으로 얼마나 버틸 수 있을지는 모르지만 일단은 나무에서 벗어나야 했다.

두려움에 심장이 미친 듯 뛰기 시작했다. 새로 얻은 삶을 추락사로 끝내느냐 마느냐의 기로에 서 있었다.

리안은 입술을 깨물고 눈을 부릅뜨며 차가운 절벽으로 손과 발을 뻗었다.

"크윽."

고통에 찬 신음 소리가 입술을 비집고 흘러나왔다. 부러지고 안 부러지고에 상관없이 열 손가락 전부가 타들어가듯 아팠다. 정신을 놓을 만큼 아득한 고통이었다.

하지만 살아야 했기에 그럴수록 리안은 두 팔에 더욱 힘을 실어 절벽을 기어올랐다.

"헉헉."

억겁과도 같은 시간이 흘렀다. 하지만 몇 번이고 위를 올려다봐도 변한 것은 없었다. 여전히 리안에게 지상은 먼 존재였다.

온몸이 땀으로 축축하게 젖었다. 비라도 맞은 것처럼 흥건한 머리칼이 얼굴을 뒤덮었다. 흘러내리는 땀으로 인해 눈 주변이 따끔거렸다.

하지만 더 이상의 아픔은 느껴지지 않았다. 한계에 이른 몸은 고통조차 잊게 했다. 양다리와 양팔 모두 아무런 감각이 없었다.

'이렇게 죽는 것인가.'

감촉도 느껴지지 않는 팔과 다리가 움직이는 것을 멍하니 바라보며 리안은 다시금 죽음을 예감했다. 그러자 하인으로 살던 시절 죽음을 맞이했을 때보다 더 큰 허무함이 찾아왔다.

비록 얼마 되지 않은 시간이지만 처음으로 가족의 정이라는 것을 느껴 보았다.

인자하신 어머니와 귀여운 여동생의 얼굴이 떠올랐다. 그들을 두고 죽어야 한다는 사실이 리안은 못내 아쉽고 억울했다.

이제 막 영주가 되었는데, 이제 막 자신이 하고픈 일을 시작했는데, 이제 막 귀족의 삶에 적응하였는데…….

세상은 언제나 자신에게는 참으로 야속하다는 생각이 들었다. 차라리 이런 기회를 주지나 말던가.

구구구궁.

그때였다.

의식조차 없이 기계적으로 팔다리를 놀리던 리안이 움푹 파인 곳에 발을 집어넣은 순간, 묵직한 음향과 함께 절벽 전체가 조그맣게 흔들렸다.

먼지와 작은 돌무더기들이 우수수 떨어지며 리안의 젖은 몸에 보기 싫게 달라붙었다.

입속으로 들어온 먼지들을 퉤퉤 뱉어내며 리안은 무슨 일인가 싶어 주위를 둘러보았다. 그런 그의 눈이 어느 순간 화등잔 만하게 치켜떠졌다.

"……!"

2미터쯤 될 법한 거리였다. 리안의 왼쪽 옆으로 장정 네댓 명은 들어갈 만한 커다란 구멍이 난데없이 절벽 중간에 나타나 있었다.

망치로 뒤통수를 세게 얻어맞은 듯한 충격이 그 순간 리안의 전신을 휘감았다.

"……목숨을 걸지 않고선 결코 들어갈 수 없는……."

불현듯 그 말이 입 밖으로 튀어나왔다.

약초꾼에 의해 발견되었다는 레어는 그 입구가 절대 목숨을 걸지 않고선 들어갈 수 없는 곳이라는 말이 병사들 사이에서 소문처럼 떠돌았다.

레어의 존재는 모두가 아는 사실이나, 그와 관련된 일은 전부 극비사항이었기 때문에 사람들의 입을 타고 오르내리는 소문은 한두 가지가 아니었다.

관심도 없었거니와 자신과는 상관없는 일이기에 무심하게 지나갔던 리안이지만, 너무도 극적인 상황에 등장한 동굴을 보며 이곳이 레어의 입구임을 확신했다.

순간이동을 자유자재로 구사하는 드래곤이니 이 동굴은 아마도 가디언들이 드나들던 곳일 것이다.

나락으로 떨어지던 정신의 끝을 다시 한 번 끄집어내며 리안은 젖 먹던 힘까지 다해 몸을 움직였다.

"으윽."

살고자 하는 의지가 돌아온 것은 좋은 일이나 고통이 다시 찾아온 것만은 달갑지가 않았다. 다시금 몰려든 극심한 고통으로 인해 리안의 작은 몸이 부서질 것처럼 흔들렸다.

"조금만……. 조금만 더……."

말이라도 하지 않으면 괴로움을 견디다 못해 숨이 멈출 것 같아 리안은 쉬지 않고 계속 중얼거렸다.

후들후들 손끝이 떨렸다.

포기하자란 마음이 목구멍까지 차올랐을 때 드디어 끝이 보였다. 이제 마지막 한 번만 더 손을 뻗으면 안전하게 두 다리를 뻗고 쉴 수 있었다.

피투성이가 된 리안의 퉁퉁 부은 손이 동혈의 입구 가장자리를 잡았다.

"끄아아악!"

구멍 안으로 몸을 집어넣기 위해 악을 쓰며 마지막 남은 힘까지 모조리 끌어 모았다.

그리고 넓고 평평한 바닥에 두 발이 닿는 순간 리안은 정신을 잃고 그대로 쓰러졌다.

*   *   *

'여기가 어디지?'

눈을 뜬 순간 리안의 시야에 제일 먼저 들어온 것은 높디높은 천장이었다. 동시에 머릿속으로 조금 전의 일이 생생하게 떠올랐다. 그 즉시 리안의 몸이 용수철처럼 튀어 올랐다.

"크윽!"

상처 입은 몸에 힘이 들어가면서 격한 신음소리가 새어나왔다.

무척 고통스러웠지만 리안은 얼굴을 찡그리며 일단 주위를 살피는 것에 집중했다.

바닥을 포함한 동굴의 네 단면은 누군가 잘라놓은 것처럼 크기가 모두 일정하고 매우 반듯했다. 양쪽 벽면에 동일한 간격으로 달려 있는 수정구에서는 빛이 흘러나와 동굴 안을 밝히고 있었다.

'내가 정말 입구를 제대로 찾은 걸까?'

절벽에 매달려 있을 때만 해도 확신하던 것이 지금은 왠지 자신감이 사라졌다.

실감이 나질 않았다.

자신이 살았다는 것도, 이렇게 레어의 입구를 발견했다는 것도 리안은 새삼 믿기지가 않았다.

단순하다시피 했던 삶이 어느 순간부터 기적과도 같은 일의 연속이 되자 불안했다. 기쁜 것은 사실이지만 의심 많은 나약한 인간이기에 이러다 한순간에 모든 것이 사라질 것만 같아 두려웠다.

언제쯤 이런 불안한 생각을 떨쳐버릴 수 있을까…….

과거로 돌아와 뜻하지 않게 주인의 삶을 살게 된 리안에게 그것은 숙제라면 숙제였다.

오랫동안 정신을 잃고 있었는지 동굴 밖은 이미 컴컴해져 있었다.

꼬르륵.

상황에 어울리지 않게 리안은 갑자기 허기가 느껴졌다. 목도 말랐다.

레어에 가면 먹을 것이 있을까?

리안은 기대감을 안고 동굴 안으로 천천히 걸어 들어갔다.

동굴은 심심하리만치 걷는 내내 아무것도 보이는 것이 없었다. 방향도 줄곧 직선으로만 곧게 뻗어 있었다.

그렇게 상당히 오래 걷고서야 리안은 탁 트인 공간과 마주했다.

"와아……."

감탄사가 절로 흘러나왔다.

거대한 크기도 크기지만 천장은 물론 바닥과 벽면 전체에 아로새겨진 수많은 보석들을 보며 리안은 벌어진 입을 다물지 못했다.

손을 뻗어 벽면 가득 채우고 있는 보석들을 하나하나 직접 만져 보았다. 그 크기가 얼마나 다양한지 머리통보다 더 큰 것이 있는가 하면, 모래알만큼이나 작은 것도 있었다.

전부 어떤 일정한 규칙에 따라 배치가 된 듯 눈이 부시다거나 어지러운 느낌은 전혀 들지 않았다.

형형색색의 이름도 알 수 없는 보석들을 바라보며 리안은 그저 멍하니 감상에 젖어들었다.

"응?"

그런데 언제부터였을까?

이곳에 살았을 드래곤에 대한 궁금증이 조금씩 생길 무렵, 리안은 손으로부터 전해지는 기이한 느낌에 걸음을 멈추고 시선을 아래로 내렸다.

그리고 깜짝 놀라 두 눈을 커다랗게 떴다.

여전히 그의 양손은 피투성이의 몰골 그대로였다. 하지만 방금 전까지만 해도 부러지고 깨져 퉁퉁 부어 있던 손이 어느새 붓기가 완전히 가라앉아 있었다.

더욱 놀라운 것은 손가락을 까닥이자 통증이 느껴지지 않았다. 분명 상처로 인한 지독한 고통이 느껴져야 정상일 텐데 멀쩡했다.

리안은 어리둥절한 눈으로 두 손을 얼굴 가까이 들어올렸다.

"……!"

자세히 살펴보니 더욱 황당했다. 옷과 살에 피가 묻어 있을 뿐 긁힌 자국 하나 없이 아주 깨끗했던 것이다.

이게 대체 무슨…… 혹시?

영문을 알 수 없는 일에 리안이 당황한 것은 아주 잠시였다.

그가 있는 곳이 어디인가. 정확한 이름까지는 알 수 없으나 여기는 다름 아닌 드래곤의 레어였다.

마법의 최고봉이라 불리던 드래곤의 영역.

리안의 추측이긴 하지만, 어쩌면 이곳은 본래의 주인이 상처를 치유하기 위해 만든 곳일지도 몰랐다.

수천 년을 살아가는 드래곤이 멸종할 수밖에 없었던 가장 큰 이유는 종족 간의 갈등 때문이었다.

어느 누가 감히 드래곤을 멸할 수 있겠는가. 얕은 지식으로 자세히는 알지 못하나 그들은 멸종되기 바로 직전까지도 서로가 반목하며 싸웠다고 리안은 알고 있다.

지금 이곳은 그런 와중에 만들어진 곳이 아니었을까?

그리고 보니 이곳에 들어선 순간부터 아픔을 거의 느끼지 못했던 것 같다.

처음 보는 진귀한 풍경에 정신이 팔려 넋을 잃고 구경하느라 보석들을 손으로 만지고 다녔음에도 미처 그 사실을 인식하지 못했다.

기분 탓인지 상처가 치유된 것뿐 아니라 몸도 한결 가벼워진 느낌이었다.

"어머니의 병도 나을 수 있을까?"

무사히 몸이 치유되고 나자 리안은 성에 계실 어머니의 얼굴이 떠올랐다. 하지만 멀쩡히 치료가 된 양손을 눈앞에 두고서도 리안은 확신할 수 없었다.

어머니의 병이 물리적인 것보다 정신적인 원인이 더 크다는 것을 알기 때문이다. 하지만 밑져야 본전. 도움이 될지언정 해가 되지는 않을 것이다.

조만간 어머니를 모셔오기로 다짐하며 리안은 다시금 정신을 가다듬고 레어 탐방에 나섰다.

홀에서 밖으로 연결된 통로는 그가 들어선 곳 말고도 여러 개가 있었다. 리안은 헷갈리지 않게 가장 왼쪽부터 시작했다.

처음 지나온 동굴과 비슷한 크기의 통로를 지나 리안이 제일 먼저 도착한 곳은 안락한 느낌의 서재였다. 풍기는 분위기와 가구의 모양이 그렇다는 것이지 그 크기만큼은 절대 그렇지 않았다.

황궁의 도서관도 이러지는 못할 것이다. 거대한 벽면을 빼곡히 채운 막대한 양의 서적들을 보며 리안은 한순간 숨도 제대로 쉬지 못했다. 대륙에 퍼져 있는 책이란 책은 모조리 끌어 모아 놓은 듯했다.

이 거대한 서재에는 언제 어디서나 편하게 책을 보기 위함인지 너른 소파들이 곳곳에 줄지어 놓여 있었다.

더 이상의 책은 구입할 필요도 없었다. 여기에 있는 책만으로도 죽을 때까지 읽기에 충분하고도 넘쳤다.

서재라고 부르기에도 민망했다. 수많은 책들을 지나 맞은편 통로를 향해 걸어가며 리안은 속으로 생각했다. 앞으로 이곳을 도서관이라 부르기로.

하지만 통로를 지나 다음 장소에 도착했을 때 리안은 도서관이란 명칭 앞에 숫자 하나를 더 붙여야 했다. 규모는 각기 달랐지만 도서관이라 불리기에 손색이 없는 서재가 이후로도 세 곳이나 더 나왔기 때문이다.

책의 제목들을 대충 살펴보니 마법, 검술, 문학, 예술, 사회, 역사 등 유형별로 구분해 놓았음을 알 수 있었다. 당장에 읽고 싶은 눈에 띄는 서적들만 해도 수십 가지에 달했다.

하지만 지금은 레어에 대해 알아내는 것이 시급했다. 리안은 어렵사리 책에서 시선을 떼고 발걸음을 돌렸다.

다음 방에 들어서니 마법의 종족답게 마법 연구실이 리안을 반겼다. 마법에는 워낙 문외한이었기 때문에 알아볼 수 있는 건 없었지만 왠지 장소에서 느껴지는 분위기가 사뭇 엄숙했다.

실험의 흔적이 엿보이는 여러 기구들과 한손에 들기에도 벅차 보이는 두꺼운 마법서적들이 수두룩하게 널려 있었다.

아까부터 느낀 것이지만 레어의 모든 것들은 방금 전 청소를 마친 것처럼 티끌 하나 없이 청결했다.

청결 마법이라도 걸어놓고 죽은 걸까?

돌연한 상상에 리안은 혼자 피식 웃었다.

마법 서적에는 대륙의 공용어가 아닌 처음 보는 언어가 쓰여 있었다. 아마도 마법의 언어라는 룬어일 것이다. 리안은 신기한 나머지 서적 하나를 꺼내 펼쳐 보았다.

드래곤이 멸종되면서 마법이란 학문은 그와 함께 자연스럽게 쇠퇴의 길로 접어들었다. 리안이 알기로 현재 남아 있는 마법사의 수가 전 대륙을 다 합쳐도 천여 명이 채 되지 않았다.

마법의 수준 또한 현저하게 떨어져 제국의 제일가는 황실 마법사의 수준이 고작 5서클 정도였다.

죽도록 공부해도 대부분이 1서클과 2서클에 머무는

수준이다 보니 마법을 공부하는 자들의 수는 나날이 줄어갔다.
"나도 마법을 익힐 수 있을까?"

연구실을 서성이며 돌아보던 리안은 무심코 튀어나온 혼잣말에 바로 고개를 내저었다. 책만 들입다 본다고 해서 마법사가 될 수 있다면 지금처럼 마법이 쇠하지는 않았을 것이다.

듣기로 마법을 배우기 위해선 반드시 스승의 존재가 필요했고 뛰어난 자질과 우수한 두뇌가 뒤따라야 했다.

지극히 주관적인 평으로도 리안은 그 세 가지 모두를 갖추지 못했다. 그런 면에서 아깝긴 하지만 당분간 이곳 마법 연구실에는 올 일이 없을 것 같다.

리안은 과감히 등을 돌리고 연구실을 빠져나왔다.

레어 자체가 겉으로 드러난 것이 아니고 산 내부에 존재하는 것이기 때문에 제대로 가늠하기가 어려웠지만 넓이가 엄청나다는 것만큼은 확실했다.

리안이 길을 잃은 것이 수십 번이고 바닥에 앉아 쉬어가기를 열두 번도 더 반복했다.

드래곤이 인간의 모습을 하고 생활하기를 즐긴다고 하더니 레어의 곳곳에는 인간의 집을 연상케 하는 곳이 많았다. 침실부터 시작해서 부엌과 거실, 놀이방 등 각기 다른 분위기로 꾸며놓은 곳들이 리안의 눈을 즐겁게 했다.

혹시나 했던 걱정은 어느새 사라지고 없었다.

드래곤이 살아생전 만들었을 뭔가가 나타나 위험에 빠지면 어쩌나 걱정을 했었는데, 레어는 이상하리만치 평화로웠다.

"여기가 마지막인가?"

지금까지 보아온 것만으로도 어지간한 영지 하나 정도는 살 수 있을 것 같았다.

세상에 알려진 것처럼 엄청난 양의 재물이나 보물은 없었지만 레어 자체만으로도 리안에게는 충분한 가치가 되고도 남았다.

무엇보다 자신의 몸을 낫게 한 치유홀이 리안은 가장 마음에 들었다.

레어를 헤매는 동안 리안은 시간 감각을 잃어버렸다. 하루가 지났는지 이틀이 지났는지 알 수 없었다. 돌아보다 피곤하면 잠시 몸을 가누고 쉬었다가 다시 일어나서 구경을 시작하곤 했을 뿐이다.

느낌상 왠지 마지막일 것 같은 통로를 지나며 리안은 이곳은 과연 어떤 곳일까 홀로 상상해봤다. 하지만 이미 나올 만한 것은 다 나왔기에 딱히 떠오르는 것이 없었다.

혼자만의 생각에 빠져 무심코 통로의 끝에 발을 얹던 리안은 갑자기 눈앞을 채우는 거대한 생물을 보고 그만 그대로 얼어붙었다.

"……!"

너무 놀라서일까.

비명은커녕 작은 신음조차 나오지 않았다.

눈앞에, 바로 코앞에 나타난 거대한 황금색 산을 보고 리안은 감히 한 걸음도 앞으로 내딛을 수가 없었다.

드래곤이 아직 살아 있을 거라고는 꿈에도 생각하지 못했다. 이미 오래전 멸종된 그들이 아니던가.

또 한 번 죽음이란 단어가 머릿속에 떠오르며 리안의 얼굴은 그야말로 새하얗게 질렸다.

아주 조금씩 천천히 뒤를 향해 다리를 움직였다. 저 커다란 눈이 떠지기 전에 어서 이곳에서 도망쳐야 한다. 오로지 리안의 머릿속에는 그 생각뿐이었다.

"……?"

그런데 무슨 일일까. 조심스레 물러나던 리안의 다리가 움직임을 멈추고 제자리에 멈춰 섰다.

드래곤의 출현에 놀라 한 가지 사실을 간과했다는 것을 그제야 깨달은 것이다.

정신을 차리고 자세히 바라보니 움직임이 없었다.

처음에는 잠이 든 것이라고 생각했지만 살아 있는 생명체라면 모두가 숨을 쉰다. 숨소리가 들려야 했고, 공기가 몸속으로 들어갔다 나오는 어떠한 움직임이 몸 어딘가를 통해 보여야만 했다.

하지만 저 거대한 몸 어디를 보아도 변화는 없었다. 드러난 곳 어디에도 썩어 문드러진 흔적은 없지만 이미 죽어버린 시체일 확률이 컸다.

뒤쪽을 향하던 리안의 발걸음이 다시 앞을 향해 나아갔다. 하지만 그 속도는 이전보다 훨씬 느렸다.

죽은 시체라 할지라도 드래곤이다. 거대한 신체에서 뿜어져 나오는 압박감은 약한 인간이 감당하기엔 무리였다.

리안은 절벽에 매달렸을 때보다 더 큰 두려움을 느꼈다. 드래곤이란 인간의 원초적 공포심을 자극하는 무시무시한 괴물이었다.

시간이 얼마나 흘렀을까.

어느새 드래곤의 바로 코앞까지 다가간 리안은 아무것도 하지 않은 채 석상처럼 한동안 가만히 서 있었다.

감히 건드려볼 마음은 들지도 않았다. 숨을 쉬는 기관인 코와 입에서 어떠한 소리도 들리지 않았지만 겉으로 보이는 모습은 마치 살아 있는 것처럼 생생했기에 쉽게 용기가 나질 않았다.

소리라도 질러 볼까 하다가 혹시나 하는 생각에 그것마저 포기했다.

'하나, 둘, 셋……'

리안은 심호흡하며 속으로 천천히 숫자를 세기 시작했다. 일부터 백까지 다 세고도 아무런 변화가 없다면 그땐 용기를 내리라 다짐했다.

"……"

길고 긴 침묵의 시간이 지나고 리안의 숫자 세기가 멈췄다. 다행스럽게도 변화는 없었다.

이렇게까지 했음에도 반응이 없다는 건 죽은 게 확실했다. 리안은 용기를 내 천천히 드래곤의 주변을 따라 걷기 시작했다.

죽었다고 단정을 내려서일까. 마음이 급격히 편해지며 여유가 찾아왔다.

그래도 차마 만지지는 못하고 눈으로만 드래곤의 몸 구석구석을 살피며 가슴을 진정시켰다. 황금빛 몸체로 보아 골드 드래곤임이 분명했다.

등에 달린 두 장의 날개는 박쥐의 그것과 닮았지만 크기부터 박쥐와는 비교자체가 불가능했다. 몸통 길이에 필적할 만한 긴 꼬리는 온통 뾰족한 가시투성이였다. 파충류처럼 털이 나지 않은 황금색 가죽은 보는 것만으로도 굉장히 매끄러워 보였다.

리안은 드래곤의 몸을 빙 돌아 다시 얼굴 앞으로 와 섰다.

눈동자는 무슨 색일까?

차양이 쳐진 듯 감긴 드래곤의 눈은 리안으로 하여금 괜한 궁금증을 불러일으켰다.

하지만 시체가 눈을 뜰 리도 없거니와 리안이 억지로 눈꺼풀을 들어올릴 만한 힘도 없었다. 세상엔 궁금하다고 해서 모든 걸 알 수는 없는 법이었다.

리안은 드래곤의 감긴 눈에서 시선을 떼고 손을 들어 천천히 드래곤의 얼굴로 가져갔다.

어떤 느낌일까? 뱀의 가죽과 같은 미끌미끌한 느낌일까? 세상에 드래곤을 만져본 사람이 자신 말고도 또 있을까?

풀어졌던 마음이 다시금 두근거리며 긴장감이 찾아왔다.

꿀꺽.

마른침이 넘어갔다. 리안의 왼손이 서서히 드래곤의 얼굴 위로 내려앉았다.

그때다.

번쩍!

꺼칠꺼칠한 피부의 감촉이 리안의 손에 느껴지는 순간, 죽은 줄로만 알았던 드래곤의 눈꺼풀이 위로 올라가며 거대한 황금색 눈동자가 모습을 드러냈다.

"으아학!"

리안은 소스라치게 놀라며 비명을 와락 내질렀다. 단언하건대 이보다 깜짝 놀란 적은 결단코 한 번도 없었다.

그리고 그 순간 형용할 수 없는 환한 빛이 드래곤의 몸 전신에서 뿜어져 나오며 주변 일대를 뒤덮었다.

하지만 그것도 잠시, 그 눈부신 빛들은 곧 한곳으로 모였다. 드래곤의 머리 위 허공에서 동그랗게 모인 그 빛 덩이는 한동안 뭔가를 고민하는 듯 제자리에서 빙글빙글 맴돌았다.

드래곤의 눈과 마주친 순간 이대로 먹잇감이 되는구나 생각했던 리안은 겁에 질린 얼굴로 그 수상한 빛 덩이를 올려다보았다.

우우우웅.

점점 주변을 울리는 소리가 커져가고 공중에 떠 있는 빛덩이의 움직임도 격해졌다.

리안이 에라 모르겠다는 심정으로 무작정 자리를 벗어나려 할 때, 섬광 같은 속도로 빛 덩이가 날아와 리안의 머리와 충돌했다.

콰앙!

마치 쇠붙이끼리 부딪히기라도 한 듯한 굉음이 일대를 울렸다. 리안의 몸은 벼락이라도 맞은 것처럼 바들바들 떨리기 시작했고, 빛 덩이는 리안의 머릿속으로 완전히 들어가기 위해 안간힘을 써댔다.

그럴수록 리안의 떨림은 더욱 격해지고 거칠어졌다.

리안의 부릅떠진 눈동자가 서서히 황금색으로 변해갔다. 까만 머리칼 또한 염색이라도 한 듯 황금빛으로 물들어갔다.

리안의 머리칼과 눈동자가 완전한 황금빛으로 바뀌었을 때 리안의 머리를 파고들던 빛 덩이의 모습은 더 이상 보이지 않았다.

퍼엉!

그리고 그 순간, 리안은 보지 못했지만 드래곤의 육체가 폭발하며 한순간에 가루가 되어 공중으로 흩날렸다.

어느새 떨림을 멈춘 리안의 신체가 힘을 잃고 바닥으로

쓰러졌다. 리안이 정신을 차린 것은 그로부터 닷새라는 시간이 흐른 뒤였다.

*　　　*　　　*

태양이 이글이글 타오르는 점심나절. 그보다는 못하지만 리안의 한쪽 손에도 작은 불덩이 하나가 이글이글 타오르고 있었다.

"라이트닝 볼."

리안의 나지막한 음성에 불덩이가 사라지고 곧 그와 비슷한 크기의 뇌전이 생겨났다.

스파크를 튀기며 리안의 손아귀에 나타난 뇌전은 당장이라도 날아가 폭발할 것처럼 맹렬해 보였다.

"용언마법이란 정말 대단하구나."

자신이 만들어낸 것을 누구보다 신기하게 쳐다보는 리안의 두 눈에서는 황금빛 이채가 언뜻언뜻 비치고 있었다. 새까만 눈동자에 황금색 빛이 드리우자 묘한 신비감을 자아냈다.

드래곤의 레어를 발견하고 무려 닷새 동안 정신을 잃고 있던 리안이 얻은 것은 믿을 수 없게도 용언마법이었다.

용언마법이 무엇인가.

지금은 기억하지 못하는 사람들도 있겠지만 용언마법이란 드래곤이 사용하는 마법을 가리켜 인간들이 부르던 말이다.

길고 긴 주문을 외우고 마지막 시동어를 외치고 나서야 실현되는 인간의 마법과 달리, 그저 시동어만으로 마법을 펼칠 수 있는 드래곤의 마법을 인간들은 용언마법이라 칭하며 경외했었다.

그런 용언마법을 지금 열다섯 살의 리안이 펼친 것이다.

"세이프리드……."

낯선 그 이름을 리안은 홀로 조용히 중얼거렸다.

레어의 주인이자 대륙의 마지막 남은 드래곤이었던 골드 드래곤, 세이프리드. 다름 아닌 그로 인해 리안은 용언마법을 얻었다.

닷새 만에 깨어나 상황 파악을 하기도 전에 두서없이 머릿속으로 떠오르는 마법지식 때문에 리안은 꽤 고생을 했었다.

듣지도 보지도 못한 마법에 관한 지식들이 닥치는 대로 떠올라 머릿속을 어지럽혔다.

뿐이랴. 레어의 구조와 어디에 무엇이 있고, 그것이 어떤 방법으로 쓰여야 하는지까지도 머릿속에 들어와 있었다.

레어의 탐방을 다 마쳤다고 생각했던 것은 끔찍한 오산이었다. 비밀스럽게 감추어진 곳은 기본이고 순간이동이 아니면 갈 수 없는 곳까지 존재했다.

하지만 뭐니 뭐니 해도 리안을 가장 놀라게 한 것은 고룡 세이프리드가 남긴 말이었다.

은은한 울림으로 단 한 번만 전해진 그의 말은 리안의 작은 몸을 격동시키기에 충분했다.

나의 이름은 세이프리드. 골드 일족의 마지막 수장이자, 앞으로 대륙 최후의 드래곤으로 불릴 존재다.

나의 음성을 듣고 있을 그대는 과연 어느 종족일까. 개인적인 바람으로는 인간이기를 바란다. 인간이란 고작 백 년도 살지 못하는 나약한 종족이지만 나는 그들에게서 참으로 많은 것을 배웠다.

각설하고, 그대는 지금 매우 혼란스러워 하고 있겠지. 지금부터 내가 이유를 설명할 테니 경청하도록 하라.

그대가 알고 있을지도 모르지만 우리 드래곤은 일족 간의 심각한 갈등으로 인해 오랜 세월을 첨예한 대립 속에서 지내왔다.

그 탓에 수천 년을 살아가는 강인한 육체를 지니고도 우리는 멸종이라는 치욕의 결과를 맞이했다.

지난 몇백 년간 살아남아 있던 드래곤이 모두 죽으면서 결국 나는 대륙의 마지막 남은 드래곤이 되었다. 드래곤이란 원래가 홀로 살아가는 존재이기 때문에 외롭지는 않았다.

하지만 드래곤의 진부라 할 수 있는 마법이 사장되는 것만은 참기가 어려웠다.

그래서 난 중대한 결심을 내렸다. 일정 이상의 지능을 가진 자에게만 발동될 수 있는 마법을 내 육체에 걸어 나의 지식이 전이될 수 있도록.

처음에는 인간이나 엘프를 잡아다가 마법을 전수할까 하는 생각도 했지만 그건 너무 시시했다. 나는 내 마지막

유희를 그런 식으로 간단하고 재미없게 장식하고 싶지는 않았다.

그래서 결국 내가 선택한 것은 운명을 걸어보는 것이었다. 그 운명을 위해 레어에 펼친 마법을 모두 거뒀고, 오로지 절벽과 연결된 곳의 문만을 열어두었다.

아무리 마법이 사장되는 게 싫다 해도 나의 고귀한 마법을 아무한테나 줄 수는 없는 법. 나의 마법과 연이 닿는 운명의 상대가 정말 존재한다면 그 운명에 따라 나의 마법을 차지할 수 있을 것이다.

또한 내가 죽음을 앞당기면서까지 마지막으로 펼친 이 마법에 나는 오백 년이란 한계를 두었다. 그 기간을 넘으면 마법은 자동으로 소멸되고 나의 육체 또한 가루가 되어 사라질 것이다.

나의 레어가 자리하고 있는 나라의 제국력으로 지금은 354년. 그 안에 누군가 나를 발견해주기를 바란다.

생각 같아선 내가 아는 모든 것을 전수해주고 싶지만 받아들이는 존재가 감당할 수 없다는 것을 알기 때문에 마법과 잡다한 몇 가지 정도로 그것을 한정했다.

내가 이러한 말을 남기는 것은 갑작스런 사태로 혼란스러워할 그대를 조금이라도 돕고자 하는 마음에서다.

부탁하건대 그대가 죽더라도 마법이 사장되지 않도록 힘써주길 바란다.

그대는 이제부터 나의 계승자다.

그것을 끝으로 세이프리드의 음성은 더 이상 들리지 않았지만 마치 각인이라도 된 듯 한동안 그의 목소리가 머릿속을 떠나지 않았다.

더구나 354년이라니. 리안은 계속되는 행운을 믿을 수가 없었다.

올해는 853년이다. 조금만 늦었어도 드래곤의 육체 같은 건 리안이 발견할 수 없을 수도 있었다. 물론 그랬다면 놀라지도 않았겠지만 용언마법 역시 얻지 못했을 것이다.

리안은 머릿속을 떠도는 수많은 마법 중 아무거나 시동어를 외쳐보았다.

아무리 전지전능한 드래곤이라고는 하나 인간인 그가 용언마법을 할 수 있게 되었다는 사실을 그대로 받아들이기란 어려웠다.

하지만 그럼에도 혹시나 하는 기대가 컸던 걸까. 아무런 변화도 일어나지 않는 현실에 리안은 크게 실망했다.

그러나 그것은 성급한 판단이었다는 것을 나중에서야 깨달았다.

혼잡한 머릿속을 하루 이틀 천천히 정리하다 보니 드래곤의 호흡법에 대해 알게 된 것이다. 드래곤은 그들만의 호흡법을 통해 막대한 양의 마나를 받아들여 또 하나의 심장인 드래곤 하트를 만들었던 것이다.

드래곤 하트란 마법의 원천이 되는 것으로 용언마법에 없어서는 안 될 중요한 것이었다.

리안은 드래곤은 아니었지만 세이프리드의 안배에 따라

저절로 그 호흡법을 익히게 되었다. 용언마법을 이어가기 위해서는 반드시 드래곤의 호흡법을 알아야 했기에 세이프리드가 미리 손을 써두었던 것이다.

이유야 어찌 되었든 그로 인해 리안은 평상시 숨을 쉴 때나 걸을 때, 심지어 잠을 잘 때조차 의식하지 않고도 자연스레 드래곤의 호흡법을 사용할 수 있게 되었다.

덕분에 신체는 날이 갈수록 튼튼해졌고 웬만해선 피곤함을 느낄 수가 없었다.

생각해 보면 용언마법을 받아들이고 기절했다가 닷새 후 깨어난 것도 호흡법의 덕이 아닐까 싶었다.

지금 리안의 심장 반대편, 오른쪽 가슴에는 그 호흡법의 결과물인 또 하나의 심장이 자리를 잡고 있었다.

마나하트라고 불러야 할까? 호흡을 통해 리안의 체내로 들어온 마나는 스스로 그곳에 안착했다.

마치 공기가 들어찬 느낌이었다. 막연하지만 그렇게 말고는 달리 설명할 길이 없었다.

아직 쌓인 마나의 양이 일천하여 고작 자갈만 한 크기의 파이어 볼이나 라이트닝 볼을 흉내 내는 것이 다였지만, 그것은 시간이 해결해줄 거란 사실을 리안은 잘 알았다.

"영주님, 마님께서 찾으십니다."

밖에서 들리는 집사 알만의 음성에 리안은 아직까지 손에서 스파크를 튀기고 있는 마법을 서둘러 거뒀다.

레어에 관한 것은 물론, 아직 누구에게도 마법에 대한 이야기를 하지 않았기에 특별히 조심할 필요가 있었다.

"곧 간다고 전해."

"네, 영주님."

알만의 발걸음 소리가 멀어지는 것을 들으며 리안은 천천히 자리에서 일어났다.

오랜 시간을 앉아 있던 탓에 허리가 약간 뻐근했다.

리안은 잠시 찬바람이라도 쐴 겸 창가로 걸어가 창문을 활짝 열었다. 아직 해가 지기 전이라서 그런지 생각처럼 시원한 느낌은 들지 않았다.

그것에 리안이 아쉬워하며 몸을 돌리려는 때였다. 창문 아래로 플린의 비대한 몸뚱어리가 눈에 들어왔다. 그의 옆에는 웬 건장한 사내가 함께 있었는데 그로 인해 리안의 두 눈이 크게 떠졌다.

'저자는……'

다름 아니라 알만이 죽은 후 관리들의 추천을 통해 집사로 들어왔던 바로 그자였던 것이다.

"벌써 시간이 이렇게까지 흐른 건가."

정확한 날짜는 기억나지 않지만 알만이 죽은 것이 이맘때였던 것 같기는 하다. 햇살이 유난히 강하게 내리쬐던 그날의 장례식이 어렴풋이 떠올랐다.

그런데 저자가 알만이 죽기 전부터 성을 드나들었던가?

리안이 그를 처음 본 것은 알만의 장례식이 끝나고 그가 관리들과 함께 주인에게 첫 인사를 하러 온 날이었다. 누군가의 밑에서 회계 업무를 배웠다는 그는 이토록 아름다운 성은 처음이라며 감격해했었다.

"……."

갑자기 이유 모를 불안감이 리안을 사로잡았다. 왠지 수상한 기운이 그들에게서 뻗치는 것 같았다.

잠시 뭔가를 생각하는 듯 망설이던 리안은 이내 서둘러 아래층으로 내려갔다. 그리고 최대한 기척을 숨기고 몰래 그 둘을 뒤쫓았다.

다행히 둘은 성 밖이 아닌 내성의 뒤쪽을 향하고 있었다. 쫓는 동안 리안은 성의 하인들과 몇 번 마주쳤는데, 그때마다 단순히 지나가는 척을 하자 하인들도 고개를 숙이고는 제 할 일에 집중했다.

그러길 얼마 후, 목적지에 도착한 듯 그들이 마구간으로 들어가는 것이 보였다. 마구간은 평소 일하는 하인들로 붐비는 곳인데 어쩐 일인지 오늘은 한가해 보였다.

리안은 잠시 주위를 두리번거리다 하인 시절 남모르게 드나들던 작은 쪽문이 있는 곳으로 조용히 다가갔다. 주인의 대역을 하다보면 말을 탈 일이 종종 있었기에 자주 이용하던 곳이었다.

끼이익 하는 소리와 함께 문이 열렸다. 마사의 규모가 워낙 크고 말들의 투레질 소리가 곳곳에서 들려왔기에 리안이 들킬 염려는 없었다.

"사이드라고 하네."

말에게 여물을 주기 위해 쌓아놓은 짚더미 아래로 리안이 몸을 숨길 때 굵은 저음의 목소리가 들려왔다.

본인의 입으로 누구인지를 밝히고 있으니 리안이 모를 수가 없었다. 그 이름은 분명 알만의 후임으로 들어왔던 집사의 이름과 같았다.

"영광입니다. 소인은 마구간을 책임지고 있는 버트램이라고 합니다."

'버트램 아저씨?'

플린과 사이드 말고도 누군가가 또 있을 거라고 생각은 했지만 의외의 인물에 리안은 조금 놀랐다.

'아저씨가 왜……?'

"비슷한 시기에 백작가에 들어와 어렸을 땐 제법 알만과 친하게 지냈지만, 알만이 집사가 된 이후로는 사이가 서먹해졌다고 하더군. 하는 일도 그렇고, 우리가 찾던 가장 적임자지."

아무도 묻지도 않은 말을 마치 자랑이라도 하듯 떠벌리며 플린이 끌끌 웃었다.

"놈의 귀족이라도 된 듯한 기고만장한 꼴을 보고 있으면……."

플린과 사이드 앞에서 실례라고 여겼는지 버트램은 끝까지 말을 잇지 않았다.

하지만 그 짧은 말 속에서 알만을 향한 그의 증오심을 충분히 느낄 수 있었다.

"내가 집사가 되면 자네에게 한몫 단단히 챙겨주지."

"감사합니다, 사이드 집사님."

미리 점수라도 따고 싶은 마음인지 버트램은 벌써부터 사이드를 집사라고 호칭했다. 같은 평민이고 나이도 자신보다 한참 아래일 텐데 그는 망설임이 없었다.

"명심하게. 자네에게 모든 것이 달렸으니까. 자네만 똑바로 하면 우리 모두가 성공한다는 걸 똑똑히 명심해야 하네."

"저야말로 기다리던 순간입니다. 저만 믿으십시오!"

항상 플린의 음성이 비열하게 들리던 리안이었다. 하지만 이 순간 버트램의 단호한 목소리가 플린보다 훨씬 더 비열하고 야비하게 느껴졌다.

그러고 보니 왜 이제야 생각이 난 걸까.

다른 곳도 아닌 성내에서 일어난 어이없는 마차 사고로 알만이 목숨을 잃었을 때, 그 마차를 몬 것은 다름 아닌 버트램이었다.

최고의 실력과 노련함을 지닌 그였지만, 갑자기 제멋대로 날뛰는 말들을 제어하지 못했다며 큰 자책을 했었던 걸로 기억한다.

어쩔 수 없는 사고였다고는 해도 그 책임으로 버트램은 일을 그만두게 되었고 성에서 쫓겨났다. 이후로 리안은 버트램을 한 번도 보지 못했다.

나이 차이가 있는 탓에 가까운 사이는 아니었지만 리안이 기억하는 버트램은 이런 이미지는 아니었다. 그가 사고를 가장해서 알만을 살해했다는 사실에 리안은 큰 충격을 받았다.

"믿고 가겠네."

"나중에 보지."

"두 분 모두 살펴 가십시오."

보아하니 오늘의 자리는 자신들의 거사를 좀 더 확고히 하기 위해 만든 자리인 모양이었다.

버트램은 차기 집사를 통해 확실한 약속을 받아내고, 사이드는 그럼으로써 버트램의 의지를 북돋우고, 모든 것을 계획했을 플린은 그런 둘을 보며 흐뭇해하고.

마구간을 벗어나는 그들의 발걸음 소리에서 리안은 음모의 추악함을 여실하게 느꼈다.

안 그래도 마차 사고를 당하게 될 알민을 구해줄 생각이었다. 그가 죽고 성의 살림이 엉망진창이 되었기에 죽게 내버려둘 수가 없었다.

영주가 된 지 고작 서너 달밖에 되지 않았지만, 알만이 얼마나 성실하고 정직하며 일을 효과적으로 처리하는지 리안은 알고 있었다.

단순한 마차 사고를 막아내기만 하면 될 줄 알았던 것에서 흉악한 음모를 해결해야 한다는 사실로 바뀌었지만 별로 어려울 것은 없었다.
 상대는 자신을 모르지만 이쪽은 알고 있으니, 그것만큼 유리한 것도 없었다.

제4화
합동작전

리안이 드래곤의 레어를 발견하고 집으로 돌아오기까지 걸린 시간은 무려 보름이라는 긴 시간이었다.

리안의 실종 소식을 그가 돌아오고서야 전해들은 어머니와 여동생은 거의 기절 직전까지 갔었다.

다행히 건강하게 살아 돌아온 리안이 바로 눈앞에 있었기에 큰일은 일어나지 않았지만, 이후로 두 모녀는 틈만 나면 매일같이 리안을 불러다 확인을 했다.

아마 예전의 주인이라면 그 자체를 심히 귀찮아했을 것이다. 하지만 가족이라는 것을 처음 가져본 리안은 성가시다는 생각은 조금도 들지 않았다.

"어머니, 저 왔습니다."

"어서 와, 오빠."

문을 열고 들어가자 제일 먼저 레지나가 리안을 반겼다.

"오셨습니까, 영주님."

그리고 이번 사건의 일등 공신인 반가운 얼굴 또한 보였다.

"오스왈트! 몸은 좀 어때요?"

엉거주춤 자리에서 일어나는 오스왈트에게 급히 다가가며 리안은 그의 몸부터 살폈다.

일단 얼굴과 팔다리에 나 있던 자잘한 상처와 멍은 거의 사라지고 없었다. 혈색도 원래대로 돌아왔고 원기도 있어 보이는 것이 한쪽 다리에 깁스를 한 것만 빼면 정상인과 같아 보였다.

'휴.'

정말 다행이었다. 상처가 깊지 않아 생명에 지장은 없다고 했지만, 나이가 나이인지라 회복이 더뎌 걱정을 많이 했다.

더구나 자신을 찾겠다고 온 산을 헤집고 다니다가 부상을 입은 것이기에 미안한 마음이 컸다.

안 그래도 어머니를 뵌 후 보러 갈 생각이었는데, 이곳에 와 있는 걸 보면 그새 회복이 많이 된 모양이다.

"영주님께서 걱정해주신 덕분에 이제 다 나았습니다. 그리고 다시 말씀드리지만 말씀 낮추십시오. 어찌 아랫사람인 저에게 존대를 하십니까. 거두어 주십시오."

예전 주인은 영주랍시고 모두에게 하대를 했지만 리안은 오스왈트에게만큼은 도저히 그럴 수가 없었다.

세 배 이상 차이가 나는 나이도 그렇지만, 그는 리안이 레어를 발견할 수 있게 해준 은인이라면 은인이었다.

당연히 그가 아니었더라면 절벽 아래로 떨어지는 큰 사고도 겪지 않았을 테지만, 그러한 일이 있었기 때문에 레어도 발견할 수 있었던 것이다.

귀족이면서도 나이가 많은 하인에게는 간혹 존대를 하는 이들을 본 적이 있다.

더구나 그는 전대 영주님께 직접 작위를 하사받은 기사가 아닌가. 존대를 못할 이유가 없었다.

남들은 모르겠지만 하인으로 살아온 리안에겐 사실상 그 편이 훨씬 편하기도 했다.

"전에도 말했지만 오스왈트는 돌아가신 아버님을 모시던 기사예요. 제게 존대를 받을 이유가 충분하니 앞으로는 그런 말 하지 마세요. 안 그래요, 어머니?"

또다시 오스왈트가 반대할 것을 내비해 리안은 어머니의 도움을 받기로 했다. 그가 오래도록 모셔왔던 어머니의 말이라면 그대로 따를 것이 분명했다.

예상대로 어머니가 부탁을 하자 오스왈트가 얼굴을 붉히며 고개를 숙였다. 민망했는지 어머니의 부름에 잠시 시간을 냈다는 오스왈트는 치료받을 시간이 되었다며 곧 자리를 떴다.

"너무 고마운 분이에요."

레지나의 나직한 음성에 리안이 동의하며 고개를 주억거렸다.

"응, 오스왈트가 아니었으면 지금의 나도 없었을 거야."

리안이 레어의 일을 마무리하고 숨겨져 있던 비밀문을 통해 레어 밖으로 나왔을 때, 오스왈트는 여전히 지친 몸을 이끌고 산속을 이 잡듯이 뒤지고 있었다.

혼자의 힘으로는 역부족하다는 걸 느끼고 사람들까지 끌어와 자신을 찾으려 했던 그의 충정에 리안은 가슴 벅찬 감동을 받았다.

비록 지금은 늙어 능력이 쇠한 노기사지만, 리안에게 있어서 오스왈트는 처음으로 믿음을 준 존재였다. 드래곤의 레어를 발견하게 해준 행운의 존재인 것은 말할 것도 없고.

"그래서 말인데요, 어머니. 오스왈트를 제 호위기사로 임명할까 합니다."

"오스왈트를?"

"네, 젊은 기사들보다야 힘은 달리겠지만 오스왈트만큼 믿음이 가는 사람은 없습니다. 그라면 어떤 상황에서든 제 목숨을 믿고 맡길 수 있을 것 같아요."

"그래도 나이가 너무 많지 않아?"

레지나의 걱정스런 물음에 리안은 고개를 저으며 말을 이었다.

"호위기사라고 해서 꼭 무예 실력이 중요한 것만은 아니야. 물론 강하면 좋겠지. 하지만 내가 생각하는 가장 이상적인 호위기사는 내가 얼마나 믿고 의지할 수 있는가 하는 점이야. 거기에 오스왈트라면 오랜 세월을 살아온 경험과 노련미까지 있어. 아직 어린 내가 그에게 배울 점이란 무척 많을 거라고 생각해."

"그렇긴 하지만 신변에 정말 위험이 닥쳤을 땐 어쩌려고."

"그런 일은 없어야 하겠지만, 만일 일어난다면 그땐 나 스스로 지키면 돼."

"오빠가 무슨 힘으로?"

"앞으로 무예 수련을 좀 열심히 해볼까 해."

당연히 그럴 생각은 조금도 없었다. 마법에 관한 이야기를 꺼낼 수가 없었기에 달리 표현한 것일 뿐이었다.

하지만 듣는 레지나와 오웬의 눈은 동그래졌다.

"오빠가 무예 수련을 하겠다고?"

"리안, 정말이니?"

모녀의 반응을 리안은 충분히 이해했다. 예전 주인은 공부를 싫어하기도 했지만, 그보다는 무예 수련을 더욱 싫어했기 때문이다.

무거운 검을 들고 비 오듯 땀까지 흘리며 시간을 낭비해야 한다는 사실을 주인은 지나칠 정도로 싫어했다. 아니, 혐오했다는 표현이 옳을 것이다.

리안은 두 여인에게 믿음을 심어주기 위해 사뭇 진지한 표정으로 고개를 힘차게 끄덕였다.

"네, 운동도 할 겸 이제부터라도 열심히 해보려고요. 소드마스터가 되기는 힘들겠지만 제 몸 하나 지킬 정도는 되어야지요. 기대하세요, 어머니."

물론 그 시간에 리안이 수련할 것은 무예가 아닌 마법이 될 것이다. 만일을 위해서라도 앞으로 리안은 좀 더 시간을 내서 마법 수련에 임할 생각이었다.

믿음직한 호위기사가 있다면 좋겠지만 그보다 더 좋은 것은 자기 자신을 스스로가 지키는 것이라고 리안은 생각했다.

"오빠, 정말 많이 변했다……."

리안을 향한 레지나의 눈빛은 여전히 의구심에 차 있었지만 어느 정도는 그녀도 인정하지 않을 수 없었다. 요즘 리안의 행동을 보면 전의 모습이 거의 떠오르지 않을 정도였다.

영주로서 배워야 할 것은 멀리하고 놀기만 좋아하던 자신의 오빠가 이렇게도 변할 수 있다는 사실이 그녀는 그저 놀랍기만 했다.

아직 시간이 더 지나봐야 알겠지만 왠지 이 이상의 걱정은 괜한 헛짓이 될 것 같다는 느낌이 문득 들었다.

"영주님, 스캇이라는 아이가 찾아왔습니다."

리안이 한창 두 여인과 함께 이야기의 꽃을 피우고 있을 때, 알만이 누군가의 방문을 알렸다.

"스캇?"

처음 들어보는 이름에 레지나가 그게 누구냐는 듯 리안에게 눈으로 물었다. 오웬의 얼굴에도 비슷한 궁금증이 떠오르는 게 보였다.

리안은 자리에서 일어나며 대답했다.

"전에 어쩌다가 알게 된 소년이에요. 제가 잠시 부탁할 것이 있어서 불렀어요."

"부탁이라니?"

"그런 게 있어."

궁금해하는 레지나의 물음을 뒤로하고 리안은 어머니에게 인사한 후 바로 알만을 따라나섰다.

스캇은 리안의 명에 따라 응접실이 아닌 집무실에서 리안을 기다리고 있었다.

"아, 안녕하십니까, 영주님!"

리안이 안으로 들어서자 소파에 앉아 정신없이 주위를 두리번거리고 있던 스캇이 후닥닥 자리에서 일어나며 급히 머리를 숙였다.

리안은 그런 스캇의 맞은편으로 걸어가 앉으며 알만에게 간단한 다과를 부탁했다.

"그렇게 서 있지 말고 너도 앉아."

알만이 가고도 스캇이 아무런 움직임이 없자 리안이 먼저 앉을 것을 권했다.

합동작전 133

그제야 몸을 굳힌 채 어쩔 줄 몰라 하던 스캇이 조심스레 자리에 앉으며 리안의 눈치를 살폈다.

'와!'

속에서 절로 감탄사가 흘러나왔다. 가까이에서 본 영주는 남자인 스캇이 봐도 정말 황홀할 정도로 잘 생겼다. 아니, 아름답다는 표현이 맞을 것이다.

고운 살결하며 얼굴 전체에 흐르는 섬세하고도 유려한 곡선은 만져보고 싶은 충동을 일게 했다.

고요한 듯하면서도 깊이를 가늠할 수 없는 리안의 흑요석 눈동자를 응시하며 스캇은 이렇게 아름다운 사람은 처음 본다고 홀로 온갖 상상을 해봤다.

"다 봤어?"

"……예엣?"

리안의 뜬금없는 물음에 스캇은 찔끔 놀라며 새된 음성을 내뱉었다. 리안은 그런 친구의 반응에 웃음을 지으며 바로 용건으로 들어갔다.

"전에 네가 했던 말 기억해?"

"네? 무슨……?"

"누나를 돌려보내주면 무엇이든 하겠다고 그랬잖아."

"아, 네. 기억합니다."

몇 달이 지난 얘기지만 스캇은 그날의 고마움을 아직도 생생히 기억하고 있었다. 그때는 누나만 돌아올 수 있다면 대신 죽을 수도 있다고 생각할 만큼 절박했었다.

아무런 대가없이 누나를 풀어주고 세금까지 감면해준 영주의 은혜를 스캇은 죽는 날까지 잊지 못할 것이다.

"뭐든 하겠습니다! 시켜만 주십시오!"

갑작스런 부름에 겁을 먹었던 모습은 온데간데없고 스캇은 의욕에 불타올랐다. 리안을 위해서라면 무엇이든 할 수 있다는 각오가 두 눈 가득 떠올랐다.

누나가 죽고 가족 모두를 잃기 전까지 스캇은 원래가 이런 녀석이었다. 단순한 성격 때문에 쉽게 불타오르고 식고를 반복하던 놈이다.

그랬던 성격이 혼자가 되었을 때 너무도 냉정하고 차갑게 변하는 것을 보며 리안은 속이 참 많이도 상했었다.

오랜만에 친구의 본래 모습을 보자 리안은 옛 생각과 함께 기분이 좋아졌다.

"어렵지는 않겠지만 좀 신중을 기해야 하는 문제라서 힘들지도 몰라. 괜찮겠어?"

"말씀만 하십시오. 머리 쓰는 일만 아니라면 자신 있습니다."

"머리를 조금 써야 할지도 모르는데."

"……얼마나 써야 하는데요?"

방금 전까지만 해도 자신 있던 얼굴에 살짝 그림자가 드리웠다. 하여튼 저 단순한 성격은 어딜 안 간다. 리안은 웃음을 참으며 설명했다.

"마구간에서 일을 하면서 누군가의 동태를 살피는 일이야. 그가 무엇을 하는지, 누굴 만나는지, 어떤 행동을 하는지 수시로 나에게 보고를 해야 해. 할 수 있겠어?"

"그냥 본 것만 말씀드리면 되는 겁니까?"

"응, 상대방이 눈치채지 못하게."

리안은 고개를 끄덕이며 스캇의 눈동자를 직시했다. 갑자기 진지해진 리안의 눈빛에 조금 당황하는 듯했지만 스캇은 이내 결심한 듯 말했다.

"그 정도면 저도 할 수 있을 것 같습니다. 그냥 열심히 일하는 척하면서 행동을 살피는 일이니 그리 어려울 것 같지는 않습니다."

"매일 약속한 시간에 보고를 하면 되지만, 특별히 이상한 행동을 하는 날에는 즉각 내게 달려와서 말해야 해. 누군가의 목숨이 달린 일이거든."

"……목숨이요?"

"응, 아주 중요한 사람의 목숨."

리안의 비장한 표정 때문인지 스캇이 침을 꿀꺽 삼키며 물었다.

"그런데 제가 감시해야 할 사람이 누구입니까?"

"버트램."

"그 사람이 누군데요?"

"마구간의 책임자야. 알만에게는 미리 말해 놓았으니 당장 오늘부터 일을 시작해. 스캇이라고 했지? 이번 일만 잘 성공하면 네 공은 잊지 않을게."

"공이라니요! 당치도 않습니다!"

자신의 이름을 기억해준 것만으로도 스캇은 지금 황송할 지경이었다. 그런데 공이라니!

어린 나이에 욕심만 많고 벌써부터 술과 여자에 미쳤다고 소문이 자자한 영주가 정말 맞는 걸까?

누나를 풀어주고 세금을 감면해 주었을 때도 참 헷갈렸지만, 지금은 항간에 떠도는 소문을 도무지 믿을 수가 없었다.

"그만큼 중요하다는 거야. 그리고 눈치챘겠지만 이건 너와 나만의 비밀이어야 해. 아무에게도 말하면 안 돼. 가족은 물론 친한 친구들에게조차."

리안은 유난히 친구라는 단어를 강조했다. 의리를 중요시하게 여기는 스캇의 성격상 친구들에게 말할 수도 있었기 때문이다.

"너는 가볍게 말을 한 것일 수도 있지만 그걸로 인해 어떤 사람은 죽을 수도 있다는 걸 명심해야 해. 이번 일만 잘 되면 너와 난 친구가 될 수 있을 거야."

"헉! 영주님과 친구를요?"

"응, 나도 너랑 같은 열다섯 살이야. 몰랐어?"

"아, 알고는 있습니다. 근데 제 나이도 아십니까?"

"그럼, 난 모르는 게 없지."

리안은 팔짱을 낀 채 소파에 등을 기대며 놀리듯 스캇을 바라보았다.

"이름 스캇, 나이는 열다섯. 비석치기를 잘하고, 오늘 같이 더운 날에는 집 앞 냇가에서 홀딱 벗고 수영하는 것을 즐김. 꿈은 멋진 말을 타고 창칼을 휘두르며 전장을 휩쓰는 기사였던가? 또 뭐가 있더라…… 아! 이맘때면 요한나를 좋아했었지, 아마?"

"어, 어떻게……!"

리안의 설명이 길어질수록 믿을 수 없다는 듯 커져가던 스캇의 두 눈이, 요한나의 이름이 나오자 번쩍 떠지며 당혹해 어쩔 줄 몰라 했다.

그도 그럴 것이 그가 성의 하녀인 요한나를 좋아한다는 것은 친한 친구들 말고는 아무도 모르는 비밀이었다.

그런 사실을 어린 영주가 어떻게 알고 있는지 스캇은 오싹 소름이 끼쳤다.

"많이 놀랐나 보네. 아무한테도 말하지 않을 테니 안심해."

리안은 보는 이로 하여금 사악함이 느껴지는 듯한 미소를 입가에 드리우며 눈을 찡긋했다.

그때 노크소리와 함께 하녀의 음성이 들렸다.

"영주님, 다과를 가져왔습니다."

"들어와."

리안의 허락이 떨어지자 문이 열리고 하녀 한 명이 쟁반을 들고 들어왔다.

그녀가 걸어와 탁자 위에 다과를 내려놓는 순간이었다. 이제 막 충격에서 헤어나던 스캇의 눈이 다시금 튀어나올 듯 커졌다.

공교롭게도 다과를 내온 하녀가 방금 전 리안이 거론했던 요한나라는 이름의 하녀였던 것이다.

리안의 입가가 장난스럽게 벌어졌다. 요한나가 집무실 문을 열고 밖으로 나갈 때까지 스캇의 멍한 시선이 그녀를 쫓는 걸 리안은 웃음을 참으며 지켜봤다.

"혹시나 하는 걱정에서 말하는데, 요한나로 인해서 내가 시킨 일을 소홀히 했다간 각오해야 할 거야. 물론 실망을 시키지 않을 거라고 생각하지만 말이야."

"그건 걱정하지 않으셔도 됩니다. 제가 요한나를 좋아하는 건 맞지만, 그걸로 인해 영주님의 명을 거스르지는 않을 겁니다."

여자 때문에 일을 그르칠지도 모른다는 리안의 말에 자존심이 상한 듯 스캇이 정색하며 단호히 말했다.

녀석의 성격을 누구보다도 잘 아는 리안이었다. 리안은 고개를 끄덕이며 눈짓으로 문을 가리켰다.

"나가면 알만이 있을 거야. 그에게 가봐."

"예, 그럼 나중에 뵙겠습니다."

스캇이 밖으로 나가자 그를 부르는 알만의 목소리가 바로 이어졌다.

"따라오게."

알만은 어딘가로 스캇을 데려가는 내내 그가 해야 할 일에 대해서 쉬지 않고 말을 늘어놓았다.

그의 설명을 듣는 둥 마는 둥 적당히 대답해가며 따라가던 중, 스캇은 문득 조금 전 영주와의 대화가 떠올랐다.

'……어라?'

그때는 미처 몰랐으나 지금 생각해 보니 영주의 말투가 영 이상했다.

평소 윗사람에게 듣던 말투가 아니라, 마치 친구를 대하는 듯한 말투였던 것이다.

그러고 보니 이상하리만치 친근한 음성과 태도였다. 덕분에 긴장감을 풀고 편안한 대화를 나눌 수는 있었지만, 왠지 뭔가 잘못한 것은 아닌지 조금 불안했다.

아마 모르는 사람이 영주와 자신의 모습을 보았다면 친한 친구 사이라고 오해를 하고도 남았으리라.

리안 딴에는 어려웠던 사람들 틈에서 오랜만에 편한 상대를 만나 예전처럼 대했을 뿐인데, 그런 사실을 모르는 스캇에겐 오히려 혼란이 된 듯했다.

'설마……'

스캇은 도리질을 쳤다. 말이 안 됐다.

어떻게 영주랑 자신이 친구가 된단 말인가. 터무니없는

생각이었다.

지금은 잡생각은 떨쳐버리고 영주가 시킨 일에나 신경을 써야 할 때였다. 부드러운 말씨였지만 영주의 눈빛만은 한없이 진지했다. 이번 일에 실수를 했다간 아마도 큰 경을 치를 것이다.

스캇은 조금 전 리안의 명을 다시금 떠올리며 알만의 설명에 집중했다.

*   *   *

열흘이라는 시간이 훌쩍 지났다. 스캇은 매일 아침 일을 시작하기 전 리안을 찾아가 전날 버트램의 행적을 보고하는 것으로 하루를 시작했다.

대체 누구의 목숨이 걸린 일인지는 모르지만 스캇은 어떤 일보다 열심히 임했다. 다행스러운 점은 처음 해보는 일치고 생각보다 어렵지가 않다는 것이었다.

버트램 자체가 워낙 바깥출입을 안 하기도 하고, 마구간의 책임자였기 때문에 밑의 하인들에게 지시를 내리는 것이 고작 하루 일과의 전부였다.

그 탓에 스캇은 요즘 조금은 심심한 일상을 보내고 있었다. 하지만 그런 일과 중에서도 즐거운 때가 있으니 바로 지금과 같은 시간이었다.

"와아, 맛이 그냥 죽음이다, 죽음!"

스캇은 생크림과 과일이 얹힌 치즈 케이크를 한입 베어 물며 마음속으로부터 우러나오는 깊은 탄성을 내질렀다.

"클로드, 우리 하나만 더 달라고 할까?"

점점 줄어드는 케이크가 못내 아쉬웠던지 스캇이 클로드를 향해 입을 샐쭉거리며 배시시 웃었다.

그 웃음의 뜻을 알기에 클로드의 얼굴이 와락 일그러졌다.

"벌써 이게 두 개째인 건 알고 하는 말이냐?"

하인들 간에도 성에 들어온 년차에 따라 선후배의 엄격한 룰이 있다. 이제 막 들어온 스캇은 당연히 제일 밑이었다.

그러나 성의 하인으로선 스캇보다 클로드가 한참 선배일지 몰라도 실제로 둘은 막역한 친구 사이였다. 그래서 스캇은 둘만 있을 경우엔 지금과 같은 부탁을 아무렇지 않게 하고는 했다.

"내가 달라고 하면 욕먹을 게 뻔하잖아. 그러니 네가 좀 갔다 와라."

어느새 다 먹어치운 케이크 접시를 클로드에게 내밀며 스캇은 장기인 눈웃음을 날렸다.

"어휴, 알만 집사님은 너 같은 놈을 왜 들여 가지고 날 이 고생을 시키시는지."

입으로는 투덜거리고 있지만 클로드의 몸은 이미 접시를 손에 든 채 주방을 향해 가고 있었다.

지난 화요일부터였나?

아무튼 기억하기로 그쯤이었던 것 같다. 갑자기 영주님의 명으로 하인들의 식생활은 물론 입고 자는 문제들에 대한 개선이 시작되었다.

먹는 것이 부실하여 아픈 하인이 많은 것 같다며 전과는 비교조차 할 수 없는 음식들이 그들의 식탁 위로 올라왔다.

뿐만 아니라 특별한 몇몇 하인을 빼고는 그동안은 다들 주로 허름한 옷들을 입어왔는데, 그래선 보기도 좋지 않고 겨울철에는 감기에 걸릴 수가 있다며 이제부터는 철마다 옷이 지급될 거라는 통보가 있었다.

옷은 만들어야 하는 시간이 있기 때문에 아직 지급이 되지는 않았지만 다들 알게 모르게 잔뜩 기대 중이었다.

게다가 성의 지하에 있는 하인들의 처소도 해가 잘 들지 않아 질병의 원인이 된다며 볕이 잘 드는 남향으로 새로운 건물을 하나 더 짓는다는 말까지 있었다.

이건 어디까지나 성내에 도는 소문일 수도 있으나 이미 하인들은 열광하고 있었다.

지금 클로드가 가지러 가고 있는 케이크도 그런 와중에서 개선된 먹을거리였다.

생크림과 과일이 토핑으로 오른 케이크를 그들이 언제 먹어볼 수 있겠는가.

클로드야 주방을 담당하고 있는 그리피스 아줌마와 친분이 있어 가끔 맛있는 음식을 얻어먹긴 했지만, 가난한 농부의 아들인 스캇에게는 처음 접하는 세계였다.

그렇다고 이제 막 하인이 된 주제에 선배들을 제치고 계속 가져다 먹을 수 없는 게 스캇의 처지였다. 만만한 게 친구라고 그 짓을 지금 클로드가 대신 해주는 것이다.

"자, 옜다."

특별히 그리피스 아줌마에게 윙크를 날린 대가로 두 조각이나 얻어왔다.

자랑스럽게 탁자 위에 접시를 내려놓는 클로드의 허리를 와락 껴안으며 스캇이 냉큼 포크로 케이크를 찍었다. 그리곤 한 입 입에 넣더니 눈물까지 흘리는 시늉을 하며 영주를 찬양했다.

"어흑, 영주님 정말 감사합니다! 이런 맛있는 케이크를 내려주신 큰 은혜는 제가 두고두고 잊지 않겠습니다!"

케이크 한 조각에 사나이의 자존심을 파는 친구의 모습이 클로드는 마음에 들지 않았다. 그가 눈살을 찌푸리며 빈정거렸다.

"감사는 무슨 감사. 아직 안심하긴 이르거든?"

"넌 아직도 그 타령이냐?"

"개차반 성격이 어디 쉽게 바뀌겠어? 너 너무 믿지 마라. 그러다가 상처받는 수가 있다."

"난 어떤 상처든 달게 받을 수 있는 몸이야. 누나를 살려줬는데 무언들 못하겠냐?"

"그게 제일 이상한 거 모르겠냐? 영주에게 당한 하녀들이 한두 명인 줄 알아? 너희 누나도 조심해야 해. 언제 또 변덕을 부릴지 모른다고."

영주를 생각하는 것만으로도 재수가 없다는 듯 클로드가 작은 욕설을 내뱉었다.

스캇은 한숨을 푹 내쉬었다.

"클로드, 너 소문을 너무 믿지 마라. 나도 소문만 듣고 영주님을 싫어했었는데, 내가 직접 경험해 보니 정말 좋으신 분이더라. 나이는 똑같을지 모르지만 생각하시는 것 자체가 우리랑은 차원이 다르다는 걸 느꼈어."

"무슨 꿍꿍이가 있어서 너한테 잘해줬다는 생각은 못하는 거냐?"

"좋은 마음으로 인정을 베푸셨다고는 생각 못하겠냐?"

클로드의 물음에 스캇은 외려 되물었다.

"단순한 녀석. 누굴 닮아 이렇게 순진한 건지. 아무튼 나중에 나한테 와서 하소연이나 하시 마라. 그랬다간 위로는커녕 두들겨 패주기만 할 테니까."

"아, 그래. 네 마음대로 하세요."

스캇은 귀찮다는 듯 대꾸하며 눈을 감고 다시 케이크의 맛을 음미하는 데 정신을 집중했다. 그 모습에 괜히 약이 올라 클로드는 입술을 비죽거렸다.

"근데 너 바쁘다고 안 했냐?"

클로드의 뜻 없는 물음에 스캇의 눈이 번쩍 떠지며 순간 몸이 굳었다.

"지금 몇 시지?"

"정확히는 몰라도 점심시간은 대충 지났지, 아마?"

"헉!"

무슨 일인지 먹던 케이크도 남겨두고 스캇은 부랴부랴 일어나 달리기 시작했다.

클로드가 황당한 얼굴로 급히 소리쳤다.

"야! 이건 먹고 가야지!"

"네가 좀 챙겨 놔. 이따가 보자!"

헐레벌떡 뛰어가면서도 케이크에 대한 욕심만은 버리지 않는 스캇이었다.

못 말린다는 듯 클로드가 혀를 차며 고개를 설레설레 저었다. 하지만 그런 그의 손은 어느새 케이크를 챙겨 들고 있었다.

그 시각, 스캇은 마구간을 향해 부리나케 달리고 있었다. 버트램에게서 한시도 눈을 떼서는 안 된다는 영주의 말이 머릿속을 뎅뎅 울렸다.

잠깐 점심만 먹는다는 게 케이크에 정신이 팔려 너무 오랜 시간을 지체했다. 그 사이 만약 무슨 일이라도 났으면 이제 자신은 죽은 목숨이다.

숨 쉬는 것조차 아껴가며 눈썹이 휘날리도록 스캇은 마구간을 향해 뛰었다.

"헉헉."

다행히 스캇이 마구간에 도착했을 때 버트램은 자리를 지키고 있었다. 요즘 무엇 때문인지는 몰라도 그는 가만히 앉아 뭔가를 골똘히 생각하는 것이 주된 일과였다.

지금도 스캇이 점심을 먹으러 가기 전 모습 그대로 처소에 앉아 멍하니 생각에 잠겨 있었다.

다가가 말을 걸었다가는 괜히 심기를 상하게 할까 두려워, 마구간 한편에 마련된 그의 처소 근처로는 오늘도 개미 새끼 하나 얼씬거리지 않았다.

스캇은 소리 없는 안도의 한숨을 내쉬며 삽을 들고 우리 안으로 들어갔다. 요즘 스캇이 하는 일은 말의 똥을 치우는 것이었다.

그렇게 한창 일을 하며 스캇이 남몰래 슬쩍슬쩍 버트램을 살필 때였다. 마구간으로 누군가 들어오는 소리가 들렸다.

우리 밖으로 고개를 슬며시 내밀어 보니 버트램의 처소로 웬 하인 한 녕이 들어가는 것이 보였다.

'무슨 일이지? 또 마차를 준비하라는 건가?'

아무래도 마구간이다 보니 전해지는 명이라고는 마차나 말을 준비하라는 것이 대부분이다.

역시나 스캇의 예상이 맞는 듯 하인이 돌아가고 잠시 후 버트램이 처소 밖으로 나왔다.

스캇은 삽을 내려놓고 얼른 뛰어나갔다. 주위에 스캇 말고는 다른 하인이 없었기 때문에 그가 버트램의 지시를 전달해야 했다.

"핸들러에게 마차를 준비하라고 일러라. 알만 집사가 성 밖에 볼 일이 있는 모양이다."

"지금 당장 말입니까?"

"그래, 내가 직접 몰 것이니 마부는 필요 없다고 이르고."

"네, 알겠습니다."

스캇은 꾸벅 머리를 숙인 후 서둘러 밖으로 달려 나갔다.

핸들러를 찾는 것은 쉬웠다. 그는 여느 때처럼 또래의 하인 몇몇과 함께 구석진 곳에 모여앉아 음담패설을 늘어놓는 중이었다.

거의 대부분이 성의 하녀들에 대한 이야기였는데, 매번 생각하지만 요한나에 대한 얘기가 나오지 않는다는 사실에 스캇은 속으로 안도했다.

"저기……."

"뭐야?"

한창 신나게 떠들던 중 맥이 끊기자 핸들러가 인상을 쓰며 스캇을 획 돌아봤다. 방해받았다는 것이 꽤 불쾌한 듯 그가 사나운 눈빛으로 스캇을 아래위로 훑었다.

스캇은 슬쩍 그 눈길을 피하며 말을 전했다.

"버트램 아저씨께서 마차를 준비하라고 하셔서요."

"지금?"

"네, 손수 끄신다고 마부는 필요 없으시대요."

"어라, 직접 끈다고? 그 영감이 웬일이지. 귀찮다고 만날 다른 사람만 시키더니 별일이네."

"알만 집사님께서 타실 거래요."

"에잇, 알았어. 얘들아, 그만 가자."

휴식이 끝났다는 것에 구시렁거리고는 있지만 핸들러는 곧바로 자리를 털고 일어났다.

그가 사람들을 이끌고 마사로 향하는 것을 보며 같이 움직이던 스캇은 어느 순간 뚝 자리에 멈춰 섰다.

"......?"

이상했다. 핸들러의 말처럼 정말 별일이었다.

아직 하인으로 들어 온 지 고작 열흘밖에 되지 않은 스캇이지만 그 기간 동안 버트램이 마차를 모는 것은 한 번도 보질 못했다.

마구간의 책임자이고 나이가 많은 연장자이니 그러려니 하며 생각했는데, 오늘은 무슨 변덕인지 직접 몰겠단다.

불현듯 영주의 명이 뇌리를 스쳐갔다. 매일 아침 보고를 하지만 어떤 특별한 행동을 할 시에는 곧장 달려와서 보고를 해야 한다고 했다.

마구간을 향하던 스캇의 발이 즉시 방향을 틀어 리안이 있을 집무실을 향해 달려갔다.

'어디 나가셨으면 어떡하지?'

누군가의 목숨이 달렸다던 영주의 말이 달려가는 내내 스캇의 머릿속을 괴롭혔다.

자신의 실수로 누군가가 죽을지도 모른다는 생각이 들자 스캇은 가슴이 쿵쿵 뛰었다.

'오늘 일진 정말 사납구나.'

아침부터 늦잠을 자는 바람에 아침밥도 거르고 뛰었고, 점심에는 목숨과도 같은 케이크까지 버려두고 질주를 했다.

그런데 그것도 모자라서 지금 또 달리고 있으니, 오늘 일진 한번 정말 제대로 사납다.

그래도 일은 일. 일진이 사나운 건 사나운 거고 맡은 일은 똑바로 처리해야 직성이 풀리는 스캇이었다.

다급히 뛰어가는 스캇의 뒤통수로 하인들의 호기심 어린 시선들이 날아와 꽂혔다. 대체 무슨 일로 저리도 허겁지겁 뛰어가는지 하나같이 궁금한 얼굴들이었다.

그러나 앞만 보고 달려가느라 스캇은 그런 사실들을 전혀 알지 못했다.

"헉헉! 영주님, 저 스캇입니다!"

태어나 이처럼 빠르게 달려본 적이 또 있을까. 스캇은 연신 거친 숨을 몰아쉬며 리안의 집무실 문을 세차게 노크했다.

하지만 어쩐 일인지 으레 들려야 할 영주의 목소리가 들리지 않았다.

"컥, 정말 안 계신 건가?"

우려했던 일이 현실로 닥치자 스캇은 당황한 얼굴로 다시 문을 세게 두드렸다. 그러나 안은 여전히 묵묵부답이었다.

스캇은 발을 동동 구르며 리안이 있을 만한 곳을 생각했다. 침실, 서재, 식당 등 여러 장소가 한꺼번에 머릿속에 떠올랐다.

어디부터 가보지?

무작정 몸을 움직이려던 스캇은 이내 이마를 치며 주저했다. 가까운 곳부터 가볼까 했지만 생각해 보니 아직 자신은 성의 구조조차 제대로 알지 못했다.

이럴 줄 알았으면 미리 시간을 내서 클로드와 함께 성의 구조라도 익혀둘 걸 하는 후회가 밀려왔다.

"여기서 뭐해?"

그래도 지성이면 감천이라고 했던가.

등 뒤로 웬 음성이 들려왔다. 스캇이 급히 돌아보니 요한나가 서 있었다.

"어어…… 안녕?"

갑작스런 그녀의 등장에 놀란 탓인지 상황에 어울리지 않는 인사가 불쑥 튀어나왔다.

"응, 안녕."

다행히 이상함을 느끼지 못한 듯 요한나가 입가에 미소를 띠며 마주 인사했다.

연상이라서 그럴까. 직접 대화를 나누는 것이 처음임에도 불구하고 그녀는 하나도 어색해 보이지 않았다. 바짝 언 것은 스캇 혼자였다.

"근데 마구간에 안 있고 여기서 뭐해? 혹시 영주님 찾아?"

보석 같이 맑은 파란색 눈동자를 반짝반짝 빛내며 요한나가 물었다. 연상임에도 불구하고 순간 그녀가 깨물어주고 싶을 정도로 귀엽다고 스캇은 생각했다.

"……어, 응. 혹시 영주님 어디 계신지 알아?"

"조금 전에 서재로 올라가시던데?"

"서재? 거기가 어디더라……."

리안이 서재에 있다는 말에 스캇은 다시금 정신이 번쩍 들었다. 자연 고개가 서재가 있는 위층을 향해 올라갔다.

하지만 서재가 위층에 있다는 것만 알지 정확한 위치는 모르기에 난감한 기색이 바로 떠올랐다.

"따라와."

"어?"

무작정 올라가봐야겠다고 막 결심을 굳히는 찰나 요한나의 옥구슬 같은 음성이 흘러들어왔다.

"모른다며. 내가 알려줄게. 얼른 따라와."

스캇의 대답은 듣지도 않고 요한나가 저만치 앞서 걸어갔다. 이제 보니 얼굴만 예쁘고 깜찍한 게 아니라 마음까지 천사가 따로 없었다.

스캇은 괜히 기분이 좋아져서는 헤벌쭉 웃으며 서둘러 그녀의 뒤를 따랐다.

"여기야. 그럼 나중에 또 봐."

걸은 발걸음 수로 따지자면 제법 먼 거리임이 분명한데, 어느새 눈앞으로 서재가 보였다.

살며시 손을 흔들며 총총히 사라지는 요한나의 뒷모습을 잠시 바라보던 스캇은 양 볼을 두 손으로 세게 두어 번 내리쳤다.

"정신 차려! 지금은 이럴 때가 아니야!"

이러다가 영주님에게 보고도 하기 전에 무슨 일이라도 터지면 큰일이었다. 자꾸만 떠오르는 요한나의 영상을 거두고 스캇은 서둘러 서재의 문을 두드렸다.

"영주님, 저 스캇입니다!"

"스캇?"

뜻밖의 목소리에 보고 있던 도면을 내려놓으며 리안이 자리에서 일어났다. 이 시각에 스캇이 그를 찾아올 일이란 하나뿐이었다.

"드릴 말씀이 있어서 왔습니다."

안에서 들리는 리안의 음성에 반색하며 스캇이 재빨리 문을 열고 안으로 들어왔다.

"앉아. 버트램 얘기지?"

스캇을 소파로 앉히며 리안이 먼저 운을 뗐다. 예상대로 스캇이 고개를 끄덕이며 말했다.

"네, 버트램 아저씨가 갑자기 마차를 몰겠다고 해서요."

"직접?"

"네, 보통은 다른 마부들에게 시키는데 오늘은 직접 몰고 나가신대요. 알만 집사님이 타고 가실 거라고 들었어요."

"확실해?"

"네, 알만 집사가 성 밖에 볼 일이 있는 모양이다, 라고 말하는 걸 제가 똑똑히 들었거든요."

스캇의 막힘없는 대답에 리안은 그 즉시 자리에서 일어났다.

안 그래도 요즘 일이 많아 알만이 성 밖으로 나가는 경우가 잦았다. 그래서 내내 긴장을 하고 있었는데 버트램이 움직이는 것을 보니 오늘이 그들이 계획했던 그 날인 모양이었다.

"스캇, 곧장 나에게 온 거 맞지?"

혹시나 하는 마음에 스캇에게 묻던 리안의 표정이 금세 굳어졌다. 스캇의 얼굴에 떠오른 불안함을 본 것이다.

아니나 다를까.

"그게, 집무실로 바로 달려갔는데 안 계시는 바람에 좀 헤매다가……."

스캇의 말을 끝까지 듣지도 않았다. 리안의 몸은 이미 서재 밖으로 달려 나가고 있었다.

아아, 왜 생각하지 못했을까.

이제 막 하인이 된 스캇이었다. 녀석이 아는 곳이라고는 집무실밖에 없었을 것이다. 언제나 그곳에서 녀석의 보고를 들었으니까.

스캇의 표정을 보니 녀석은 늦은 보고가 자신의 탓이라고 생각하는 듯했다.

하지만 리안은 그렇게 생각하지 않았다. 이것은 명백한 자신의 잘못이었다. 이번 일이 끝날 때까지 자신은 집무실을 지키고 있어야 했다.

'이런 바보 같은!'

아래층을 향해 뛰어 내려가며 리안은 자신을 책망하고 또 책망했다.

15년 전 알만의 마차 사고는 정말 어이없게 일어났다. 마차를 타기 위해 홀의 입구에서 기다리고 있는 알만을 갑자기 마차가 덮친 것이다.

그때 주변에 있던 목격자들의 말에 따르면, 별안간 말들이 미쳐 날뛰기 시작하더니 앞발을 높이 쳐들며 알만을 깔아뭉갰다고 했다.

말의 발굽에 치여 온몸이 부서지고 짓뭉개진 알만은 그 자리에서 즉사했다.

부지런한 알만의 성격상 입구에 먼저 나가 기다리고 있을 것이 분명하다. 아직 마차가 도착하지 않았기만을 리안은 진심으로 바랐다.

'제발, 알만……. 내가 갈 때까지 살아 있어줘.'

"영주님!"

리안의 돌발 행동에 스캇은 영문도 모른 채 덩달아 아래층을 향해 뛰어 내려갔다. 자신의 늦은 보고 때문에 무슨 일이 생길까봐 스캇의 얼굴에는 걱정이 가득했다.

스캇이 계단을 지나 막 아래층에 당도했을 때, 이미 리안은 홀을 가로질러 입구를 향해 달려가고 있었다.

"문 열어!"

리안이 입구에 있는 하인을 향해 뛰어가며 소리쳤다. 주인의 다급한 음성에 놀란 듯 하인이 눈을 휘둥그레 뜨더니 재빨리 문을 열었다.

커다란 문이 열리고 바깥 풍경이 리안과 스캇의 눈에 들어왔다.

제일 먼저 보인 것은 알만의 왜소한 뒷모습이었다. 그리고 보이지는 않지만 달가닥거리는 마차의 소리가 어디선가 들려왔다.

"알만!"

리안은 달려가며 목이 터져라 알만의 이름을 외쳤다. 다가오는 마차가 서기만을 기다리던 알만은 안에서 들려오는 누군가의 외침에 천천히 뒤를 돌아봤다. 그리고 깜짝 놀라 눈을 둥그렇게 떴다.

"영주님?"

자신을 향해 뛰어오는 주인의 모습이 마치 사자 우리에 빠진 아기를 구해내겠다는 어미의 모습처럼 간절해 보여 알만은 어리둥절했다.

하지만 그보다 더 신경 쓰인 것은 달려오는 속도였다.

"영주님, 천천히……."

리안의 뜀박질 속도가 줄어들 기미가 보이지 않아 마음이 조마조마했다. 저러다가 넘어지시거나 뭔가와 부딪혀 크게 다치시기라도 할까봐 심장이 다 벌렁거렸다.

갑자기 말의 거친 울음소리가 들린 것은 그때였다. 마차를 몰던 말들에게 무슨 이상이라도 생겼는지 격한 울음소리가 불쑥 들려왔다.

무슨 일인가 싶어 시선을 돌린 알만은 그대로 얼어붙은 채 외마디 비명을 질렀다.

언제 이렇게까지 접근한 것인지 바로 코앞에 말 두 필이 있었다. 그것도 앞발을 높이 치켜든 채로.

"으아아!"

움직이고 싶었으나 늙은 몸이 말을 듣지 않았다. 알만이 공포에 질려 어찌할 바를 모를 때였다.

"……?"

갑자기 몸이 공중으로 치솟더니 파란 하늘이 눈에 들어왔다. 뜨거운 여름날치고는 몹시도 시원해 보이는 그런 하늘이었다.

하지만 그런 생각도 잠시, 전신에 충격이 가해지며 몇 차례

바닥을 뒹굴었다.

 알만은 그제야 인지했다. 말에 치일 뻔한 자신을 누군가가 뛰어들어 구해주었음을.

 '누구……?'

 고마움에 은인의 얼굴을 보고자 알만이 아픈 몸을 이끌고 일어서려 할 때 그를 부르는 작은 외침이 들려왔다.

 "알만!"

 그리고 알만은 또 한 번 바닥을 굴렀다. 그리고 보니 말의 거친 울음소리도 여전히 귓가를 울렸다.

 '두 번이나 목숨을 구원받은 것인가.'

 알만이 그런 생각을 할 때 조금 전의 그 음성이 다시 들려왔다.

 "알만, 괜찮아?"

 ……맙소사. 다름 아닌 주인의 목소리였다.

 "영주님……?"

 자신을 구해준 이가 영주일 거라고는 알만은 상상도 하지 못했다.

 쓰러졌던 몸을 겨우 일으켜 세운 후 눈으로 직접 리안의 존재를 확인한 순간, 알만은 잠시 할 말을 잃었다.

 분명 주인이 맞았다. 온몸이 흙투성이임에도 불구하고 빛이 나는 저 외모는 틀림없이 자신의 어린 주인이었다.

 감히 입이 떨어지지 않았다.

그런 위험한 상황에서 손수 몸을 던져 자신을 구해준 어린 주인의 용기에 그저 감탄만이 흘러나왔다. 더불어 말로는 표현 못할 고마움과 진한 감동을 느꼈다.

필시 저 말들의 발굽에 치였더라면 자신의 생명은 온전치 못했으리라.

아찔한 순간이었지만 자신에 대한 어린 주인의 마음을 조금 엿본 것 같아 알만은 내심 뿌듯했다.

그런데 무슨 일일까?

주인의 몸에 붙은 먼지를 털어내고 감사의 말을 전하려던 알만은 주인에게서 풍기는 알 수 없는 분노에 입을 닫았다.

리안의 살벌한 시선의 끝에는 버트램이 있었다. 아직까지 마부석에 앉아 고삐를 쥐고 있는 그의 얼굴에는 낭패감이 서려 있었다.

그럴 만도 한 것이 리안으로 인해 계획했던 일이 모두 수포로 돌아갔다. 혼란한 틈을 타 한 번 더 시도해봤지만 상황은 바뀌지 않았다.

어디서 그런 민첩함이 나오는지 알만을 인은 채 밑지게 바닥을 구르는 영주의 모습에 버트램은 기가 막혔다.

오랜 기간 준비를 해왔고 자신 있게 계획한 일이었다. 이번 일을 성공시키기 위해 시도한 이미지 트레이닝만 해도 수십, 수백 번이었다.

애송이 영주만 아니었더라면 모든 것이 완벽하게 성공할 수 있는 기회였다.

'제길.'

버트램은 쓴 입맛을 다셨다.

아쉽긴 하지만 여기서 섣불리 더 움직였다가는 들킬 수가 있었다. 아직 더 많은 기회들이 남아 있으니 지금은 일단 모든 것을 뒤로하고 연기를 할 때였다.

버트램이 리안의 매서운 눈빛과 마주친 것은 그때였다.

"……!"

자신을 향해 무섭도록 시린 기운을 뿜어내고 있는 리안의 기세에 버트램은 심장이 덜컹 내려앉았다. 마치 무언가를 알고 있는 듯한 눈빛 같아서 소름이 돋았다.

'설마…….'

버트램은 고개를 저었다. 그럴 리가 없었다. 그건 누구보다 그가 잘 알았다. 이번 일에 대해 아는 자라고는 그를 포함해 단 셋뿐이다.

그런 것을 어찌 영주가 알 수 있겠는가.

요즘 하인들의 생활수준을 개선한다는 등 이상한 짓을 해대고는 있지만, 어린 영주가 그리 똑똑하지 못하다는 것은 모두가 아는 사실이었다.

저 눈빛도 그저 흙바닥을 굴렀다는 것에 기분이 나빠 짓는 것이 분명했다.

"오빠!"

리안과 버트램 사이의 묘한 긴장감을 깨뜨린 것은 뜻밖에도 레지나였다. 몰려 있던 하인들이 우르르 비켜나자 핏기 잃은 얼굴의 레지나가 황급히 달려왔다.

"오빠, 괜찮은 거야? 다치지 않았어?"

허겁지겁 리안의 몸을 살피는 레지나의 음성은 몹시도 떨리고 있었다.

많이 놀란 모양인지 리안의 팔을 잡고 있는 그녀의 손이 벌벌 떨리는 게 눈으로 보일 정도였다.

"레지나, 나 하나도 안 다쳤으니까 진정해. 괜찮아."

자신을 걱정하는 동생의 상태가 오히려 더 염려스러워 리안은 서둘러 자신의 무사함을 알렸다.

"정말 괜찮아? 어디 아픈 데 없어?"

"아프기는커녕 나 멀쩡해. 정말 괜찮다니까?"

그러나 리안의 대답에도 안심이 되지 않는 듯 레지나는 몇 번이고 같은 질문을 반복했다.

당연했다. 이층 자신의 방에서 말의 울음소리를 듣고 무슨 일인가 싶어 내려다보니까 알만이 치일 뻔한 것을 목격한 그녀다.

끔찍한 광경에 놀라 비명을 삼킬 때 누군가 달려들어 알만을 살려낸 것을 보고 안도의 한숨을 내쉬었다. 그리고 그 주인공이 자신의 오빠라는 사실을 알고 레지나는 또 한 번 놀라지 않을 수 없었다.

남을 위해, 그것도 하인을 위해 직접 몸을 던진 오빠의 용기에 그녀는 진심으로 감격했다.

그러나 안심하기도 잠시, 다시금 말이 놀라 날뛰는 것을 보고 레지나는 비명을 질렀다.

다행히 알만과 리안이 잘 피해 다친 곳은 없었지만 그녀의 놀란 가슴은 쉽게 진정이 되질 않았다.

"난 괜찮으니까 진정해, 레지나."

레지나의 초록색 눈동자에는 어느새 그렁그렁 이슬이 맺혀 있었다. 버트램의 처분은 잠시 뒤로 미루고 리안은 일단 동생을 안정시키는 것에 주력했다.

하지만 그런 리안을 밀어내며 레지나가 버트램을 향해 갑자기 소리치기 시작했다.

"버트램, 대체 말을 어떻게 모는 거야!"

"아, 아가씨……."

어머니를 닮아 하인들에게 언제나 다정하게 굴던 레지나였다. 그런 그녀가 별안간 소리를 지르자 버트램은 깜짝 놀라 움찔 몸을 떨었다.

놀란 것은 비단 그뿐만이 아니었다. 주위에 몰려 있던 다른 하인들 역시 눈을 동그랗게 뜨며 저들끼리 수군거렸다.

"하마터면 오빠랑 알만이 죽을 뻔했잖아! 말을 대체 어떻게 관리했기에 이런 큰 소란을 만들어! 마구간을 책임지는 자가 이게 할 짓이야!"

레지나에게 이런 면이 있었던가?

작은 몸 어디에 이런 기운을 품고 있었는지 그녀의 노한 음성이 쩌렁쩌렁 주위를 울렸다.

처음 보는 동생의 격한 모습이 놀라운 한편, 리안은 왠지 기분이 좋아졌다.

자신을 누군가 이토록 열정적으로 아껴주고 있다는 사실이 순간 사무치도록 느껴져 와락 눈물이라도 쏟아질 것 같았다.

"죄, 죄송합니다……, 아가씨. 갑자기 이놈의 말이 미쳤는지 날뛰는 바람에……. 죽을죄를 지었습니다!"

그제야 마차에서 내려와 바닥에 엎드리며 버트램이 연기를 시작했다.

주름진 얼굴로 눈물을 흘리며 잘못을 구하는 그의 모습은 리안이 봐도 진심이라고 느껴질 정도였다.

무섭도록 버트램을 몰아치던 레지나는 역시나 마음씨 좋은 소녀였다. 흐느끼는 모습에 마음이 약해진 듯 음색이 한결 누그러졌다.

"오빠랑 알만이 멀쩡해서 다행이지 어쩔 뻔했어? 사죽하는 의미로 당분간 근신하도록 해. 저 말들도 어서 다 치워버리고."

리안을 위험에 빠지게 한 말들을 향해 뾰족한 시선을 보내며 레지나가 지시했다.

"오빠, 정말 괜찮지?"

버트램이 주섬주섬 일어나 마차를 몰고 사라지자 레지나가 다시 걱정스런 눈으로 리안에게 물었다. 그런 레지나를 안심시키기 위해 리안은 오히려 한동안 그녀에게 위로 섞인 말을 건네야 했다.

제5화

본보기

"뭐야? 일을 실패해?"

금실이 수놓아진 화려한 가운을 입은 채 소파에 앉아 시원한 음료를 들이켜던 플린은 얼굴을 굳히며 자리에서 일어났다.

조금 전 오랜만에 펼친 흡족한 정사로 인해 한껏 달떠 있던 기분이 수하의 보고에 싹 달아났다.

"첫 시도가 실패로 돌아가고 다시 시도를 했으나 영주님의 방해로 성공하지 못했습니다."

"영주라니? 거기서 영주가 왜 나와?"

수하의 밑도 끝도 없는 보고에 플린은 욕지기가 올라오는 것을 간신히 참으며 물었다.

"마차가 알만 집사를 덮치려는 순간 영주님이 뛰어들어 알만 집사를 구했습니다. 그래서 지금 하인들은 난리가 났습니다. 하인을 위해 목숨까지 거는 영주가 세상에 어디 있냐면서, 망나니 영주가 완전히 변했다고 다들 수군수군 합니다."

"멍청한 것들! 조금 잘 해줬기로서니 금세 넘어가는 꼴이라니. 놈이 예전에 어땠는지 다들 그새 기억 상실이라도 걸렸다더냐?"

"영주에게 겁간을 당한 하녀들이야 아직 불만이 있겠지만, 그렇지 않은 하인들의 수가 더 많다보니 그런 것이겠지요. 더구나 하인들에게 요즘 많은 것들을 해주는 영주가 아닙니까."

"현장에는 누가 있었지?"

에잉, 하며 혀를 차던 플린은 사건을 수습하기 위한 본론으로 들어갔다. 가벼운 우발적 사고로 넘어가면 다행이지만 그렇지 않을 경우를 대비해야 했다.

"소란을 듣고 달려온 하인들까지 합쳐서 열 명 정도는 될 듯합니다. 저까지 포함해서요."

"눈치들이 어땠지? 그중 뭔가를 이상하게 생각하는 자는 없었고?"

"다들 영주님과 알만 집사를 살피느라 정신이 없기도 했지만, 뒤늦게 달려온 탓에 뭔가를 보고 말 것도 없었을 겁니다."

"하긴, 그렇겠군. 그래도 혹시 모르니 당분간은 근처에 있었던 자들 모두 주의해서 보도록. 괜한 헛소리가 나왔다가는 우리만 곤란해질 테니."

"예, 알겠습니다."

똑똑.

수하에게 몇 가지 지시를 더 내리고 플린이 막 쉬려는 찰나 노크소리가 들렸다. 아무도 방해하지 말라고 분명히 일렀거늘 플린의 눈초리가 까끄름하게 올라갔다.

"누구냐?"

하얀 나신을 드러낸 채 비스듬히 누워 유혹적인 눈빛을 쏘아내고 있는 여인을 내려다보며 플린이 짜증스럽게 외쳤다.

"사이드 님께서 찾아오셨습니다."

"……사이드?"

여인의 굴곡진 허리를 쓰다듬던 플린의 손길이 멈췄다. 잠시 고민하는 듯했지만 그는 곧 침상에서 내려와 예의 그 화려한 가운을 몸에 걸쳤다.

다른 사람이라면 내일 다시 찾아오라고 명하겠지만 사이드는 근래 가장 큰 일을 같이 도모하는 자였다. 괜히 박대를 하였다가 감정이 상해 일을 그르치느니 만나는 편이 나았다.

"자네가 이 시간에 어쩐 일인가?"

플린이 응접실로 들어서며 사이드를 향해 반갑게 인사했다.

"소식 들으셨습니까?"

플린이 자리에 앉기를 잠시 기다렸다가 사이드가 찾아온 용건을 말했다. 소식이라면 오늘 버트램이 벌인 일을 말하는 것일 것이다.

"나도 조금 전에 들었네. 아쉽게도 자네가 집사가 되는 건 잠시 더 뒤로 미뤄야겠더군."

"영주가 뛰어들어 집사를 구했다는 말도 들으셨습니까?"

"믿기지는 않지만 그렇다더군."

"아무래도 계획을 전면 수정해야겠습니다."

"수정이라니? 갑자기 그게 무슨 소린가?"

느긋하게 소파에 기대 앉아 있던 플린이 몸을 앞으로 내밀며 인상을 썼다.

"영주가 직접 몸까지 던져 사람을 구했습니다. 다행히 다친 사람이 없어 가벼운 근신 처분으로 끝났지만, 만일 똑같은 일이 다시 벌어진다면 그땐 결과가 어떻든 간에 큰 처벌을 받을 수밖에 없습니다."

"자네 지금 버트램을 걱정해주는 건가?"

플린이 어이없다는 듯 사이드를 쳐다보며 뾰족한 음성을 뱉어냈다. 사이드는 한숨을 내쉬며 말을 이었다.

"어차피 모든 일이 끝나면 버트램을 처리하기로 하였는데, 제가 왜 걱정을 하겠습니까?"

"그럼 좀 전의 말뜻은 뭔가? 내가 이해하기 쉽도록 말해 보게."

플린의 요구에 사이드가 뭔가를 생각하는 듯 눈동자를 굴리더니 곧 말했다.

"한마디로 요약하자면 버트램은 이제 필요가 없어졌다는

뜻입니다."

"필요가 없다? 그럼 알만은 어쩌자는 건가?"

"다른 방도를 구해야지요. 좀 전에도 말씀드렸다시피 같은 방법으로 알만을 처리했다가는 다들 의심의 눈초리로 바라볼 것입니다. 똑같은 사고가 두 번씩이나 일어난다면 어린아이라도 이상하게 생각하지 않겠습니까?"

"그거야 그렇지만……."

"더구나 그렇게 되면 약속한 대로 버트램을 저희가 지켜줄 수 없습니다. 잊으셨습니까? 버트램이 알만을 처리하면 우발적인 사건임을 강조해서 성에서 쫓겨나는 것으로 마무리하기로 한 것을."

"잊을 리가 있겠나. 그렇게 안심을 시켜놓고 버트램도 같이 제거하기로 하지 않았나."

"네, 그랬지요. 하지만 똑같은 마차 사고가 다시 일어난다면 버트램을 지켜줄 명분이 없어집니다. 괜히 그를 옹호했다가 저희까지 의심을 살 수 있으니까요."

"멍청한 영주가 거기끼지 생각할까?"

"영주는 멍청할지 몰라도 레지나 아가씨는 다릅니다. 어릴 때부터 영민하단 소리를 자주 들으신 분이 아닙니까. 같은 사고가 일어난다면 반드시 의심을 할 것이고, 버트램을 추궁할 것입니다."

아직 어린 소녀이지만 플린은 레지나를 볼 때면 매번 찜찜한 기분이 들곤 했다. 자신을 향한 그녀의 차가운 눈동자가 왠지 마음에 들지 않았다.

"그러니 안 된다는 겁니다. 만에 하나 버트램이 저희가 관련되었다는 사실을 불기라도 하면 어쩝니까. 그땐 저희 둘 모두 버트램과 같이 죽는 겁니다."

"듣고 보니 그럴 수도 있겠군."

사이드의 일리 있는 발언에 플린은 고개를 크게 끄덕였다.

"알만을 없앨 방법은 다시 생각해 봐야겠지만, 이번 일은 이대로 정리하고 버트램은 따로 처리하는 것이 좋겠습니다. 그 성격에 이제 와서 빠지라고 하면 어떻게 나올지 모릅니다. 다 같이 죽자고 덤빌 수도 있습니다."

"그렇지. 알만에게 품고 있는 악감정만 봐도 놈은 지독한 성격이야. 괜한 열등감에 사로잡혀서는...... 쯧쯧."

"저는 일단 버트램을 따로 만나 안심을 시켜놓겠습니다. 계획을 좀 나중으로 미루는 척하면서 슬그머니 없애는 게 좋을 것 같습니다."

"그렇게 하게. 나는 그동안 다른 방도를 연구해 보겠네. 그리고 이번 일 아무래도 서두르는 게 좋을 것 같네. 갑자기 이놈의 영주가 미쳤는지 엄한 데다가 돈을 써대서 큰일일세."

하인들의 생활을 개선한다면서 비싼 음식 재료들을 대량으로 구입하기 시작하더니, 며칠 전에는 숙소를 다시 짓겠다며 도면을 구해와 살피는 것을 보았다.

그 모든 걸 하려면 필시 상당량의 돈이 들어갈 것이다. 플린은 그 생각만 하면 지금도 아까워 죽을 것 같았다.

"성 밖을 돌아보니 영주가 변했다며 사람들의 반응이 제법 호의적으로 변했습니다. 이것도 어떻게 해야 할 것 같습니다."

"그건 걱정 말게. 그쪽으로는 또 내 전공 아닌가. 사람을 풀면 나쁜 소문이 도는 건 시간문제지. 그렇게 되어야 우리가 하는 일도 편해지고."

"그러는 것이 좋겠습니다. 이번에는 술과 여자 말고도 가족과 하인들에게 무자비한 폭력을 휘두르는 폭군이라는 이미지를 심어주는 건 어떨까요?"

"오호, 그거 괜찮군. 당장에 내 그렇게 하라 지시를 내리겠네."

"네, 그럼 전 이만 버트램에게 가보겠습니다. 지금쯤 아마 저희 쪽 연락을 기다린다고 목이 빠져라 하고 있을 겁니다. 플린 님은 마저 일 보십시오."

가운 하나만 달랑 걸치고 있으니 플린이 무엇을 하다 왔는지 사이드가 모를 수가 없었다. 그가 은근한 눈빛으로 인사를 하고는 서둘러 몸을 일으켰다.

"조만간 내가 다시 부르겠네."

사이드가 나가고 플린도 곧장 자리에서 일어나 침실로 향했다. 계획했던 일을 다시 수정해야 하는 숙제가 남았지만 일단은 눈앞에 놓인 일부터 끝내야 했다.

매끄러운 여인의 살결을 떠올리자 야릇한 미소가 입가에

지어졌다. 침실을 향한 그의 발걸음이 더욱 빨라졌다.

*　　　*　　　*

달도 뜨지 않은 으슥한 밤.

리안은 마구간 한편에 앉아 말들의 투레질 소리를 들으며 밤하늘을 의미 없이 올려다보고 있었다.

벽과 지붕 사이로 난 작은 틈새로 보이는 밤하늘은 오늘따라 유난히 검은빛을 뿜어냈다. 내일은 비라도 내렸으면 좋겠다는 생각이 문득 들 때쯤 마구간으로 누군가 들어왔다.

"다녀왔습니다."

건장한 체구의 사내였다. 그가 어깨에 메고 있던 까만색 자루를 쿵 소리 나게 바닥에 내려놓자 억눌린 비명소리가 안으로부터 들렸다.

살아 있는 무언가가 들어 있는 듯 웅얼거리는 소리는 물론 연신 자루 속이 들썩거렸다.

"꺼내라."

리안의 한마디에 사내가 꽁꽁 묶어놓았던 자루의 끈을 풀기 시작했다. 잠시 후, 넉넉한 크기의 자루가 힘없이 바닥으로 내려가며 그 속에서 손과 발이 묶인 버트램이 등장했다.

두꺼운 천 쪼가리가 입에 물려 있는 탓에 말을 할 수는 없었지만, 버트램은 눈앞에 보이는 광경에 몹시 놀란 듯 눈을 부릅뜨고 있었다.

그런 그의 정면으로는 리안 말고도 알만과 스캇 그리고 오스왈트가 자리해 있었다.

"입도 풀어줘."

리안의 명에 사내가 즉각 버트램의 입에 물린 재갈을 풀었다.

"여, 영주님!"

말을 할 수 있게 되자마자 버트램은 급히 리안부터 찾았다.

"왜 불려왔는지는 더 잘 알고 있겠지?"

리안은 조금의 미동 없이 앉은 채로 버트램을 노려보며 그렇게 물었다. 밤바람을 타고 날아오는 리안의 섬뜩한 음성에 버트램의 겁먹은 눈동자가 과도하게 흔들렸다.

"다 알고 있으니 말해. 누가 시켰어?"

"그, 그게 무슨 말씀이신지……."

리안이 무엇을 묻고 있는지 알고 있으면서도 버트램은 일단 모르는 척 발뺌을 했다.

떨리는 목소리가 이미 모든 걸 말하고 있다는 것을 모르는 걸까. 버트램의 어리석음에 리안은 쓴웃음을 삼켰다.

순순히 불지는 않을 거라고 짐작은 하고 있었다. 하지만 막상 거짓된 모습을 보고 있자니 속에서 무언가가 치밀어 올랐다.

그렇다고 영주가 돼서 아무런 증거도 없이 아랫사람을 몰아붙일 수는 없는 노릇.

리안이 스캇을 향해 조용히 턱짓했다. 그러자 스캇이 고개를 살짝 끄덕이고는 어딘가로 급히 달려갔다.

잠시 후 돌아오는 스캇의 손에는 두 개의 말고삐가 쥐어져 있었다. 버트램의 얼굴에 당황하는 기색이 스쳤다. 그도 그럴 것이 스캇이 데려온 말들이 오늘 낮에 그가 몰았던 마차를 끌던 말이었던 것이다.

눈치를 챘단 말인가?

가뜩이나 요동치던 심장이 더욱 거칠게 뛰며 버트램을 불안 속으로 빠뜨렸다.

"특수 제작한 바늘을 신발 밑에 숨기고 그것으로 말의 엉덩이를 차 말을 놀라게 한다. 아, 정말 내가 생각해도 기발한 발상이야."

입가에 미소까지 띠며 나긋한 어조로 말을 건네는 리안의 모습은 우아하면서도 정감이 느껴질 정도였다.

하지만 그 말 속에 박혀 있는 차가운 가시를 버트램은 모르려야 모를 수가 없었다. 아무도 눈치채지 못할 것이라 예상했다. 머리카락만큼이나 가늘고 얇게 제작된 바늘은 찌르면 상처조차 잘 보이지가 않을 정도로 아주 미세한 굵기였다.

그것을 신발의 앞코에 장착해 말의 항문 부근을 차면 아무리 훈련된 말이라 할지라도 놀라서 날뛰게 된다. 버트램은 그 방법으로 알만을 처리하려고 했었다.

어떻게 알아냈을까?

누군가 자신의 행동을 본 것일까?

버트램은 두려움에 찬 시선으로 리안을 위시한 다른 일행들을 조금씩 엿보았다. 그러던 중 알만과 눈이 마주쳤을 때 버트램의 눈빛이 바뀌었다.

마치 천하의 원수를 대하는 듯한 억울한 눈빛이랄까.

이곳에 오기 전 리안은 알만을 따로 불러 버트램과의 관계에 대해 물었다. 망설이는 듯 잠시 말을 아끼던 알만은 이내 모든 것을 털어놨다.

비슷한 시기에 백작가의 하인으로 들어온 둘은 처음에는 제법 친하게 지냈다고 했다. 하지만 알만의 성실함과 명석함을 높이 산 전대 영주가 그를 집사로 키우게 되면서 둘의 사이는 삐걱거리게 되었단다.

알만이 전처럼 잘 지내보려고 이것저것 노력을 해보았지만 갈수록 둘의 사이는 소원해졌고, 둘의 우정이 완전히 금이 간 것은 알만이 정식으로 집사가 된 이후였다.

그 뒤로는 뻔한 줄거리다. 출세욕이 강했던 버트램은 알만이 자신보다 잘 되는 것이 배가 아팠던 것이다.

어딜 가든 그런 인간들이 꼭 하나쯤은 있다. 남이 잘 되는 꼴은 죽어도 못 보는 이기적인 군상들.

버트램을 보아하니 그런 마음은 아무리 나이를 먹어도 변하기가 어려운 모양이다.

리안은 한숨을 내쉬며 말했다.

"증거가 더 필요하다면 말해. 말의 엉덩이에 난 상처 말고도 네놈이 신발에 설치한 뾰족한 바늘하며, 그것으로 말의 엉덩이를 차는 것까지 본 사람도 있으니까."

리안의 말이 끝나자마자 버트램을 데려왔던 사내가 신발 하나를 내밀었다. 물을 것도 없이 오늘 낮에 버트램이 신었던 신발이었다.

젠센이라는 이름을 가진 사내는 알만이 신임하는 하인 중 하나로, 기운이 장사라서 오늘과 같이 힘쓰는 일은 거의 도맡아서 하는 편이라고 했다.

리안이 신발까지 들먹이자 버트램은 주춤하는 기색이 역력했다. 이렇게까지 나오면 빠져나갈 방법이 없다는 건 천하의 바보가 아닌 이상 모를 수가 없다.

"자, 이제 말해. 네놈에게 이런 짓을 시킨 자들이 누구인지, 지금 당장!"

"……."

돌아오는 대답은 없었지만 그가 고민 중이라는 것은 눈만 봐도 알 수 있었다. 초조함과 불안함이 뒤섞인 눈빛으로 이리저리 눈알을 굴리며 입술을 달싹거리는 폼이 어지간히도 애가 타는 듯했다.

리안은 상황을 빨리 끝내기 위해 오스왈트에게 눈짓했다.

버트램을 본 순간부터 검병에 얹은 손이 들썩들썩 하던 오스왈트다.

감히 네놈이 영주님의 목숨을 위험에 빠뜨렸겠다!

차앙!

오스왈트의 서슬 퍼런 검날이 버트램의 목을 겨냥하고 날아갔다.

동시에 리안이 으름장을 놓았다.

"빨리 말하지 않으면 오스왈트가 그 검으로 찌를지도 몰라."

"사, 살려 주십시오, 영주님! 소, 소인이 죽을죄를 지었습니다!"

날카로운 검이 눈앞에 있어서일까? 그제야 자신이 처한 상황을 실감한 듯 버트램이 침을 튀기며 다급히 용서를 구했다.

살인이라는 무서운 짓을 저지르려 할 때는 언제고 살려달라고 부르짖는 모습이 참으로 역겨웠다.

"내가 언제 용서를 빌라고 했나? 난 누군지 말하라고 한 것 같은데."

"목숨만은 제발 살려주십시오! 소인이 죽을죄를 지었습니다!"

"영주님께서 누군지 어서 말하라고 하지 않느냐! 네놈이 마구간의 책임자랍시고 평소에는 놀기만 하다가 갑자기 마차를 몬 것도 다 알만 집사를 죽이기 위해서가 아니냐! 여기 있는 모두가 증인이다. 어서 네놈 뒤에 누가 있는지 밝혀라!"

오스왈트가 분기탱천 소리치며 버트램의 목에 더욱 가까이 검을 들이댔다.

버트램은 모르겠지만 지금 오스왈트는 엄청난 참을성을 발휘하는 중이었다. 낮에 있었던 마차 사고만 생각하면 오스왈트는 지금도 빠드득 이가 갈렸다.

어린 주인이 산속에서 길을 잃고 헤매다가 돌아온 지 불과 채 한 달이 되지 않았다. 원래가 허약하신 분, 필시 아직 다 회복이 되지 않으셨을 것이다.

그런 주인이 자신이 잠시 자리를 비운 사이에 사고를 당할 뻔했으니 오스왈트가 어찌 침착할 수 있겠는가.

영주님의 명만 아니라면 오스왈트는 지금 당장에라도 버트램의 목을 베어버리고 싶은 심정이었다.

그 와중에 조금 힘이 들어간 듯 검끝이 버트램의 목을 파고들며 붉은 피가 새어나왔다. 그러자 버트램이 기겁하며 새된 비명을 내질렀다.

"으아아아!"

"그러니 어서 말해."

리안은 엄한 음성으로 다시 한 번 명했다. 오스왈트의 협박이 먹힌 듯 버트램의 입이 서서히 벌어졌다.

"……프, 플린 님입니다."

"그리고?"

이미 알고 있었기에 리안은 전혀 놀라지 않았다. 예상하고 있었던 듯 알만도 처음과 같은 자세로 그대로 서 있었다.

그러나 스캇과 오스왈트는 전혀 몰랐다는 듯 각기 신음을 내뱉었다.

"헉!"

"그, 그 돼지 같은 놈이! 감히, 감히……!"

처음은 스캇이고 뒤는 오스왈트였다. 음모의 주인공이 드러나자 오스왈트는 말을 잇지 못하며 '감히'라는 말만을 중얼거렸다.

"사, 사이드 집사……."

또 한 명의 공범자인 사이드를 말하며 무의식적으로 집사라는 호칭을 사용하려던 버트램은 황급히 입을 닫았다.

습관이라는 게 이래서 무서운 것인가 보다. 리안은 헛웃음을 삼키며 낮게 말했다.

"오스왈트, 지금 당장 병사들을 데리고 플린과 사이드란 자를 잡아오세요. 쇠뿔도 단김에 빼랬다고, 오늘밤 다 처리해야겠어요."

"예, 영주님!"

기다리던 명이었다. 오스왈트가 즉시 검을 거두고 쏜살같이 튀어나갔다. 밖에는 이미 리안의 명으로 십여 명의 병사들이 대기하고 있었다.

야밤에 무장한 병사들을 보면 플린이 어떤 표정을 지을지 리안은 내심 궁금했다. 관리 주제에 상관을 멸시하고 영지민을 우습게 여긴 죄를 이번 기회에 단단히 물을 것이다.

혼자만 당한다고 억울해힐 수도 있겠지만 리안은 플린을 본보기로 삼을 생각이었다. 부정을 저지른 관리들을 모조리 처벌했다가는 오히려 혼란만 가중될 수 있었다.

관리들의 대표 격이었던 플린을 처참히 무너뜨림으로써 영주라는 자신의 위치를 공고히 다지고, 나아가 직접 인재를 뽑아 천천히 자신의 사람으로 바꿔나가는 것이 목표였다.

오늘은 그 모든 것을 하기 위한 첫 번째 단계였다.

"영주님…… 제발, 제발 살려주십시오!"

버트램의 울음 섞인 애원이 고요한 마구간을 울렸다. 하지만 리안은 전혀 들리지 않는다는 듯 무심한 표정으로 밤하늘만 올려다볼 뿐이었다.

젠센에 의해 어딘가로 끌려가는 버트램을 스캇은 차마 쳐다보지 못하고 고개를 숙인 채 바닥만 뚫어지게 내려다보았다.

버트램이 씻을 수 없는 큰 죄를 지은 것은 틀림없지만, 한 사람의 증인으로서 미안한 감정이 조금은 없지 않아 들었다.

리안에게 말이 날뛰기 전 버트램의 이상한 행동을 보고한 것은 다름 아닌 스캇이었다.

리안을 따라 사건의 현장으로 달려갔던 스캇은 습관처럼 버트램의 모습을 관찰했다. 그리고 그가 발을 움직여 말의 엉덩이를 차는 것을 목격했던 것이다.

이상함을 느끼고 마구간에 몰래 들어가 말들의 엉덩이를 살피던 스캇은 미세하지만 아직 아물지 않은 상처들을 발견하고 깜짝 놀랐다.

그리고 그때서야 스캇은 버트램을 감시하라던 영주의 명을 이해할 수 있었다.

스캇은 그 즉시 리안에게 달려가 사실을 고했다. 어머니와 동생을 안심시키고 버트램에 대한 처리를 고민 중이던 리안은 스캇의 말을 듣고 오늘의 일을 준비했던 것이다.

리안이 알고 있을 거라고는 생각지도 못했는지 버트램은 신발조차 숨기지 않고 그대로 갖고 있었고, 어딘가로 도망을 치지도 않았다.

15년 전에는 아무런 의심도 없이 지나갔던 일이지만 리안이 영주가 된 이상은 절대로 그냥 넘길 수 없었다.

앞으로 다시는 이러한 일이 벌어지지 않도록 리안은 이번 기회에 기강을 똑바로 세울 작정이었다.

얼마나 지났을까.

"이놈들, 당장 이 더러운 손 치우지 못할까!"

밤의 적막을 뚫고 사람들의 발자국 소리가 요란하게 들리는가 싶더니 플린의 목소리가 마구간을 진동했다.

무엇을 하다가 왔는지는 몰라도 산발한 머리하며 풀어헤쳐진 옷으로 보아 꽤 심한 반항을 하며 끌려온 듯했다.

"이런 천한 것들 같으니라고! 감히 나를 죄인 취급해? 네놈들 모두 가만두지 않을 것이다!"

아직 리안을 발견하지 못한 듯 플린은 마구간으로 들어와서도 멈출 줄 모르고 계속 악을 써가며 소리쳤다.

"여기가 어느 안전이라고 소란을 떠느냐! 네놈의 눈에는 영주님이 보이지도 않는단 말이냐!"

보다 못한 오스왈트가 버럭 소리를 치자, 그제야 제정신을 차린 플린이 리안의 존재를 눈으로 확인했다.

"여, 영주님!"

리안을 보고 조금 당황하는 듯했지만 플린은 이내 바닥에 넙죽 엎드려 자신의 억울함을 호소했다.

"영주님! 소인이 무슨 죄를 지었다고 이러시는 겁니까! 소인, 죄라고는 영주님께 충성을 바친 죄밖에는 없습니다!"

"뚫린 입이라고 참 잘도 지껄이는구나."

보통 때라면 생각으로만 그칠 말이 플린의 가증스런 모습 때문인지 절로 입 밖으로 튀어나왔다.

"충성이라고? 앞에서는 갖은 아양을 떨고 뒤에서는 있는 대로 욕을 하며, 어떡하면 좀 더 많은 재물을 빼돌릴까 궁리하는 것이, 네놈이 말하는 충성이렷다?"

"그, 그게 무슨 말씀이십니까. 다 오해이십니다! 어디서 무엇을 들으셨는지 모르나 소인의 말을 들어주십시오! 그것은 누군가 소인을 모함하려는 수작입니다!"

"수작? 훗."

사람을 웃게 하는 재주가 플린에게 있는지 몰랐다. 리안은 그림 같은 미소를 입가에 지으며 조용히 말했다.

"알만, 데려와."

"네, 영주님."

리안의 명에 얌전히 시립하고 있던 알만이 등을 돌려 어디론가 사라졌다.

플린은 그제야 분위기가 심상치 않음을 눈치챘다. 이전에는 느낄 수 없었던 왠지 모를 서늘함이 영주에게서 풍기고 있었다.

더 이상 자신이 손에 쥐고 흔들던 나약하고 무능했던 어린 영주의 모습은 보이지 않았다.

'무언가 잘못되었다!'

머릿속에서 경종이 울렸지만 이미 때는 늦었다. 오늘 낮에 있었던 마차 사고 때문에 끌려온 것이라고는 추호도 짐작하지 못했던 플린은 알만과 함께 걸어오는 버트램을 발견하고 아연실색했다.

"그런데 사이드는?"

그런 플린을 무감정한 눈길로 바라보며 리안이 물었다. 호랑이도 제 말하면 온다더니, 밧줄로 온몸이 감긴 사이드가 뒤늦게 마구간으로 들어섰다.

"반항이 심해 끌고 오는 데 시간이 좀 걸렸습니다."

일그러진 얼굴로 횃불 앞에 선 사이드는 플린과 버트램을 보고서도 얼굴색 하나 변하지 않았다.

당당한 눈빛으로 리안을 마주하는 그의 태도는 마치 억울한 누명을 쓰고 잡혀온 사람 같았다. 이디서 나오는 자신감인지는 몰라도 그는 자신이 풀려날 거라고 생각하는 듯했다.

'그래, 어디 잡아뗄 수 있으면 떼 보거라.'

리안은 사이드와 플린을 지그시 노려보며 천천히 입을 열었다.

"이로써 작당들이 다 모였군. 플린, 아직도 모함이라고 우길

테냐?"

"영주님, 저는 아무것도 모르는 일입니다. 대체 소인에게 왜 이러시는 겁니까?"

"네놈이 여기 이놈들과 짜고 알만을 죽이려 했다는 것을 정녕 부인하겠다는 것이냐?"

"주, 죽이다니요! 그, 그럼 오늘 있었던 마차 사고가 저놈들이 일부러 알만을 죽이려고 계획한 사고였다는 말씀입니까?"

마치 지금 그 사실을 알았다는 듯 플린이 펄쩍 뛰며 버트램과 사이드를 손가락으로 가리켰다.

리안은 픽 웃음이 새어나왔다. 역시 플린은 입발림 소리나 할 줄 알지 머리는 텅 빈 얼뜨기였다.

제 놈이 지금 자기 죄를 스스로 인정하고 있지 않은가?

"나는 알만을 죽이려 했냐는 것만 물었는데, 네놈은 그것을 마차 사고라고 단정을 짓고 있구나. 이래도 발뺌을 할 것이냐?"

"……!"

"모두가 우연한 사고라고 알고 있는 것을 계획된 것이라 정확히 짚어내는 것보다 확실한 증거가 또 어디 있단 말이냐?"

자신의 실책을 깨닫고 당혹해하던 플린이 핑계가 떠오른 듯 얼른 말했다.

"아, 아닙니다! 소인은 그저 마차를 몬 마부가 이곳에 있기에 그리 생각한 것일 뿐, 이번 일과는 전혀 상관이 없습니다! 믿어주십시오!"

"본인이 생각해도 너무 억지스럽다고 생각하지 않는가?"

어떻게든 빠져나가려고 되지도 않는 말을 늘어놓는 플린을 보자니 리안은 다시 한 번 전 주인의 무능함을 실감했다.

이런 자에게 놀아났다면 그 무능함의 수준이 어떨지 가히 짐작이 가고도 남을 것이다. 영주가 되어 상대하는 플린의 수준은 정말 한심하기 짝이 없었다.

"버트램, 플린이 이렇게 나오는데 할 말 없어?"

안 그래도 플린의 뻔뻔한 대답에 어이없다는 표정을 짓고 있는 버트램이었다. 그가 막 입을 열려는데 그보다 플린이 좀 더 빨랐다.

"네 이놈! 영주님께 당장 사실대로 고하지 못할까! 네놈이 나에게 무슨 억하심정이 있어 이러는지는 모르겠지만 괜한 헛소리를 했다가는 네놈은 물론, 네놈의 가족 모두 무사하지 못할 것이다!"

그렇게 말하고는 있으나 플린은 눈으로 버트램에게 사정했다.

사실대로 말하면 모두 죽는 것이고, 자신을 살려주면 반드시 그에 따른 보답을 하겠다는 뜻을 계속해서 버트램을 향해 눈으로 말했다.

하지만 그 눈빛의 의미도 모를뿐더러, 이곳에 불려오기 전 버트램은 리안에게 이미 들은 말이 있었다.

바른대로 말하면 목숨만은 살 것이고, 거짓을 말하면 관련된 모든 자는 물론 딸린 가족까지 전부 처벌하겠다는 무시무시한

본보기 187

말이었다.

 모난 성격의 이기적인 인간이긴 하나 버트램도 두 딸을 둔 아비였다. 자신 때문에 딸들을 죽게 할 수는 없었다.

 플린의 눈빛을 피하며 버트램이 더듬더듬 입을 열었다.

 "……저는 그저 플린 님이 시키는 대로 했을 뿐입니다. 알만 집사님이 죽으면 사이드 님을 집사로 추대하고, 저에게는 한 밑천 쥐어주신다고 약속하셨습니다."

 "저, 저……! 아닙니다, 영주님! 저놈의 말에 속지 마십시오! 소인은 그런 적이 절대로 없습니다!"

 터질 듯 눈을 크게 치뜨며 플린이 마구 소리쳤다. 버트램에게 욕설을 내뱉는 것도 잊은 채 플린은 리안을 향해 정신없이 자신의 결백함을 주장했다.

 "사이드라는 이자 또한 소인은 오늘 처음 보는 자입니다. 믿어주십시오! 저놈이 거짓말을 하고 있는 것입니다! 이자에게 물어보십시오. 이자도 분명 저를 처음 보았다고 할 것입니다! 영주님에 대한 소인의 충성심을 익히 잘 아시지 않습니까!"

 그놈의 레퍼토리 참 바뀌지도 않는다. 또다시 충성심이란 얼토당토않은 얘기를 늘어놓는 플린을 심드렁하게 바라보며 리안은 한 템포 쉬었다가 말했다.

 "플린, 그만해. 얼마 전에 이자랑 같이 마구간으로 가는 걸 직접 내 눈으로 봤으니까."

 "……예에?"

말을 하다 말고 플린은 얼어붙은 눈으로 리안을 응시했다.

사이드 또한 시종일관 당당하던 태도는 어디가고 눈을 홉뜨며 리안을 올려다봤다.

왠지 통쾌해진 리안은 입가에 미소를 띠며 물었다.

"내게도 거짓말이라고 말할 셈이야?"

하지만 어쩐 일인지 플린은 그 이후로 꿀 먹은 벙어리처럼 입을 닫았다.

사이드도 무언가 말을 하고 싶어 하는 듯했지만 차마 입이 떨어지지 않는 듯 입만 벙긋거릴 뿐이었다.

당연했다. 상황이 암만 이리 되었다고 해도 영주인 리안에게 잘못 보았다고 우길 배짱까지는 없었던 것이다.

아무리 만만하고 어린 영주라 할지라도 그의 말은 이곳에서 곧 법이었다.

사실상 영주가 아무런 이유 없이 플린을 사형에 처한다 해도, 뒤에서 미친 영주라고 욕은 할지언정 아무도 뭐라 할 수 있는 사람은 없었다.

"더 얘기해 볼까? 무슨 일인가 싶어 따라갔다가 알반을 죽이려는 셋의 엄청난 음모를 듣게 되었지. 그때 당장 셋 모두 감옥에 처넣을까 싶었지만 내가 스스로에게 얼마 전 약속한 게 있었거든. 모든 일은 원칙대로 법에 따라 심판을 하겠다고."

"......?"

리안의 입에서 원칙이라느니 법이라느니 하는 소리가 나오자 플린은 작금의 상황도 잊고 황당하다는 표정을 지었다.

노는 것만 좋아하고 무식이 철철 넘치던 영주의 입에서 나올 말은 절대 아니었던 것이다.

리안은 진지해진 눈빛으로 모두들 향해 말을 이었다.

"앞으로 영주라고 해서 함부로 목숨을 거두는 일은 하지 않을 것이다. 재판 없이는 아무리 하찮은 목숨일지라도 쉽게 죽일 수 없도록 만들 것이고, 지금껏 공공연하게 이뤄졌던 영지민들에 대한 기사들과 관리들의 공권력 남용도 더 이상은 용납하지 않을 것이다. 플린, 그동안 꽤 살 만했지?"

"여, 영주님……!"

"그동안 쭉 하고 싶었던 말이 있었어. 영주는 나지, 네놈이 아니야. 내일 아침 재판이 열릴 테니까 각오하는 게 좋을 거야. 알만, 이놈들을 당장 지하 감옥에 처넣어!"

마치 선전포고를 하듯 소리치는 리안의 명에 병사들이 우르르 달려들어 죄인들을 끌고 나갔다.

"영주님, 지금 실수하시는 겁니다! 소인을 정녕 내치실 생각입니까! 왜 이렇게 소인의 마음을 몰라주시는 겁니까! 영주님!"

붙들려 나가면서까지도 플린은 계속 자신의 억울함을 소리치며 항변했다.

막판까지 참 아둔한 자였다. 저렇게 잡아떼면 있는 죄가 사라질 것이라고 진정 생각한단 말인가. 참으로 어이가 없었다.

"영주님, 너무 늦었습니다. 이제 그만 침실로 드시지요."

리안이 딱하다는 듯 플린의 뒷모습을 바라볼 때 알만이 다가와 권유했다. 시간이 어느새 이렇게나 지났는지 곧 날이 밝아올 기미였다.

"내일 당장 플린에 대한 재판을 열 생각이니 준비해줘. 놈을 본보기로 삼아서 이제 더 이상 내가 어린애가 아니라는 것을 관리들에게 보여줄 참이니까."

"네, 염려하지 마십시오."

"그리고 스캇, 오늘 고마웠어. 모두 다 네 덕분이야. 조만간 보답할게."

"헛, 보답이라니요! 저는 그저 영주님이 시키시는 대로 했을 뿐입니다. 아직 누나를 살려주신 은혜조차 갚지 못했는데 어찌······."

"네가 아니었으면 알만의 목숨을 구하지 못했을 거야. 곧바로 달려와 알려주지 않았으면 아마 지금 알만은 이곳에 있지도 못했을걸?"

"영주님께 들었다. 고맙구나."

알만은 그제야 스캇에게 정식으로 고마운 마음을 전했다. 마차 앞으로 뛰어들어 자신을 구한 것은 주인이지만, 그것이 모두 스캇의 보고 덕분이라는 말을 낮에 전해 들었다.

시간이 없어 아직 인사도 못하고 있던 알만은 이때다 싶어 스캇에게 고마움을 표시했다.

본보기 191

"조만간 따로 불러서 치하할 테니 기대해도 좋을 거야."

친구를 위해 준비한 선물을 떠올리며 리안은 기분 좋은 미소를 입가에 머금었다.

스캇은 그런 리안을 거의 숭배하는 듯한 시선으로 바라보며 감사함에 어쩔 줄 몰라 했다.

조금 전 아무리 하찮은 목숨일지라도 앞으로는 함부로 죽일 수 없도록 할 거라고 목청을 높이던 영주의 모습은 너무나도 멋있었다.

필시 항간에 떠도는 소문은 모두가 거짓일 것이 분명하다. 영주를 음해하려는 불순한 무리들이 꾸며냈을 확률이 컸다.

어떻게 이토록 인자하고 훌륭하신 분을 그렇게 폄하할 수 있단 말인가.

몸은 자신과 같은 열다섯의 어린 주인이지만 정신은 비교조차 할 수 없을 만큼 성숙하신 분이었다.

아름다운 외모만큼이나 자상한 마음씨를 가진 영주가 스캇은 한없이 존경스럽고 위대해 보였다.

그것은 알만도 마찬가지였다. 언제부터인지는 몰라도 모시던 주인이 완전히 다른 사람처럼 변해버렸다.

어린나이에 벌써부터 주색에 빠져 걱정을 시키는가 싶더니 갑자기 철이라도 든 듯 딴판이 되었다.

전에는 관심도 없던 성과 영지에 관한 업무를 꼬치꼬치 물으시고, 얼마 전부터는 하인들의 생활환경까지 간섭하시기 시작했다.

 게으름을 피우던 성정이 모든 면에서 적극적으로 변하기도 하였다. 하인들 간에 떠도는 우스갯소리로 표현하자면 마치 다른 사람이 주인의 몸으로 들어간 게 아닐까 싶을 정도로 말이다.

 "그럼 다들 내일 봐. 오늘 모두 수고했어."

 하인들이 어떤 생각을 하는지도 모른 채 리안은 그렇게 인사를 남기고 마구간을 떠났다. 그런 리안의 머릿속에는 내일 있을 재판에 관한 것으로 가득했다.

* * *

 명확한 증거들과 증인들의 활약(?)에 힘입어 사건이 있은 후 며칠 뒤 플린은 사형 선고를 받았다.

 그동안에 저지른 여러 비리와 악행들에 비하면 사형이라는 판결도 가벼운 축에 속했지만, 리안은 그렇게 결정하기까지 많은 고민을 했다.

 자신의 판단으로 누군가의 목숨을 좌지우지할 수 있다는 것이 이렇게도 힘든 일일 줄 이전에는 미처 알지 못했다.

 플린은 분명 죽어 마땅한 죄인이었으나, 살아오면서 누군가를 때려본 적조차 없던 리안이기에 사형을 내리기까지 쉽지가 않았다.

 하지만 다른 관리들에게 확실한 공포를 심어주기 위해서라도 이번 결정은 피해갈 수 없었다. 같이 일을 도모했던 사이드 또한 플린과 같은 판결을 내렸다.

생각 같아서는 버트램도 똑같이 처벌하고 싶었지만 영주로서 약속한 것이 있어 그의 목숨만은 살려주었다.

버트램에게 내려진 벌은 평생토록 지하 감옥에 갇혀 죄를 뉘우치라는 것이었다. 특별히 두 딸의 면회만큼은 아량을 베풀어 허락했다.

갑작스런 플린의 사형으로 가장 놀란 것은 관리들이었다. 그간 암암리에 영주를 무시하고 개인의 재산을 부풀리는 데 힘썼던 관리들은 불똥이 튈까 무서웠는지 바쁘게 움직이기 시작했다.

빼돌렸던 재물을 다시 되돌려 놓는 관리가 있는가 하면, 허술하게 작성했던 장부들을 새로이 기입하고, 증식했던 재산을 허둥지둥 처분하는 등 난리도 아니었다.

플린이 죽고 나서도 그가 저지른 부정과 악행들을 영주가 집요하게 파고들자 다들 숨을 죽이고 눈치를 살피기에 급급했다.

얼마 후 그런 관리들에게 영주의 명이 적힌 공문서가 하나씩 전달되었다.

공문의 내용은 간단했다. 이번 플린의 사건을 교훈으로 삼아 앞으로 영지의 발전에 힘써주길 바란다는 짤막한 문구가 전부였다.

겉으로는, 그저 형식상의 내용인 것처럼 보이지만, 이 한 장의 공문서가 시사하는 바는 무척 컸다. 영주는 짧은 문구 하나로 여러 가지의 말을 하고 있었다.

자신이 더 이상 관리들의 손아귀에 놀아나는 어린애가 아니며, 앞으로 부정을 저지를 시에는 플린과 같은 처벌을 받게 될 것이라는 경고의 의미가 담겨 있었다.

하지만 무엇보다 무서운 것은 플린 하나만을 본보기로 삼고 다른 관리들은 남겨두었다는 점이었다.

모두를 처벌하였다가는 업무에 지장이 있을 거라는 것까지도 그들의 어린 영주는 파악한 것이다.

더 이상 무능한 영주는 존재하지 않았다.

놀기만을 좋아하고 영지의 경영에는 무관심했던 원래의 영주는 사라지고, 더없이 깐깐하고 상대하기 어려운 새로운 영주의 탄생이었다.

플린이 죽고 후폭풍이 있을 거란 예상을 깨고 영지는 더할 나위 없이 평화로웠지만 관리들은 그 어느 때보다 긴장된 나날을 보내고 있었다.

하지만 그런 관리들과는 달리 성내의 분위기는 무척이나 활기찼다. 그중에서도 요즘 하인들의 기분은 가히 죄고라고 할 수 있었다.

"매들린, 들었어?"

"응? 뭐를?"

구석구석 쌓인 복도의 먼지를 털어내며 열심히 걸레질에 몰두하던 매들린은, 다짜고짜 뛰어와 호들갑을 떠는 친구 세실의 음성에 하던 일을 멈추고 몸을 일으켰다.
 "글쎄, 내일부터 하인들 숙소를 짓기 시작한대."
 "숙소?"
 "응, 저쪽 성의 뒤편에 난 공터 있잖아. 거기를 좀 더 넓게 다듬어서 내일부터 짓는대! 꺄악, 너무 신나지 않니?"
 "그럼 소문이 정말이었던 거야?"
 "응, 그런 셈이지. 삼층 높이에 최신식 스타일로 지어주신다고 영주님께서 그러셨대! 아우, 우리 영주님 어쩜 그렇게 자상하신지!"
 "아직 지어진 것도 아니잖아. 벌써부터 너무 좋아하지는 마."
 "얘는, 방금 전에 알만 집사님이 직접 말씀하시는 걸 내가 듣고 왔는걸!"
 "……그래? 뭐, 잘 됐네."
 알만 집사가 말했다니 매들린도 더 이상 할 말은 없었다. 영주는 몰라도 알만 집사에 대한 하인들의 신뢰는 거의 절대적이었다.
 "넌 별로인 거야? 왜 그렇게 반응이 시원찮아?"
 알만 집사와 선배들의 대화를 몰래 엿듣자마자 가장 친한 친구인 매들린에게 알려주기 위해 달려온 세실은 친구의 반응이 영 신통치가 않자 조금 맥이 빠졌다.
 "아니야, 좋아. 안 좋을 리가 없잖아."
 "너 얼마 전부터 좀 이상한 거 알아? 내가 얘기해도 잘 웃지도 않고, 말수도 부쩍 줄고. 집에 무슨 일이라도 있는 거야?"

"일은 무슨 일. 아무 일도 없어. 내가 뭐가 이상하다고 그래."

그렇게 대답하고는 있지만 매들린의 안색은 급격히 어두워졌다. 벌써 몇 달째 지속되고 있는 친구의 그런 모습에 세실은 한숨이 푹 새어나왔다.

도대체 무슨 일인지 알기라도 해야 위로를 하고 말고 할 것이 아닌가?

쉽게 얘기하지 못하는 매들린의 심정을 이해하지 못하는 것은 아니나 세실은 섭섭한 마음이 드는 것이 사실이었다.

"무슨 일인지는 모르겠지만 힘들면 나한테 기대. 우린 제일 친한 친구잖아. 안 그래?"

열두 살에 같이 성의 하녀로 들어와 의지할 곳 없는 이곳에서 2년을 함께 울고 웃으며 보낸 둘이었다. 무엇 때문인지는 몰라도 매들린이 한시바삐 이겨내고 원래대로 돌아오기를 세실은 진심으로 바랐다.

"앗! 영주님이시다!"

다정한 친구의 말에 괜히 눈물이 쏟아질 것 같아 매들린이 걸레를 다시 집어들 때, 세실이 복노 끝을 보며 흥분해 속삭였다.

동시에 매들린의 몸은 그대로 얼어붙었다. 용기를 내어 친구의 시선을 따라 천천히 고개를 들어보니 멀리서 걸어오는 영주의 모습이 보였다.

"저 아이, 스캇이라고 했지?"

영주와 함께 걸어오는 소년을 보고 세실이 물었다.

"······응."

매들린은 기계적으로 대답하며 고개를 얼른 다시 밑으로 숙였다. 그가 제발 자신을 알아보지 못하기를 간절히 바라면서.

"아무리 봐도 우리 영주님 너무 멋있지 않냐?"

매들린에게만 들릴 듯 말 듯한 작은 목소리로 세실이 야단을 떨며 속닥였다.

그래, 저 얼굴이 한때는 정말 잘 생겼다고 생각했었지. 하지만······.

서너 달 전 술에 취해 자신에게 달려들던 영주의 얼굴이 떠오르자 매들린은 작게 몸을 떨었다. 조각 같던 그 얼굴이 짐승으로 변하던 그 순간을 매들린은 아직도 생생하게 기억하고 있었다.

반항하는 자신을 폭력과 구타로 제압하고 온몸을 마구 더듬던 무자비한 손길.

막판에 갑자기 풀어주기는 했지만, 매들린이 받은 상처는 이미 돌이킬 수 없었다. 아마도 죽는 날까지 잊지 못할 것이다.

친구인 세실은 그녀가 휴가를 얻어 집에 갔다 온 것으로 알고 있지만, 실상은 알만 집사의 배려로 치료를 받고 돌아온 것이었다.

"추워?"

갑자기 몸을 떠는 매들린을 세실이 의아한 눈빛으로 쳐다보았다.

왠지 그런 친구가 불안해 보여 한편으론 걱정스러운 마음도 들었다.

"아니, 괜찮아. 오신다, 세실."

"어어."

잠시 걱정스러움을 거두고 세실은 매들린을 따라 서둘러 몸을 숙였다.

스캇을 데리고 오스왈트에게 가던 중이던 리안은 둘을 지나치며 잠시 매들린에게 시선을 주었다.

"……!"

고개를 숙이고 있어 표정을 볼 수는 없었지만 매들린의 몸이 미세하게 떨리는 것을 리안은 분명하게 보았다.

'매들린……'

아직 겁을 먹고 있는 것일까.

매들린을 향한 리안의 눈빛에 착잡함이 감돌았다.

과거 주인에게 겁탈을 당했던 매들린은 그 후로 남자를 멀리하고 노처녀로 살아갔다. 자세히는 모르지만 그녀는 주인은 물론 모든 남자들에게 거부감을 느끼는 듯했다.

당연히 리안은 여자가 아닌 남자이기에 그녀를 완전히 이해할 수는 없었다. 하지만 아주 조금은 그녀의 심정을 이해할 수 있을 것도 같았다.

여인으로서의 수치뿐 아니라, 그런 일을 당하고도 아무런 말도 할 수 없는 천한 자신의 신분 또한 한탄했을 테니까.

'미안해, 매들린……'

자신이 한 짓은 아니지만 리안은 죄책감을 느꼈다.

어쨌든 지금 주인으로 살아가고 있는 것은 그였다. 무엇으로도 능욕당한 그 심정을 위로할 수는 없겠지만, 주인을 대신해서 보상하고 싶었다.

몇 명이나 될까.

리안이 주인의 몸을 얻은 것은 매들린을 겁탈하기 직전이었다. 이전에도 분명 건드린 하녀들이 있을 것이다. 리안이 기억하고 있는 하녀들만 해도 두세 명은 되었다.

그녀들을 모두 찾아서 보상을 해야 하리라. 아마도 더 자세하게는 알만이 알고 있을 것이란 생각이 들었다.

"아우, 늠름하시기도 해라!"

리안의 모습이 멀리 사라질 쯤 세실이 아쉽다는 듯 콧소리를 내며 몽롱한 시선을 거뒀다.

"매들린, 요즘 영주님의 인기가 하늘을 치솟는 거 너 알고 있어? 주방의 헬렌과 주디스도 매일같이 영주님 얘기만 하더라고. 간 큰 언니들은 영주님의 침대로 몰래 숨어들어갈 생각까지 하는 거 있지?"

"……그래?"

"응, 미치지 않고서야 어떻게 그런 생각을 할 수 있나 몰라. 그나저나 전에는 싫다는 것을 그렇게도 억지로 안으시려고 하더니, 요즘은 통 잠잠하시단 말이야? 이럴 땐 누구라도 안기려들 텐데 말이야."

가시 돋친 친구의 음성을 전혀 눈치채지 못하고 정말로 이상하다는 듯 세실은 고개까지 갸웃거렸다.

보통 귀족 남성이 손을 뻗으면 신분이 낮은 여인들이란 손수 옷을 벗기 마련이었다.

하룻밤 심심풀이로 끝나는 것이 대부분이긴 하지만, 잘만 하면 귀족의 눈에 들어 첩이라도 될 수 있는 기회이기 때문에 외려 바라는 여인들도 많았다.

유혹의 손길을 뻗치는 상대가 젊고 얼굴까지 잘생긴 귀족이라면 더욱 마다할 이유가 없었다.

그러나 그런 조건을 모두 갖추고서도 칼리스타 백작은 하녀들에게 환영받지 못하는 존재였다. 그 이유는 겉모습과는 다른 그의 성적 취향 때문이었다.

흥분을 하면 이성을 조절하지 못하고 상대 여인을 손찌검하는 것이 어린 시절 그의 주특기였다. 그 버릇은 점점 나이가 들수록 심해져, 여인의 목을 조르는가 하면 도구를 사용해 상처를 주는 것을 즐기기도 했다.

곱상한 외모와는 정반대의 모습에 처음에는 혹해서 달려들었던 하녀들도 나중에는 기겁하며 몸을 사리기 바빴다.

귀족의 첩이 되어 천한 신분을 벗어나고 싶기는 하나, 자신들의 몸을 망가뜨리면서까지 오르고 싶지 않은 게 대다수 여인들의 마음인 것이다.

하지만 영주가 변하자 그런 여인들의 마음도 변했다.

관리들의 위세에 눌려 그들의 손아귀에서 놀아나며 그저 계집질이나 하던 영주가 너무나 멋지게 돌변한 것이다.

평소 신경 쓰지도 않던 하인들의 먹을거리를 개선해주는가 하면, 급기야 입을 옷과 잠자리까지 손을 썼다.

과연 이런 영주가 세상에 몇이나 될까?

소문을 듣자하니 이제는 관리들도 영주를 두려워하고 있었다. 하인들이 보는 앞에서도 영주의 흉보기를 주저하지 않던 이들이 지금은 영주의 얼굴조차 제대로 올려다보지 못하고 있었다.

그만큼 지금의 영주는 예전의 영주와는 달랐다. 분명 잠자리에서 보여줬던 이상한 모습도 사라졌을 것이다. 그것이 성의 하녀들이 내린 결론이었다.

하지만 어찌된 것인지 새롭게 달라진 영주는 더 이상 여자를 찾지 않았다. 이제는 누구라도 영주의 침실에 들어갈 준비가 되었는데도, 영주는 마음이 없는 듯 매일 밤을 홀로 지냈다.

덕분에 애가 타는 것은 하녀들이었다. 영주가 아무도 취하지 않는다는 사실이 묘한 긴장감을 부추기며 하녀들 사이에 경쟁심이 생겼다.

어떻게 하면 영주에게 더 예뻐 보일 수 있을까 하는 눈치싸움이 이만저만이 아니었다.

언제 어느 때 영주가 달려들지도 모른다는 생각에 매일 저녁 목욕재계를 마치고 가장 좋은 옷을 입었다. 사내를 유혹한다는 분가루도 쌈짓돈을 긁어모아 사다가 떡칠을 하곤 했다.

그 정도까지는 아니었지만 세실도 그런 하녀 중 하나라고 할 수 있었다.

"여자들 참 웃겨. 망나니라고 욕할 때는 언제고, 좀 멋있어지니까 호들갑이라니."

"그 여자들에 너도 포함되는 거 알지?"

"어머, 내가 거길 왜? 난 전부터 영주님 좋아했다, 뭐."

"거짓말."

"진짜야! 하지만 보시다시피 내 얼굴이 좀 아니잖아. 나는 영주님이 거들떠보시지도 않더라고. 쳇."

풀이 죽은 듯 들썩이던 세실의 어깨가 아래로 축 쳐졌.

매들린은 그런 친구를 위로하기 위해 애써 밝은 음색으로 말했다.

"네가 뭐가 어때서. 내가 누누이 말했잖아. 넌 귀여운 얼굴이라고. 기죽을 필요 없어, 세실."

"주근깨만 득실하고 이렇게나 볼 살이 두툼한데 뭐가 귀엽다는 거니?"

일부러 자신을 생각해 매들린이 그리 말한다는 것을 세실은 잘 알았다. 그것이 고맙기도 했지만 부러울 정도로 예쁜 얼굴을 지닌 매들린이 그런 말을 할 때면 세실은 왠지 좀 얄미워질 때가 있었다.

"세실, 주근깨랑 볼 살 때문에 귀엽다는 거야. 그리고 조금 더

커서 젖살이 빠지고 나면 훨씬 더 예뻐질 거라고."

"어쩜 넌 우리 엄마랑 그렇게 똑같이 말하는지 몰라."

튼실한 볼 살 때문에 항상 불만에 찬 세실에게 그녀의 어머니가 늘 하는 말이었다.

오늘따라 자신의 위로가 먹혀들지 않자 매들린은 화제를 바꾸기로 했다.

"참, 세실. 오늘 우리 옷 나왔다면서. 그거 보러 갈까?"

"아, 맞다. 안 그래도 그것 때문에 여기 온 건데 까먹고 있었네. 얼른 보러 가자!"

단순한 친구의 성격이 지금처럼 마음에 든 적이 없었다. 풀이 죽었던 모습은 온데간데없고 금세 들뜬 세실을 보며 매들린은 피식 웃음을 지었다.

'그래, 잊는 거야. 나도 세실처럼 단순하게 살면서 잊으면 돼.'

서두르자며 손을 잡고 뛰기 시작하는 세실을 따라가며 매들린은 그렇게 마음먹었다.

제6화

선물

"실드!"

리안의 음성이 끝남과 동시에 그의 주변으로 투명한 막이 하나 생성되었다. 물결치듯 흐물흐물 불안하던 것이 오늘은 그동안의 노력 덕분인지 꽤 긴 시간을 단단하게 버텼다.

"플라이!"

리안은 흡족한 얼굴로 다시금 시동어를 외쳤다. 그러자 그의 몸이 조금씩 허공으로 치솟기 시작했다. 마치 누가 위에서 잡아끌기라도 하듯 리안은 천천히 홀의 가장 높은 곳까지 올라갔다.

"후욱, 후욱."

뛰는 가슴을 진정시키고자 심호흡을 했다. 가능하면 밑을 보고 싶지 않았지만 익숙해지려면 어쩔 수가 없었다. 황금빛으로 물든 리안의 두 눈이 아래로 향했다.

홀의 바닥에는 온갖 종류의 그림들과 문구들이 새겨져 있었다. 얼마나 높이 올라왔는지 커다랗던 그것들이 한눈에 들어올 만큼 작아져 있었다.

"휘유."

처음에는 바닥과 조금만 멀어져도 식은땀이 주르르 흘렀는데, 이제는 제법 버틸 정도가 된 것 같아 리안은 내심 뿌듯했다.

이전보다 두려움도 적게 느껴졌다. 한정된 마나의 양만 아니라면 하루 종일 플라이 마법을 시전할 수 있을 것도 같았다.

"파이어 볼!"

리안은 조금씩 홀의 중앙으로 내려오며 마지막 남은 마나를 끌어 모았다. 순식간에 주먹만 한 크기의 불덩이가 리안의 앞에 생겨났다.

처음 시전할 때만해도 작은 돌멩이만 했던 것이 이제는 제법 커졌다.

리안은 홀의 바닥을 향해 그 불덩이를 힘껏 던졌다. 맹렬한 속도로 바닥을 향해 날아간 불덩이는 곧 천둥 같은 소리를 내며 폭발했다.

조그마한 불덩이의 위력 치고는 확실히 대단했다. 반면 홀의 바닥은 아무 일도 없었던 것처럼 깨끗했다. 바닥에 그려진 그림들과 글자들의 모양도 모조리 그대로였다.

리안은 만족스런 얼굴로 천천히 홀의 바닥으로 내려섰다.

지금 리안이 있는 곳은 세이프리드가 죽기 전 특별히 마법수련 장소로 마련해놓은 곳이었다. 자신의 계승자가 마법을 나 몰라라 할까 두려웠는지 세이프리드는 많은 것들을 레어에 남기고 죽었다.

리안이 수련홀로 이름 붙인 이곳은 어떠한 마법을 날려도 부서지거나 무너지는 법이 없었다.

리안이 훗날 강력한 마법을 사용하면 어찌 될지는 모르지만, 일단 지금 이곳에서만큼은 안심하고 모든 것을 해볼 수 있었다.

아마도 세이프리드 또한 그 점을 염두에 두고 이런 곳을 만들어둔 것이 아닐까 생각되었다.

현재 리안이 펼칠 수 있는 마법의 종류는 그 수가 그리 많지 않았다.

머릿속에는 궁극의 공격 마법인 헬 파이어에 대한 지식도 들어 있지만, 수련 없이는 함부로 시전할 수 없을뿐더러 턱없이 부족한 마나로 인해 지금은 시도조차 불가능했다.

아무리 리안이 드래곤의 호흡법으로 마나를 모으고 있다 해도 드래곤은 아니기에 모을 수 있는 마나의 양이 생각보다 적었다.

물론 이건 지극히 개인적인 리안의 생각이었다. 다른 마법사들이 리안의 이런 상황을 알게 되면 얼마나 부러워하고 우러러볼지 리안은 꿈에도 모를 것이다.

굳이 비교를 해보자면 현재 리안의 수준은 황실 마법사들의 수준과 비슷했다. 황실 마법사란 황제를 위해 황궁에서 마법을 연구하는 자들로 보통 2, 3서클 이상의 수준을 가진 자들이었다.

참고로 그들의 수장인 럼블리 백작은 5서클 마법사로 대륙에서 다섯 손가락에 꼽히는 대마법사다. 본래 7서클 정도는 되어야 고위 마법사, 혹은 대마법사로 불리는 것이 정석이지만 마법이 많이 쇠퇴한 탓에 5서클에만 올라서도 대마법사로 불리는 것이 지금의 현실이었다.

평생을 공부해도 대부분이 1, 2서클에 머무는 실정이다 보니, 아무리 쇠퇴하였다고는 해도 황실 마법사의 권위란 대단한 것이었다. 그런 자들과 지금 리안의 수준이 비슷하단 것이다.

물론 살아온 세월과 마법에 관한 지식이 달라 운용 면에서는 뒤처지겠지만, 몸에 지닌 마나의 양으로만 따진다면 리안의 확실한 우위였다.

그만큼 인간이 체내에 마나를 담는다는 것은 어려운 일이었다.

드래곤도 태어나면서부터 자연스레 마나를 몸에 갈무리할

수 있는 호흡법이 없었다면 마법의 정점에 설 수 없었을 터였다.

손실되었던 마나들이 호흡을 하자 다시금 체내에 쌓이는 것을 리안은 느낄 수 있었다.

처음에는 호흡법을 익히면서 단순히 피곤이 풀리고 몸이 건강해지는 듯한 느낌만을 받았었다.

하지만 이제는 심장 옆에 자리한 마나하트 말고도 몸속에 흐르는 마나의 흐름 또한 분명하게 느낄 수 있었다.

더욱 신기한 것은 대기 중에 흩어져 있는 마나의 흐름까지도 인식하게 되었다는 것이다. 아직 그 범위가 넓지는 않지만 조금씩 늘어날 것이란 예감이 들었다.

리안은 눈을 감고 천천히 호흡에 집중했다. 오늘은 그동안 별러왔던 새로운 마법에 도전을 해볼 생각이었다.

지금까지 수련해왔던 마법보다 한 단계 높은 마법이기 때문에 성공에 확신은 없지만, 어떤 마법보다 성공시키고픈 의지가 강했다.

마나하트가 차오르는 데는 그리 긴 시간이 걸리지 않았다. 하지만 리안은 마나하트가 다 차고서도 한참을 더 정신을 집중한 채 호흡을 계속했다.

그리고 어느 정도 준비가 끝났다고 생각되는 순간 마나를 끌어올리며 외쳤다.

"블링크!"

감았던 눈이 떠지며 황금빛 이채가 리안의 눈에서 쏟아져 나왔다. 그리고 그 순간, 리안의 몸이 원래 있던 자리에서 사라졌다.

잠시 후 리안이 다시 나타난 곳은 4, 5미터쯤 떨어진, 정확히는 그쯤 되는 곳의 허공이었다.

"으헉!"

놀란 나머지 리안은 플라이 마법을 시전할 생각조차 하지 못하고 중력의 법칙에 따라 아래로 떨어졌다.

쿵!

다행히 아주 높은 위치가 아니라서 크게 다치지는 않았지만 리안은 세게 엉덩방아를 찧었다. 눈물이 찔끔 나올 정도로 엉덩이가 아팠다.

리안은 얼굴을 찌푸리며 일어나 섰다. 애초부터 한 번에 성공할 거라고는 생각하지 않았다. 리안은 다시금 호흡을 가다듬고 조용히 입을 벌렸다.

"블링크!"

리안의 몸이 순식간에 자리에서 사라졌다. 누군가 함께 있었다면 성공이라고 대신 외쳐줄 순간, 둔탁한 소리와 함께 리안의 신음이 터져 나왔다.

"악!"

아닌 게 아니라 리안이 다시 나타난 곳은 넓디넓은 수련홀 중에서도 하필이면 장식물이 툭 튀어나와 있던 벽 부근이었다.

허벅지를 심하게 부딪친 듯 리안이 한쪽 다리를 부여잡고 바닥을 구르며 신음했다.

"으윽."

드러난 외상은 없지만 찌르르한 고통이 제법 강했다. 그렇게 한참을 통증과 싸우고 난 뒤 리안은 다시 몸을 일으켰다.

세이프리드에게 받은 마법 지식에 의하면 원거리 순간이동 마법인 워프 마법을 하기 위해선 절대적 좌표가 필요했다. 절대적 좌표란 아무리 오랜 시간이 흘러도 절대로 변하지 않는 좌표를 말한다.

그에 반해 근거리 순간이동 마법인 블링크 마법은 상대적 좌표로 움직였다.

마법을 시전하는 마법사의 위치를 중심으로 임의적으로 좌표를 생성하여 그때그때 대입하는 것이다. 그러다 보니 지금과 같은 실수가 잦을 수밖에 없었다.

곧 있으면 순방 중인 영지로 돌아가야 할 시간이었다. 모두가 잠든 틈을 타서 몰래 레어에 온 것이기 때문에 날이 밝기 전까지는 돌아가 있어야 했다.

리안은 마음을 다잡고 다시금 시동어를 외쳤다.

"블링크!"

그런 리안의 각오와 노력 덕분이었을까. 아주 잠시 후 리안이 다시 나타난 곳은 10미터쯤 떨어진 곳이었다.

두 발이 안정되게 바닥에 닿는 순간 리안은 두 팔을 뻗고 환호성을 내질렀다. 아니, 그러려고 했다.

"우……!"

성공을 자축하며 리안의 입이 벌어진 그 순간, 갑자기 벼락이라도 맞은 듯 리안의 몸이 부르르 떨리기 시작했다. 두 눈은 물론이고 머리카락과 전신에서 황금빛 광채가 뿜어져 나왔다. 처음으로 용언마법을 받아들였던 그때와 비슷한 광경이었다.

그런 리안의 머릿속으로는 고룡 세이프리드의 전언이 또다시 흘러들어오고 있었다.

우선 나와의 약속을 지켜줘서 고맙다. 그리고 축하한다. 그대가 지금 나의 음성을 듣고 있다는 것은 초급의 마법 수준을 넘어섰다는 뜻이다.

나는 그대가 나의 말을 그대로 따라줄지 확신할 수 없었다. 계승자의 존재도 모른 채 나의 모든 것을 전할 수는 없었기에 몇 가지 제약을 걸어놓았다.

앞으로 그대가 내가 지정한 일정한 수준을 넘어선다면 다시금 지금과 같은 상황을 경험할 것이다.

탐욕에 취해 마법을 등한시 할까 싶어 이러한 결정을 내린 것이니 이해하기를 바란다. 드래곤의 레어임에도 불구하고 재물이 없어 보였던 것은 이러한 이유 때문이었다.

한 단계 발전한 그대를 위한 나의 선물이니 새로운 장소로 가볼 것을 권한다.

마법이 더 이상 드래곤의 전유물이 아니라는 사실이

유감스럽긴 하지만 사장되지 않은 것만으로도 지금의 나는 매우 기쁘다.
 그대가 더욱 노력하여 발전하기를 기원하겠다.

 그렇게 세이프리드의 말은 끝났다. 리안의 전신에서 뿜어 나오던 황금빛이 서서히 줄어들더니 완전히 사라지고 난 후 리안의 정신도 돌아왔다.
 이전과는 달리 기절도 하지 않았고 정신도 아주 멀쩡했다. 다만 한 가지, 이전에는 몰랐던 새로운 것들이 머릿속에 들어와 리안을 또다시 혼란스럽게 하고 있었다.
 리안은 일단 몸을 편안하게 하기 위해 심호흡을 하며 자리에 앉았다. 그리고 어느 정도 안정이 되었을 때 복잡해진 머릿속을 천천히 정리해 나갔다.
 "아……."
 정리를 하던 와중 리안은 자신도 모르게 작은 탄성을 내질렀다. 그동안 접근하는 법을 몰라 잊고 지냈던 장소로 갈 수 있는 방법이 머릿속에 어느새 들어와 있었던 것이다.
 레어에는 비밀스럽게 감추어진 곳이나 순간이동이 아니면 절대로 갈 수 없는 곳이 존재했다. 가는 방법을 몰라 거의 포기하고 있었는데, 그것이 세이프리드의 안배였을 줄은 미처 몰랐다.
 리안은 즉시 일어나 새로운 장소로 달려갔다. 그곳은 다른 어떤 특별한 방법이 필요한 곳은 아니었다.

그저 리안의 마나하트에 세이프리드가 정한 일정 이상의 마나량이 차면 저절로 통과할 수 있게끔 설치가 된 곳이었다.

방금 전 블링크 마법의 성공으로 리안의 마나하트는 한 단계 발전했다.

그동안은 단순히 공기가 들어찬 느낌이 들었던 것에 비해, 지금은 조금 더 묵직해진 느낌이랄까.

마치 안개와 같았다. 여전히 공기와 같은 기체 상태였지만 분명 그 느낌은 달랐다.

"이곳인가."

전에는 단단한 벽이라고 생각했던 곳이 이제 보니 마법에 의해 그렇게 보였던 것일 뿐이었다. 사람 하나가 들어갈 만한 크기의 문 하나가 새롭게 보였다.

리안은 망설이지 않고 안으로 들어갔다. 세이프리드가 말하길 자신을 위한 선물을 마련해 놓았다고 했다.

"드래곤의 레어임에도 불구하고 재물이 없어 보였던 것이 나를 위한 시험이라고?"

리안은 조금 전 세이프리드의 말이 생각나 피식 웃음이 났다.

물론 그런 생각을 하지 않은 것은 아니었다. 소문대로 작은 왕국을 통째로 살 수 있을 정도의 금은보화가 있었던 것은 아니니까.

하지만 그럴싸한 영지 하나 정도는 충분히 사고도 남을

정도는 되었기에 이상하단 생각은 하지 못했었다. 그런 것을 일부러 없어 보이게 한 것이라고 말하다니, 과연 드래곤다웠다.

기실 생각해 보면 드래곤의 입장에서 그 정도는 아무것도 아니라고 여길 수도 있겠다 싶었다.

"그나저나 어떤 것일까?"

선물이라는 것은 어느 누구에게 받아도 기분이 좋은 것이다. 하물며 드래곤의 선물이라는데 얼마나 대단할까. 리안의 얼굴에 내심 기대에 찬 표정이 떠올랐다.

리안이 들어선 곳은 의외로 성에 있는 리안의 침실 크기 정도의 작은 방이었다. 물론 영주인 리안의 침실이 작을 리는 없었다.

여기서 말하는 건 레어의 모든 것들이 워낙에 크기 때문에 그것들에 비해 작다는 소리였다.

"연구실인가?"

들어서자마자 빙 둘러본 리안의 소감이었다. 마법 연구실에서 보았던 익숙한 물품들은 물론, 마법 서적과 처음 보는 신기한 도구들이 방 안을 가득 채우고 있었다.

리안은 일단 한쪽 벽면을 차지하고 있는 장식장으로 걸어갔다. 가까이 가서 보니 목걸이와 귀걸이, 반지 등 액세서리를 보관해 놓은 곳인 듯했다.

총 십여 점이 있었는데 특이한 점은 그런 장신구마다 이름표가 달려 있다는 것이다.

선물 217

"눈물의 여왕, 화염의 불꽃, 헤이어달의 의지, 신의 은총, 봄날의 오후……."

보석에 대해 잘 모르는 리안이 보기에도 매우 비싸 보이기는 했지만, 한낱 장신구에 이름이 있다는 것 자체가 리안은 조금 우스웠다. 게다가 이름들이 전부 보석과는 왠지 어울리지 않았다.

"여기에 대체 무슨 선물이 있다는 거지?"

아무리 둘러봐도 선물이라고 생각할 만한 것은 없었다. 순 마법도구들과 액세서리가 전부였다.

실망감에 입술을 비쭉이며 리안은 서가에 꽂힌 책을 하나 꺼내 펼쳤다. 온통 룬어로 쓰여 있었지만, 세이프리드에 의해 드래곤의 마법을 익힌 리안에게 이 정도는 이제 아무것도 아니었다.

"아티팩트란 무엇인가."

책의 제목대로 내용은 아티팩트에 대한 설명으로 거의 도배를 하고 있었다.

아티팩트란 간단하게 말해서 마법을 걸어둔 마법물품 모두를 가리키는 말이었다. 어렵고 복잡한 분야이기도 하지만 웬만한 실력 없이는 만들 수 없는 것이기에 꺼려하는 마법사들이 많았다.

보통 아티팩트라 함은 단단하고 충격에 강한 물체를 이용해서 만드는 것이 일반적이다. 그 이유는 물체에 마법을 걸게 되면 마법의 힘에 의해 계속 에너지가 방출된다.

여리고 무른 것이라면 그 힘을 이기지 못하고 갈라지거나 부서질 수밖에 없기 때문에, 대체적으로 아티팩트라 함은 견고한 광물이라든지 철제무기, 보석류가 주를 이뤘다.

지금은 마법이 쇠퇴하여 더 이상 훌륭한 아티팩트가 만들어지지 않고 있지만, 이전에 만들어진 유명한 아티팩트가 아직까지 남아서 전해지고는 있다.

하지만 무척 희귀해서 황족이나 왕족, 고위 귀족 말고는 거의 본 적이 없을 정도였다.

관심 분야가 아니었기에 리안은 대충 훑어보고 책을 덮었다.

"어?"

원래의 자리에 책을 꽂고 고개를 돌리려는 찰나 리안은 이상함을 느끼고 시선을 다시 서가로 가져갔다.

"드워프에게 배우는 보석 세공, 금속 공예, 마법 입히기, 아티팩트 구별법……."

처음에는 미처 몰랐으나 서가에 꽂힌 책 전부가 아티팩트와 관련된 서적들이었던 것이다.

아티팩트 마법을 처음 공부하는 자를 위한 것인지 초보가 알아야 할 것이 대부분이었다.

'가만, 이게 선물……?'

드래곤인 세이프리드가 초보일 리는 없었다. 그렇다면 여기 있는 모든 건 리안을 위해 세이프리드가 마련했다는 소리일 것이다. 리안은 조금 전에 보았던 장식장으로 다시 서둘러 걸어갔다.

 단순히 값비싼 액세서리라고 생각했는데 이제 보니 아티팩트일지도 모른다는 생각이 강하게 들었다. 무엇보다 이상하다고 느껴진 이름들이 지금은 왠지 모르게 묘한 두근거림을 갖게 했다.

 하지만 아무리 뚫어지게 쳐다보고 있어도 리안이 구별할 수 있는 방법은 없었다. 그저 단순히 값비싼 장신구인지, 아니면 어마어마한 마법을 품고 있는 아티팩트인지 리안이 알아볼 재주는 없었다.

 마법 문구가 새겨져 있다면 한눈에 알아볼 수도 있었겠지만 장식장을 채우고 있는 열 점의 보석들은 전부 아무런 문구도 새겨져 있지 않았다.

 한참을 그렇게 가만히 장식장을 노려보던 리안은 다시 서가로 가 책을 꺼냈다. 책의 앞면에는 아티팩트 구별법이라고 쓰여 있었다.

 리안은 소파에 편하게 자리를 잡고 앉아 두꺼운 책의 표지를 넘겼다. 맨 첫 장에는 아티팩트란 무엇인가에 대해 간단하게 설명이 되어 있었다.

 리안은 그 부분을 대충 읽고 서둘러 다음 장으로 넘어갔다. 드디어 본격적인 구별법에 대한 설명이 보이기 시작했다.

 일단 쉽게 구별할 수 있는 방법은 걸려 있는 마법이

무엇이냐에 따라 그 차이가 있었다. 3서클의 마법이 걸려 있는 아티팩트라면 3서클 이상의 마법사만이 그 아티팩트를 알아볼 수 있었다.

그러니까 4서클의 마법이 담긴 아티팩트는 4서클 이상의 마법사는 알아볼 수 있지만, 3서클 이하의 마법사들은 알아보지 못한다는 뜻이다.

이쯤에서 리안은 고민하지 않을 수 없었다.

"난 몇 서클인 거지?"

마법사들은 일반적으로 심장을 둘러싼 마나고리의 개수에 따라 서클의 경지를 나눈다고 알고 있다. 고리의 개수가 2개면 2서클, 3개면 3서클, 이런 식으로 말이다.

하지만 드래곤은 태어나면서부터 마법의 최고 경지인 9서클의 마법을 터득한다. 그들에게 1서클이니 2서클이니 하는 구분은 애초부터 필요가 없는 것이다.

더구나 그들은 생물학적인 심장 말고도 드래곤 하트라는 또 다른 심장을 갖고 태어난다. 그것으로 그들만의 특별한 용언마법을 구현하는 것이다.

리안 역시 보통의 마법사와 달리 마나고리가 아닌 마나하트가 있다. 그렇기에 고리의 개수로 서클의 경지를 매길 수가 없었다.

굳이 따지자면 조금 전에 새롭게 터득한 블링크 마법은 3서클의 경지였다. 리안이 현재 펼칠 수 있는 마법 중에서 가장 높은 마법으로, 그것을 감안해 볼 때 3서클 마법사라고 할 수도 있었다.

리안은 잠시 책에서 눈을 떼고 장식장을 향해 고개를 들었다. 자신의 수준을 3서클이라고 가정했을 때 알아볼 수 있는 아티팩트가 아무것도 없었다.

그것은 곧 리안의 수준보다 높은 마법이 걸려 있다는 것을 의미했다. 아니면 단순한 액세서리이거나.

"아니야."

리안은 마지막 생각을 강하게 부정했다. 세이프리드가 선물이라고 하지 않았던가. 분명 굉장한 마법이 걸려 있을 것이다. 리안은 그렇게 확신했다.

한동안 리안은 독서에 몰입했다. 책은 간간히 그림까지 곁들여 유명한 아티팩트를 소개하고 있었다.

"어라? 봄날의 오후?"

그러던 차 장식장에서 보았던 보석의 이름이 나오자 리안은 튕기듯 자리에서 일어났다. 봄날의 오후는 잘 세공된 노란 토파즈 보석이 박혀 있는 화려한 모양의 반지였다.

책에는 반지의 이름과 세공법, 재료가 된 금속에 대해 아주 상세하게 설명이 되어 있었다.

반지에 걸려 있는 마법은 바이탈 마나(vital mana)란 마법으로 마나를 이용해 활력을 돋게 하는 일종의 치료 마법이었다.

반지에서 마나의 기운이 흘러나와 반지를 끼고 있는 당사자의 기력을 북돋아준다고 책에 쓰여 있었다.

과거 7서클의 대마법사였던 모애닉 공작이 몸이 약한 자신의 부인을 위해서 직접 고심해서 만든 작품이라고 한다.

"봄날의 오후라……."

리안은 신기한 눈빛을 띠며 반지를 손가락에 껴보았다. 기분 탓인지 반지로부터 시원한 느낌이 전해졌다. 그 느낌은 전염되듯 금세 전신으로 퍼져갔다.

바이탈 마나란 마법이 고위 마법은 아니지만 마법사 중에서도 치료 마법을 펼칠 수 있는 사람은 흔치 않았다. 그 이유는 치료 마법의 성격상 마나가 많이 필요한 반면, 효과는 미미하다는 데에 있었다.

같은 양의 마나를 사용한다고 했을 때, 치료 마법은 한 번 정도 시전할 수 있다면 다른 마법은 적게는 두 번, 많게는 서너 번의 시전이 가능했다. 그러니 자연 치료 마법을 수련하는 마법사의 수가 적어질 수밖에 없었다.

그런 면에서 봄날의 오후는 꽤 유용하다고 할 수 있었다. 특별한 공급원이 없이도 지속적으로 몸의 활력을 돋게 해주니 이 얼마나 더 없이 훌륭한가.

모애닉 공작의 부인처럼 봄날의 오후는 몸이 약한 이들에게 꼭 필요한 아티팩트였다.

리안은 아예 장식장 앞 바닥에 책을 펼쳐놓고 털썩 주저앉았다.

능력이 없어 구분하지 못하니 방금 전처럼 책에서 찾을 생각이었다.

장식장에 진열된 열 점의 보석들을 눈여겨 살핀 뒤 리안은 다시 독서에 몰입했다.

그렇게 얼마나 지났을까.

"찾았다!"

책의 막바지가 돼서야 또 하나의 익숙한 이름이 나왔다. 리안은 들뜬 얼굴로 소리 내어 읽어 내려갔다.

"레드 드래곤 베리스테인의 걸작, 그림자의 춤. 화려한 것을 좋아하는 드래곤의 특성에 어울리지 않게 단조롭다시피 한 목걸이는, 메달의 중앙에 박혀 있는 보석의 정체를 아는 순간 모두를 숨죽이게 할 것이다. 세상에 단 몇 개만 존재한다는 진홍빛의 레드 다이아몬드가 바로 그것이니까. 베리스테인이 죽기 전 심혈을 기울여서 만들었다는 그림자의 춤은 마법사들이 최고로 꼽는 희대의 아티팩트 중 하나라고 할 수 있다. 은둔 마법이 걸려 있는 그림자의 춤을 목에 거는 순간, 세상의 그 누구도 당신을 발견할 수 없을 것이다."

지금까지 읽은 내용 중 가장 큰 찬사라고 해도 과언이 아니었다.

'은둔 마법이 그렇게 대단한 마법이었던가?'

리안은 고개를 갸웃하며 일어나 그림자의 춤을 조심스레 꺼내보았다.

얇은 금실을 여러 개 엮어 만든 듯한 체인 형식의 줄에 동그란 모양의 금판이 달려 있고, 그 금판 위에 마름모의 형상을 한 레드 다이아몬드가 부착되어 있었다.

리안은 레드 다이아몬드라고 해서 당연히 붉은색을 연상했었다. 하지만 보고 있으니 거의 검은빛에 가까웠다.

붉다 못해 검붉은 빛을 띤다고 해야 할까?

가까이 들여다보면 확실히 붉은 기운이 보이기는 했지만 어쨌든 리안에게는 그렇게 느껴졌다.

"정말 단순하군."

책의 설명대로 그림자의 춤은 다른 아티팩트에 비해 심할 정도로 단순한 디자인이었다. 레드 다이아몬드라는 것만 빼면 별반 특이한 점이 없었다.

하긴 그것만으로도 대단하다 말할 수 있었다.

다이아몬드라 하면 보석 중에서도 최고로 꼽힌다. 그중에서도 레드 다이아몬드는 그 값이 가장 비싼 것은 물론이고, 엄청난 희소성으로 인해 아무리 돈이 많아도 구하기가 어렵다고 들었다.

그런 귀한 것이 달린 목걸이니 디자인에는 별 신경을 쓰지 않은 것일지도 몰랐다.

"은둔 마법이라."

남자가 목에 걸기에는 조금 여성스러운 느낌이 드는 디자인이었지만, 리안은 호기심을 이기지 못하고 목걸이를 목에 걸었다. 그리곤 장식장 옆에 걸려 있는 커다란 거울 앞으로 가 책의 설명대로 레드 다이아몬드를 왼쪽으로 돌렸다.

딸각.

가벼운 소음과 함께 레드 다이아몬드가 손쉽게 돌아갔다. 그리고 곧 놀라운 일이 벌어졌다.

레드 다이아몬드에서 선명한 붉은빛이 비치는가 싶더니 이내 붉은 연기가 그 안에서 새어나오며 리안의 전신을 서서히 감싸기 시작했다.

머리부터 발끝까지 붉은 연기에 둘러싸인 순간, 리안의 몸이 조금씩 흐려졌다. 마치 종이 위에 그려졌던 그림이 깨끗이 지워지듯 그렇게 리안의 몸이 감쪽같이 사라졌다.

분명 리안에게는 자신의 모습이 보이는데 앞에 놓인 거울에는 아무것도 비치지 않았다. 심지어 거울로 뒤의 배경이 보이기까지 했다.

은둔 마법이라더니 일단은 성공이다. 주위를 휘둘러보던 리안은 바닥에 펼쳐진 서적 위로 망설임 없이 두 발을 얹었다.

책에는 분명 세상 그 누구도 당신을 발견할 수 없다고 쓰여 있었다. 리안은 그 말의 한계를 시험해 보고 싶었다.

만일 비나 눈이 쌓인 곳을 지나칠 때 바닥에 자국이 남는다면 누군가 자신을 발견할 수도 있다. 그렇다는 것은 은둔이 아니라 그저 단순한 투명화 마법에 지나지 않는다고 리안은 생각했다.

하지만 그런 리안의 걱정은 기우로 결론이 났다. 투명이 아닌 은둔이라는 표현이 맞았다. 리안이 밟고 내려온 서적 위는 아무 일도 없던 것처럼 깨끗했다. 구겨지거나 어떤 자국도 남지 않았다.

리안은 그래도 혹시나 싶어 이번에는 소파 위로 올라갔다. 무게로 인해 푹 꺼져야 할 소파가 이번에도 멀쩡했다.

경량화 마법이라도 걸려 있는 것일까?

리안은 신기한 나머지 다시 책을 집어 읽어 보았다. 혹시 자신이 놓친 설명이 있나 찾아보기 위해서였다.

하지만 더 이상의 자세한 설명은 없었다. 책 자체가 아티팩트를 구별하는 방법을 서술해 놓은 것이기에 지금과 같은 아티팩트의 설명은 부록과도 같았다.

리안은 다른 책을 꺼내 볼까 하다가 얼마 남지 않은 페이지를 보고 그대로 책장을 넘겼다. 이렇게 된 거 하나하나 꺼내서 전부 읽어볼 수밖에 없었다.

"응?"

한참을 더 찾아봐야 될 거라는 예상을 깨고 바로 뒷장에 다시 낯익은 그림이 나타났다.

드래곤이 만든 아티팩트 중 알려진 것이 하나 더 있다면서 연이어 소개한다는 필자의 말이 있었다.

무심코 지나갈 뻔했던 리안은 그대로 책을 들고 장식장 앞으로 가져가 비교해 보았다.

"대지의 숨결……."

팔 모양의 모형에 감겨 있는 상태만 아니라면 무엇인지 한참을 고민할 뻔했던 장신구 중 하나였다. 작은 뱀을 연상케 하는 대지의 숨결은 금과 앰버로 이루어진 팔찌였다.

리안은 감겨 있는 팔찌를 신중하게 풀어 자신의 왼쪽 손목에 갖다 대었다. 그러자 마치 살아 있는 것처럼 휘릭하는 소리와 함께 리안의 팔에 팔찌가 저절로 감겼다.

조이지도 않고 그렇다고 느슨하지도 않은 딱 적당한 상태로 감긴 팔찌는 처음부터 리안의 손목에 채워져 있기라도 한 듯 퍽 잘 어울렸다.

그래서일까. 리안은 팔찌가 대번에 마음에 들었다. 봄날의 오후나 그림자의 춤은 너무 여성적인 느낌이 들었던 반면 대지의 숨결은 남성적인 느낌이 강했다.

"어디 읽어볼까."

반가움에 대뜸 팔찌부터 차 보았던 리안은 그제야 책을 들어 읽어보았다. 그리고 만든 이의 존재를 알고 깜짝 놀랐다.

"어라?"

놀랍게도 대지의 숨결을 만든 존재는 세이프리드였다.

드래곤 중에서도 마법에 특출한 재능이 있고 그런 마법을 귀히 여겼다는 세이프리드는 아티팩트 제작에도 일가견이 있었다고 책은 설명했다.

하지만 그럼에도 불구하고 세상에 알려진 아티팩트는 오직 하나, 지금 리안이 차고 있는 대지의 숨결뿐이란다.

"……!"

대지의 숨결에 대한 설명을 읽어 내려가는 리안의 두 눈이 점점 커졌다. 믿을 수가 없었다. 지금껏 보았던 아티팩트 중 가히 최고라고 할 수 있었다.

워프 마법이라니!

이 책의 내용이 사실이라면 대지의 숨결에 걸려 있는 마법은 원거리 순간이동이 가능한 워프 마법이었다.

두근두근.

오랜만에 리안의 가슴이 다시금 뛰기 시작했다. 더구나 워프 마법이라면 지금 리안에게 가장 필요한 것이 아니던가.

영지 순방을 핑계로 레어에 오는 것도 이제 더 이상은 한계였다. 밤마다 몰래 영지를 빠져나오는 것도 한두 번이지 곤욕스러울 때가 너무 많았다.

그런 와중에 워프 마법이 걸린 맘에 꼭 드는 팔찌가 생기다니. 이게 꿈이 아닐까 하는 생각까지 들 정도였다.

리안은 마음을 가라앉히는 데 조금이라도 도움이 될까 싶어 남은 설명을 소리 내어 마저 읽었다.

"골드 드래곤 세이프리드가 만든 대지의 숨결은 지금도 대륙의 많은 모험가들이 찾고 있는 제 1순위의 마법 물품 중 하나다. 그 이유는 바로 대지의 숨결에 걸려 있는 워프 마법 때문이다. 어디에 있든 무조건 세이프리드의 레어로 오게끔 설정이 되어 있는 좌표 때문에 누구든 대지의 숨결을 얻는 순간 그의 레어 또한 발견하게 되는 셈이다. 그의 가디언들이 사용했을 거라 추정되는 대지의 숨결은 그 존재가 어떠한 경로를 통해 알려졌는지는 아직 미상이다. 하지만 분명히 말하건대 이 모든 건 완벽한 사실이다. 레어와 이전의 장소, 단 두 곳으로만 워프 마법이 가능한 아티팩트이긴 하나, 레어라는 큰 부산품이 딸려오는 대지의 숨결을 마다할 자는 대륙에 아무도 없을 것이다."

워프 마법이라기에 어디든 갈 수 있다고 생각했는데 끝까지 설명을 읽어보니 그게 아니었다.

대지의 숨결은 단 두 곳으로만 워프가 가능했다. 바로 레어와 레어로 오기 이전의 장소.

하지만 리안은 충분했다. 레어에 한 번에 올 수 있게 된 것이 어디인가?

그것만으로도 리안에게는 너무도 큰 수확이었다. 리안은 새삼 자신이 발견한 것이 드래곤의 레어임을 실감했다.

그러고 보면 오늘은 정말 뜻 깊은 날이었다. 마법을 한 단계 발전시킨 것은 물론 좋은 선물까지 얻었다.

게다가 세이프리드가 말했다. 앞으로 마법에 진전이 있을 때마다 자신의 목소리를 들을 수 있을 거라고.

그렇다는 것은 곧 그때마다 지금과 같은 선물이 있을 거란 소리였다.

벌써부터 기대감이 부풀어 올랐다.

또 어떤 대단한 것이 자신을 기다리고 있을까?

지금도 그저 즐겁기만 한 마법 수련이 앞으로 더욱 즐거워지리라 리안은 생각했다.

　　　　　　＊　　　　　＊　　　　　＊

리안이 순방 중인 영지로 돌아온 것은 아침 식사를 하기 직전이었다. 다행히 그의 부재를 아무도 눈치채지 못한 듯 식당으로 들어서는 리안에게 다들 평소처럼 인사를 건넸다.

"안녕히 주무셨습니까, 영주님."

알만이 리안에게 깍듯이 목례하며 상석에 위치한 의자를 빼주었다.

"고마워, 알만."

식당에 들어서자마자 나는 고소한 냄새로 인해 리안은 시장기가 도는 중이었다. 그가 알만을 향해 따뜻한 미소를 지으며 의자에 앉았다.

집사인 알만을 리안이 순행까지 데려온 데에는 특별한 이유가 따로 있었다. 아직 영주가 된 지 얼마 되지 않았고 제대로 공부를 시작한 지도 오래되지 않았기 때문에 리안은 장부를 보는 것에 서툴렀다.

영지민들의 생활환경을 살피는 것이야 하루만 둘러봐도

대충 파악이 되었지만 장부는 달랐다.

문자와 숫자로 적혀 있는 장부만 보고서도 영주는 여러 가지 사실을 유추해내야 했다. 관리들이 재물을 탐해 몰래 장난을 치는 경우가 종종 있기 때문에 신중하게 살펴야 했다.

하지만 아직 서툰 리안은 그런 것을 찾아내는 데에 시간도 오래 걸릴뿐더러 여러 면에서 미숙했다. 그래서 일부러 알만을 데려온 것이다.

성의 큰 살림을 오래도록 맡아왔기 때문에 관리들이 작성하는 장부쯤 살피는 것은 알만에게 일도 아니었다.

얼마 전 있었던 플린의 사건으로 인해 관리들이 몸을 사린 덕분인지 부정행위를 적발하지는 못했지만 리안은 알만의 도움을 받아 꼼꼼하게 모든 일을 처리했다.

"오늘은 수프가 아주 맛있군."

시장이 반찬이라더니 리안은 한껏 만족스런 얼굴로 수프를 떠먹었다.

"영주님의 건강을 생각하여 요리사에게 특별히 지시하여 만든 것입니다. 입맛에 맞으시다니 정말 다행입니다."

먼저 자리하고 있던 피겐즈가 기회다 싶었는지 자신의 노고를 알아달라는 듯 리안을 향해 과장된 어조로 말했다.

그는 현재 리안이 머물고 있는 영지의 관리를 맡고 있는 자로 어떻게 하면 리안에게 환심을 살 수 있을까 안날이 나 있었다. 죽은 플린의 자리라도 꿰차고 싶은 듯 보기가 딱할 정도였다.

"그래? 오스왈트, 몸에 좋은 거라니까 많이 드세요. 스캇도 많이 먹고."

피겐즈의 표정이 일그러지는 것을 봤는지 어쩐지, 리안은 스푼을 내려놓고 빵을 집었다.

이번 영지 순방에는 특별히 알만 말고도 오스왈트와 스캇도 함께 왔다.

리안의 호위기사로 임명받은 오스왈트야 따라오는 것이 당연한 것이었고, 스캇은 오스왈트의 제자가 되었기 때문에 스승을 따라 온 것이었다.

알만을 살린 스캇의 공을 치하하는 뜻에서 리안은 스캇에게 기사가 될 수 있는 기회를 제공했다. 오스왈트의 제자로 들어가 무예를 배울 수 있게 해준 것이다.

오스왈트가 이제 자신은 늙었다며 거절의 뜻을 보이긴 했지만 리안의 부탁에 의해 어쩔 수 없이 스캇을 제자로 받아들였다.

평소 기사가 되길 소망하던 스캇은 그런 리안에 감사의 인사를 하는 대신 평생 충성을 바치겠다는 맹세를 하고 오스왈트의 제자가 되었다.

믿을 수 있는 든든한 존재가 이로써 리안에게 세 명이나 생긴 셈이었다.

평상시 커다란 식탁에서 홀로 식사를 하던 리안은 순행

때만이라도 모두가 함께 식사를 하자고 우겨 얼마 전부터는 이렇게 다 같이 식사를 하고 있었다.

"네, 영주님. 저는 열심히 먹고 있으니 영주님도 어서 드세요."

처음에는 낯설어하며 음식 하나 집는 것도 조심스러워하던 스캇이 특유의 쾌활한 웃음을 지으며 오늘도 열심히 식사에 집중했다.

그런 스캇을 못마땅한 듯 바라보다가 피겐즈가 은근슬쩍 다시 리안에게 말을 붙였다.

"저, 영주님. 혹시 사냥 좋아하십니까?"

"사냥?"

"예, 이맘때면 피셔 숲 근처에 노루 떼의 출몰이 잦습니다. 혹 사냥을 좋아하시면 제가 모시고 싶은데……."

"사냥이라……."

리안은 빵을 찢어 입에 넣으며 기억을 더듬어 보았다. 과거 주인을 따라 몇 번 가본 적은 있지만 사냥에 직접 참여를 해본 적은 없었다.

주인이 사냥에는 별 흥미가 없었기에 리안도 사냥과 친해질 기회가 없었다고 봐야 옳을 것이다.

하지만 기억하기로 오스왈트와 스캇은 사냥을 매우 좋아했던 것으로 알고 있다.

오스왈트의 경우 전대 영주님과 함께 사냥을 갔다 오기만

하면 항상 커다란 동물을 잡아오고는 했었다.

반면 농부의 아들인 스캇에게 사냥을 할 기회란 없었다. 사냥이라는 건 귀족에게만 허락된 유희였기 때문에 평민이나 노예가 사냥터에서 사냥을 했다가 걸릴 시에는 바로 사형감이었다.

물론 사냥꾼은 예외였다.

사냥꾼이란 사전에 사냥을 허락받은 자들로, 매년 일정량의 야생 동물을 세금으로 바쳐야 함은 물론, 곰의 웅담이나 사슴의 뿔과 같은 귀한 짐승의 부위는 특별 세금 형식으로 상납해야 했다.

또한 아무리 사냥꾼이라 하더라도 승인이 난 곳에서만 사냥이 가능했으며, 만약 영주가 사냥을 나서면 그곳에서는 일시적으로 사냥을 금했다.

그만큼 사냥이란 것은 귀족에게만 특화된 것이었다.

가지지 못한 것에 대한 선망 때문일까.

그래서인지 스캇은 언제나 사냥에 남다른 환상을 품고 있었다. 기사가 되길 소망하듯 언젠가 아름다운 여인 앞에서 멋진 폼으로 사냥에 성공하길 바라곤 했다.

지금도 스캇은 먹는 것도 잊은 채 입을 헤 벌리고 피겐즈를 바라보고 있었다. 오스왈트 또한 표현은 안 했지만 피겐즈가 사냥을 말한 순간 몸이 움찔 반응하는 것이 보였다.

리안은 짐짓 고민하는 척하다가 말했다.

"여기 일도 거의 끝나가고 하니, 성으로 돌아가기 전에 잠시 놀러나 나가볼까?"

"위험하지 않겠습니까?"

걱정된다는 듯 알만이 끼어들자 피겐즈가 고개를 세차게 저으며 부정했다.

"위험은요. 전혀 그렇지 않습니다. 더구나 제가 직접 모실 텐데 위험이라니요. 걱정하지 마십시오."

"그래, 알만. 피셔 숲이 위험 지역도 아니잖아. 너무 염려하지 마. 그럼 이렇게 말 나온 김에 식사가 끝나는 대로 가보는 게 어때?"

"예예, 소인이 지금 당장 준비하겠습니다. 잠시만 기다리십시오!"

영주가 돌아갈 날은 점점 다가오는데 뭔가 확실하게 해준 것이 없어 걱정이 한참이던 피겐즈다. 사냥이 성공적으로만 끝나면 영주의 눈에 드는 것은 이제 시간문제였다.

피겐즈가 즉시 자리에서 일어나 밖으로 달려 나갔다.

"오스왈트, 오랜만에 실력 좀 보여주세요."

"어이쿠, 너무 기대하지 마십시오. 이 늙은 몸, 사냥 기술도 다 잊은 지 오래입니다."

"엄살이 너무 심하신데요. 스캇은 사냥이 처음이지?"

"네, 영주님. 그런데 제가 가도 되는 겁니까?"

기대에 달뜬 얼굴을 하고서는 스캇이 그렇게 물었다. 리안은 친구에게 잠시 장난을 칠까 하다가 녀석의 단순한 성격을 생각하고는 이내 마음을 접었다.

"그럼, 되고말고. 이참에 스승님의 사냥 기술을 배울 준비나 해. 전대 영주님도 인정하신 실력이니까."

"정말이세요?"

존경에 가득 찬 스캇의 눈길이 바로 오스왈트에게로 향했다. 리안의 말을 강하게 부정하던 오스왈트는 그런 스캇의 시선에 웃을 수밖에 없었다.

리안의 부탁 때문에 늦은 나이에 어쩔 수 없이 제자를 거둬들이게 되었지만, 그동안 봐온 스캇의 성정은 오스왈트의 마음을 움직이기에 충분했다.

영리한 편은 아니었지만 정직했고 무엇보다 끈기가 있었다.

오랜 세월 기사로 살아온 오스왈트는 이름을 날릴 만큼 뛰어난 기사는 되지 못했지만, 그런 그가 여태까지 버틸 수 있었던 것은 재능이 아닌 끈기였다.

지금도 그는 매일 같은 시각에 일어나 하루를 연무장에서 시작했다. 수련이야 기사들이 으레 다 하는 것이지만 오스왈트는 그런 생활을 수십 년째 해오고 있었다.

스캇은 오스왈트의 그런 점을 닮은 녀석이었다. 거기에 어느 정도의 재능까지 갖춰 요즘 오스왈트는 제자 키우는 맛에 흠뻑 빠져 있다고 해도 과언이 아니었다.

'활과 창 중 어느 것부터 가르쳐야 하지?'

어느새 오스왈트의 머릿속에는 사냥 기술 중 무엇을 먼저 가르쳐야 할지에 대한 고민이 떠오르고 있었다.

*   *   *

"알만."
"네, 영주님."
주인의 부름에 알만은 자신이 타고 있는 말머리를 돌려 리안 곁으로 다가왔다.
오스왈트와 스캇을 비롯한 대부분의 사내들은 지금 사냥에 한창이었다.
하지만 애초부터 사냥엔 관심이 없던 리안은 알만과 함께 말에 올라 숲을 어슬렁거리는 중이었다. 다른 수행원들은 리안의 명에 의해 간격을 두고 뒤에서 따라오고 있었다.
"제국에서 가장 큰 부자가 누군지 혹시 알아?"
"……부자요?"
조금은 생뚱맞은 질문에 알만의 얼굴에 의아함이 떠올랐다.
"응, 부자."
잠시 고개를 돌려 주인의 얼굴을 살폈지만 장난스런 기색은 찾을 수 없었다. 그제야 리안이 진심으로 묻고 있음을 깨닫고 알만이 서둘러 대답했다.
"설리번 경이라고 혹 아십니까?"

"설리번?"

"네, 설리번 뱅크의 창립자인 설리번 경이 아마도 제국에서 가장 큰 부자가 아닐까 생각합니다."

뱅크라 함은 고객의 돈을 안전하게 보관해줌과 동시에 적절한 이자를 받고 돈을 빌려주기도 하는 곳이었다.

비싼 이자의 고리대금업이 성행하던 시절 갑작스레 등장한 뱅크는 한때 대륙에 센세이션을 일으켰다.

지금은 크고 작은 여러 뱅크들이 존재하지만 그중에서도 단연 으뜸인 곳은 처음 그 시작을 열었던 설리번 뱅크였다.

설리번 뱅크를 거치지 않은 화폐란 제국에 없다는 말이 있을 정도로, 대귀족들은 물론 제국에 돈 좀 있다는 거부들은 모두 설리번 뱅크에 돈을 기탁하거나 빌려 쓰고 있었다.

거액의 돈을 맡기는 큰 손님에게는 더 높은 이자로 답례를 하고 재산 관리까지 손수 도움을 주는 등 설리번 뱅크의 서비스는 두루 정평이 나 있었다.

'그래, 내가 왜 그 생각을 못했지?'

리인이 알만에게 좀 전과 같은 질문을 한 까닭은 이제 슬슬 뭔가를 시작해보기 위함이었다.

영주가 되어 뜻한 바를 이루기 위해서는 많은 돈이 필요했다. 레어를 통해 큰 재물을 얻었지만 고이 모셔두기만 해서는 쓸모가 없다. 그것으로 평생을 여유 있게 살 수는 있을지언정 원하는 것을 이루기에는 한참 모자라다.

선물 239

그래서 처음에는 상단을 열어볼까 싶었다. 하지만 막상 그러자니 아무래도 준비해야 할 게 너무 많았다.

상단이라는 것은 물건을 사고파는 곳인데, 어떤 물품을 어느 누구에게 사와 얼마를 받고 팔아야 할지를 생각하니 벌써부터 머릿속이 복잡했다.

제일가는 부자가 누구일까 하는 궁금증은 그런 와중에 생긴 것이었다.

덕분에 해답을 찾았다. 어렵기는 매한가지겠지만 상단을 꾸리는 것보다는 뱅크를 차리는 게 훨씬 수월할 것이다.

일단 소규모로 시작을 하게 되면 필요한 인원도 상단에 비해 월등하게 적었다. 업무를 볼 사람 몇 명과 금고를 지킬 경비병이 다 일 테니까.

"알만, 우리도 뱅크나 하나 차려볼까?"

"옛?"

집사인 알만에게 사냥은 익숙하지 않은 놀이였다. 그에겐 실내에서 장부를 들여다보고 하인들을 관리하는 것이 훨씬 편했다. 그런 알만을 우격다짐으로 사냥터까지 데려온 것은 리안이었다.

그런데 그런 것도 모자라 아까부터 이상한 질문만을 해대고 계시니 알만은 곤란하기 그지없었다.

"제국에서 제일가는 부자가 설리번 뱅크의 주인이라며. 나도 부자 한번 되어 보려고."

"……부자가 되고 싶으십니까?"

"응, 내가 꿈꾸는 세상을 만들려면 돈이 많이 필요하거든."

"꿈꾸는 세상이라니요?"

"응, 귀족이 아닌 자들도 살기 좋은 세상."

막연하지만 한마디로 정의하면 리안이 꿈꾸는 세상은 바로 그런 것이었다. 누구에게도 아직 말하지 못한 것을 리안은 마치 혼잣말하듯 그렇게 중얼거렸다.

아쉬운 것은 갑작스레 벌어진 소란 때문에 알만이 그런 리안의 말을 듣지 못했다는 것이다.

사냥감을 발견했는지 오스왈트와 스캇을 포함한 병사들이 우르르 달려가는 모습이 저만치 보였다.

그리고 그때였다. 리안의 감각에 무언가 이질적인 기운이 포착된 것은.

리안은 말머리를 돌려 그곳으로 조금 더 가까이 접근했다. 잘못 느낀 게 아니라는 듯 기운의 강도가 점점 세지고 있었다.

'뭐지?'

리안의 옆으로 10미터쯤 떨어진 수풀이 무성한 지점이었다. 정확히 그곳에서 리안은 생명체의 존재를 느낄 수 있었다.

처음에는 동물이라고 생각했지만 가까워진 지금은 생명체의 존재가 인간이라고 리안은 확신했다.

두두두두.

그리고 언제부터였을까. 심한 말발굽 소리가 대지를

진동하기 시작했다.

피셔 숲은 리안의 영지다. 오늘 영주인 그가 숲에서 사냥을 하고 있다는 사실을 모르는 영지민은 아마 없을 것이다.

그런 곳으로 감히 말을 타고 이토록 소란스럽게 달려오는 자가 누굴까.

소란의 주인공은 곧 나타났다. 거친 말의 울음소리와 함께 위풍당당 등장한 것은 십여 마리의 군마였다. 물론 그 군마의 등에는 십여 명의 기사가 타고 있었다.

황금으로 제작했을 것이 분명한 빛나는 갑옷을 입고 눈에서는 서릿발 같은 기운을 뿜어내며 등장한 그들은 리안의 앞에서 멈춰 섰다.

리안은 여전히 말 등에 올라탄 상태였지만 상대를 보기 위해선 고개를 높이 쳐들어야 했다. 그만큼 말이나 사람이나 모두 거대했다.

물러나 있던 수행원들이 그제야 서둘러 뒤로 다가와 서는 것이 느껴졌다. 리안은 제법 위엄을 담아 무리의 선두를 향해 물었다.

"주인인 나의 허락도 없이 함부로 숲을 침범한 그대들은 누군가?"

'허락?'

리안의 단어 선택이 마음에 들지 않은 듯 사내의 눈썹이 꿈틀 움직였다. 그가 차가운 눈동자로 리안의 몸을 감상하듯 훑어 내렸다.

'쯧쯧.'

검은커녕 단도 하나조차 제대로 들지 못할 가는 몸매에 절로 혀가 차졌다. 곱상하게 생긴 얼굴도 목소리만 아니었다면 계집이라고 착각할 뻔했다.

어린 나이에 자신과 당당히 눈을 마주치고 있는 것은 참으로 가상하다만, 감히 황궁 기사단을 알아보지 못하고 예를 갖추지 않은 것은 괘씸했다.

그가 마땅찮은 눈빛으로 리안을 바라보며 말했다.

"나는 황궁 기사단의 제1기사단 단장 피트 로스 백작이다. 네 녀석이 이곳의 영주라는 칼리스타 백작이냐?"

'녀석?'

가뜩이나 상대의 태도에 기분이 저조해지고 있던 리안의 미간에 몇 가닥 주름이 잡혔다.

녀석이라니! 아무리 자신의 나이가 어리다 할지라도 명색이 영주였다. 그와 같은 귀족이며 작위 또한 동등했다.

물론 황도에 머무르는 귀족과 변두리의 영주일 뿐인 자신의 처지가 얼마나 다른지는 리안도 알고 있다.

하지만, 하지만 말이다. 아무리 그렇더라도 저런 식으로 사람을 면전에 두고 내려다볼 수는 없는 법이었다.

황궁 제1기사단?

리안도 들어서 알고는 있다. 단원 전부가 소드 익스퍼트

선물 243

상급 이상이라고 하니 얼마나 대단할까. 특히나 저자는 단장이니 더할 것이다.

정면을 향한 리안의 흑빛 눈동자가 무겁게 가라앉았다. 여기서 예의니 뭐니 따지고 들었다가는 손해를 보는 건 힘이 약한 쪽이었다. 이성을 차리고 상대할 필요성이 있었다.

"칼리스타 백작을 찾는 것이라면 제대로 왔군. 무슨 일이오?"

"찾았다고는 말한 적 없는데. 영주냐고 물었지."

"……."

"지나오면서 듣기로 영주가 사냥을 갔다기에 시간도 아낄 겸 직접 온 것이다. 지금 황도가 떠들썩하다는 사실은 잘 알고 있겠지?"

"떠들썩?"

대놓고 하대를 하는 상대의 말투에 기분이 나쁠 새도 없이 리안은 고개를 갸웃했다.

"이런, 아무리 변두리라지만 이거 너무하는군. 황도가 지금 역모로 인해 시끄러운 것을 어떻게 모를 수가 있단 말인가?"

"역모라고?"

비웃는 말투가 거슬렸지만 리안은 역모라는 말에 눈이 휘둥그레질 수밖에 없었다.

"너 같은 애송이에게 일일이 말해줘 봤자 머리만 아플 테니 용건만 말하겠다. 황궁 기사단인 내가 친히 이곳까지 온 이유는 반역자 라키아 디 로드리게즈를 처단하기 위해서다. 오늘 새벽 놈이 이곳으로 숨어들었다는 정보가 있었다. 지금 당장 황제 폐하의 명을 받들어 놈을 찾는 것에 협력하라!"

뭐라고! 라키아?

사내의 입을 타고 나온 친숙하다면 친숙한 그 이름에 리안의 커진 눈이 요동쳤다.

라키아 디 로드리게즈.

가문이 역모에 휘말리는 바람에 죽은 비운의 천재 검사.

반역자인 그에게 감히 '비운'이라는 수식어가 붙는 이유는 지금으로부터 5년 후 그의 가문인 로드리게즈 백작 가문이 누명을 벗고 복권(復權)되기 때문이었다.

하지만 복권이 되면 무엇 하나. 황제의 명에 의해 이미 로드리게즈 가문은 하인조차 남기지 않고 모조리 떼죽음을 당한 후였다.

어려서부터 특출한 재능으로 인해 대륙 전역에 다시없을 천재라고 소문이 자자한 라키아였다. 그러나 가문이 역모에 휩쓸리면서 그의 화려한 생도 끝이 났다.

열여섯에 이미 소드 마스터의 반열에 올라 스물이라는 나이에 그레이트 마스터의 경지를 눈앞에 두고 생을 마감한 그.

반년을 넘게 숨어 살면서 목숨을 부지했지만 결국 황실의 집요한 추격을 따돌리지 못하고 숨을 거뒀다.

비운의 천재 검사라는 수식어와 함께 피어나지 못한

영웅이라는 찬사를 듣는 그의 생애는 그 이후 많은 이들에게 회자되었다. 그의 일대기를 기록한 책만도 수십, 수백 가지다.

그런 그가 자신의 영지로 숨어들어왔다고?

리안은 전율했다. 고민할 필요도 없었다.

당연히 그를 살려야 한다. 5년 후 복권되는 그의 가문을 위해서라도 반드시 그를 살려야 했다.

세기의 천재라고 불리는 그를 자신의 편으로 끌어들일 수만 있다면 그것만큼 큰 힘도 없을 것이다.

리안의 머리가 영민하게 돌아가기 시작했다.

제7화

천재검사,
라키아

라키아를 잡기 위한 황실 추격대의 규모는 실로 어마어마했다. 리안을 만나러 직접 피셔 숲으로 들어온 황궁 기사단의 수는 고작 열 명 남짓이었지만, 리안이 숲 밖으로 나와 마주한 것은 수백의 병사들이었다.

다들 중무장을 한 채 절도 있게 도열해 있는 모습이 마치 전쟁터를 향해 행군이라도 하는 듯했다.

리안은 늦은 시간을 핑계로 일단 그들을 관사로 이끌었다. 변두리 영지인 탓도 있지만 워낙 인원수가 많아 다 같이 머물 만한 공간이 없었다.

아쉬운 대로 기사단은 리안과 함께 관사에 머물고, 병사들은 관사 주변의 공터에 천막을 치고 기거하는 것으로 결정했다.

리안은 알만을 포함한 하인 몇몇을 성으로 먼저 보냈다. 알만이라면 알아서 준비할 것이라 믿었기에 따로 지시를 내리지는 않았다.

갑작스럽게 마련된 저녁 식사는 리안에게 잘 보이고 싶어 정성껏 준비해둔 피젠즈의 노력 덕분에 별 무리 없이 지나갔다. 단장인 로스 백작은 물론 기사단 모두 만족스러운 얼굴로 식사를 마쳤다

리안은 식사 후 간단한 후식과 차를 대접했다. 첫인상은 말할 것도 없고 지금도 여전히 그들에게서 좋은 인상을 받지 못하고 있지만, 그들이 황궁에서 나온 이상 책잡힐 일은 하지 않는 것이 좋았다.

"그래, 열다섯이라고?"

단 음식을 좋아하는 듯 로스 백작이 연이어 과자를 입으로 가져가며 리안에게 물었다. 리안의 대접이 그리 나쁘지는 않았던 듯 여전히 반말 일색이지만 말투만은 꽤 친근하게 바뀌어 있었다.

리안은 억지웃음을 얼굴 만면에 띄우며 대답했다.

"네, 3년 전 아버지께서 돌아가시고 제가 그 뒤를 이어 영주가 되었습니다."

"3년이라면 열두 살에 영주가 된 게로군. 위로 형제가 없나 보지?"

"여동생이 한 명 있습니다."

"여동생이 그대를 닮았다면 꼭 한 번 보고 싶군."

미소 띤 리안의 얼굴을 바라보는 로스 백작의 눈빛은 어딘가 모르게 조금 끈적했다. 사실 그뿐 아니라 몇몇 기사들의 눈빛 또한 그러했다.

곱상한 얼굴이 제일 큰 문제지만, 선이 가는 얼굴과 여린 몸매 때문인지 리안은 보고 있으면 여인이란 착각이 들 때가 종종 있었다.

황궁에서 수많은 미녀들을 보고 지낸 그들이지만 리안에게서 풍기는 분위기는 자못 그녀들과 달랐다.

때 묻지 않은 순수함이 느껴진다고 해야 할까?

남자라는 것을 알기에 그런 것인지, 왠지 가질 수 없다는 생각과 함께 말로는 정의 못할 그 어떤 기분을 그들로 하여금 느끼게 했다.

아마도 넉 달째 계속되고 있는 강행군 때문에 여인을 품지 못한 영향도 크게 한몫 했으리라.

리안은 그런 시선들을 일부러 모른 척하며 말했다.

"제 여동생은 어머니를 닮아서 저하고는 좀 많이 다릅니다. 하지만 저보다 훨씬 예쁘고 사랑스러운 아이지요."

"그런가?"

"예, 지금은 아직 어리지만, 조금 더 자라면 분명 아름다운 숙녀가 될 것입니다."

리안은 어리다는 부분과 아이라는 단어를 거듭 강조했다. 혹시나 레지나에게 흑심을 품고 덤벼들 것을 미리부터 예방하는 차원에서였다.

"그나저나 여기서 성까지는 얼마나 걸리는가?"

오랜만에 저녁다운 저녁을 먹은 탓에 로스 백작은 어느 때보다 기분이 좋은 상태였다. 하지만 식사를 다 마치고 나니 낡아빠진 관사가 마음에 들지 않았다. 이런 곳은 자신의 격과는 맞지 않았다.

"사나흘이면 충분합니다. 하인들을 먼저 성으로 보내놨으니 도착하는 즉시 편히 용무를 보실 수 있을 겁니다. 백작께선 오늘밤 푹 쉬셨다가 내일 저와 함께 출발하시면 됩니다."

"내일까지는 천생 이곳에 머물러야 한단 소리군."

"누추하지만 하루만 참아주십시오."

관사에서 하룻밤 묵기로 한 것은 이미 결정된 사항이었다. 그런 것을 어린아이도 아닌 단장이란 자가 이처럼 투정을 부리고 있으니 리안은 기가 막힌 한편 우스웠다.

"라키아 그놈 때문에 이 무슨 고생인지."

그런 리안의 맘을 아는지 모르는지 소파에 등을 기대며 로스 백작이 얼굴을 찌푸렸다. 그러자 그의 옆에 있던 기사 하나가 위로하듯 말했다.

"그래도 이 지겨운 추격전이 슬슬 끝날 기미가 보이니 다행이지 않습니까. 단장님께 당한 부상 때문에 이제 놈의 체력도 거의 한계에 다다랐을 겁니다. 조금만 기다려 보십시오. 곧 좋은 소식이 있을 겁니다."

"맞아. 오른쪽 옆구리였지, 아마?"

그때의 기억이 떠오르는 듯 로스 백작의 입가에 통쾌한 미소가 그려졌다.

"예, 단장님. 핏자국이 꽤 길게 이어진 것으로 보아 크게 다친 것이 확실합니다. 라키아 녀석도 이제 한물 간 거죠, 뭐. 크크."

그러고 보니 라키아는 반역자로 몰리기 전까지만 해도 분명 황궁 기사단의 일원 중 하나였다. 바로 이들의 동료였던 것이다.

그런데 그런 그를 향해 하는 말치고는 아무리 반역자라고 하지만 묘하게 가시가 박혀 있었다. 리안은 그것을 분명하게 느낄 수 있었다.

결국 리안이 참지 못하고 물었다.

"저…… 라키아 그자가 부상을 당했나요?"

"부상이다 뿐입니까? 우리 단장님께 아주 아작이 났지요."

로스 백작을 대신해서 답한 것은 옆의 기사였다. 그가 고소하다는 얼굴로 설명했다.

"그동안 황제 폐하의 검술 선생이랍시고 위아래도 없이 까불고 다니다가 큰코다친 거지요. 어린 황제 폐하께서 좀 따라주니까 라키아 녀석이 얼마나 기고만장했는지 아십니까?"

"……기고만장?"

"예, 어린 영주님. 영주님도 아시다시피 지금 황제 폐하의 연치가 영주님보다 한 살 많은 열여섯이지 않습니까. 라키아는 폐하께서 열두 살이 되실 무렵 소드 마스터가 된 녀석입니다. 녀석은 그때부터 폐하의 검술 선생이었지요. 원래부터가 건방진 성격이긴 했지만, 놈은 그 이후로 더욱 안하무인 해졌다고 보시면 됩니다."

15년 후의 미래를 살다가 온 리안에게 이 같은 사실은 처음 듣는 얘기였다. 전해오는 얘기나, 일대기를 통해 본 라키아의 성격은 매우 겸손하며 정의로운 사내였다.

불의를 보면 참지 못하고 어떤 일에든 앞장서서 적과 싸우는 희대의 영웅이 바로 라키아, 그였다.

그런데 기고만장에 안하무인이라고?

혹 질투심에 차올라 거짓을 말하는 것은 아닐까?

하지만 다른 기사들의 반응을 보니 다들 그의 말을 인정하는 분위기였다. 황궁 기사단이란 사실에 자부심이 대단한 그들이긴 하나 거짓으로 한 사람을 깎아내리며 살아오지는 않았을 것이다.

'그럼 이게 다 사실……?'

라키아는 어떡해서든 리안이 구해내야 할 존재였다. 그것은 리안을 위해서이기도 하지만, 그보다는 억울한 누명을 쓰고 죽을 위기에 처한 그를 살리고픈 의지가 컸다.

듣자하니 이들의 손에 라키아는 이미 많이 다친 듯했다. 하기야 아무리 뛰어난 천재라 할지라도 떼로 덤비는 데는 당할

재간이 없을 것이다.

그가 정말로 자신의 영지에 숨어든 것이 확실할까?

확률은 있었다.

리안의 영지는 개발된 곳이 적어 다른 영지에 비해 상대적으로 숨을 곳이 많았다. 거기에 결정적으로 라키아의 시체가 발견된 곳은 리안의 영지는 아니지만 거리상 얼마 떨어지지 않은 곳이었다.

황실의 추격을 따돌리기 위해 험한 산속에 몸을 숨겼던 라키아는 안타깝게도 그곳에서 죽음을 맞고 훗날 시체로 발견되었다. 워낙 유명한 이야기였기 때문에 리안은 정확히 기억하고 있었다.

하지만 그럼에도 리안이 확신할 수 없는 이유는 이맘때면 밀고자가 기승을 부렸기 때문이었다. 라키아의 목에 걸린 엄청난 상금으로 인해 그를 보았다는 제보가 여기저기서 들끓어 추격에 혼선이 오는 일도 비일비재했다.

리안이야 과거로 돌아와 귀족이 되어 영주의 삶을 살면서 정신없이 바빴기 때문에 이런 사정에 어두웠지만, 작금의 역모 사건은 두고두고 사람들의 입방아에 오르내리는 대사건이었다.

"그래도 한때 동료였던 자다. 험담은 그만하고 다들 피곤할 테니 그만 쉬도록 하자."

진즉에 했어야 할 말을 이제야 뱉어내며 로스 백작이 몸을 일으켰다. 리안은 혼자만의 생각에서 벗어나 얼른 하인들을 시켜 그들을 각자의 방으로 안내하게 했다.

내일은 아침부터 일찍 일어나 대인원을 끌고 성으로 돌아가야 했다. 라키아를 어떤 방도로 구해야 할지는 아직 생각하지 못했지만 일단 오늘은 자신도 쉬는 것이 좋을 것 같았다.

로스 백작과 기사들에게 밤 인사를 건네고 리안은 자신의 방으로 건너갔다.

하지만 생각처럼 잠은 쉬이 오지 않았다. 침대에 누워 창밖을 보니 이미 날은 어두워질 대로 어두워져 있었다. 어디선가 밤짐승의 울음소리와 함께 바람 부는 소리가 들렸다.

리안의 머릿속에는 자꾸만 하나의 영상이 떠올랐다. 부상당한 몸을 이끌고 치료조차 받지 못한 채 어딘가에 숨어 아픔을 참고 있을, 얼굴도 모르는 라키아의 영상이 계속 떠올라 그의 잠을 방해했다.

그나마 다행인 것은 지금이 추운 겨울이 아니라는 사실이었다. 밤이 되면 약간 싸늘해지긴 하지만 아직은 노숙도 견딜 만한 날씨였다.

어디에 있을까?

리안은 오지 않는 잠을 자려고 애쓰는 대신 그가 있을 만한 곳을 생각해 보기로 했다.

일단 사람들의 눈을 피하려면 민가가 적은 곳으로 다녔을 것이다. 주로 밤에 이동하고 낮에는 산속이나 들판, 풀숲에 숨어 잠을 청했을지도 모른다.

"잠깐, 풀숲이라고?"

막연히 홀로 생각을 늘어놓던 중 리안은 퍼뜩 떠오르는 사실 하나에 침대에서 벌떡 일어났다.

풀숲! 그래, 풀숲이다!

오늘 오후, 피셔 숲에서 황궁 기사단과 첫 대면을 하기 직전 리안은 어떤 기운을 느꼈었다. 리안은 드래곤의 호흡법을 익히면서 자연스레 대기 중에 흩어진 마나의 흐름까지도 느낄 수 있게 되었다.

일종의 마나 장악력이라고 해야 할까?

일단 그 범위 안에 누군가 들어오면 리안은 마나의 흐름을 통해 그 존재를 알 수 있었다.

갑작스레 나타난 황궁 기사단으로 인해 잠시 그 사실을 망각하고 있었지만 리안은 그때의 기운을 분명하게 기억하고 있었다.

라키아, 그일 것이다. 이상하게도 아닐 거란 생각은 전혀 들지 않았다. 운명처럼 자신 앞에 나타난 그는 틀림없이 라키아가 맞았다.

새로운 삶을 살게 된 지금의 리안은 운이 좋은 편이었다. 리안은 그런 자신의 운을 믿어보기로 했다.

서둘러 일어나 벗어놓았던 옷을 다시 몸에 걸쳤다. 밤의 장막을 틈타 그가 다시 도망을 치기 전에 숲에 도착하려면 이러고 있을 시간이 없었다.

리안은 일단 옆방에서 자고 있을 오스왈트와 스캇을 깨우러 갔다. 자세한 것까지는 다 얘기할 수 없지만 만일을 위해서 그들에게 해줄 얘기가 있었다.

똑똑.

살짝 문을 두드리자 안에서 바로 기척이 들려왔다.

"누구……?"

문이 열리며 누구냐고 묻는 스캇의 음성이 리안의 손에 의해 막혔다. 리안은 스캇의 입을 막은 채로 방으로 밀고 들어가 재빨리 문을 닫았다.

"영주님, 무슨……."

"쉿!"

리안은 검지를 세워 입을 가리며 오스왈트를 향해 고개를 저었다. 큰소리를 내지 말라는 뜻이었다.

층이 다르기는 하나 기사단이 묵고 있는 곳은 같은 건물이었다. 능력들이 비상한 이들이기에 리안은 행여 자신들의 말소리가 벽을 넘어 그들의 귀에 들릴까 싶어 조심하고 또 조심했다.

오스왈트와 스캇은 놀란 눈으로 리안의 앞에 섰다. 잠옷을 입고 자신 앞에 서 있는 그들을 보며 리안은 잠시 기다렸다가 입을 열었다.

"놀라게 했다면 미안해요, 오스왈트. 미안해, 스캇. 하지만 지금 상황이 좀 급해서 어쩔 수가 없었어. 내가 지금 빨리 어딜 가봐야 하거든."

"지금 이 시간에 말입니까?"

"어디를요?"

누가 사제지간 아니랄까봐 동시에 둘의 입에서 질문이 터져 나왔다.

"자세한 건 다녀와서 얘기해 줄게요. 아니, 어쩌면 여기로 돌아오지 않을지도 모르니까 다음에 만나서 얘기할게요."

"예? 돌아오시지 않는다니, 그게 무슨 말씀이십니까?"

오스왈트는 그야말로 눈이 튀어나오기 직전이었다. 밤중에 찾아온 자신의 어린 영주가 도대체 무슨 말을 하는 건지 오스왈트는 이해할 수가 없었다.

"어떻게 될지는 저도 잘 모르겠어요. 하지만 만약 돌아오지 않으면, 그땐 오스왈트가 잘 둘러대야 해요. 영지에 급한 일이 생겼다거나, 누군가가 아파서 새벽에 먼저 서둘러 성으로 떠났다고요."

"지금 성에 가시려고요?"

그렇다면 자신도 따라가겠다는 듯 스캇이 재빨리 자신의 옷을 찾기 시작했다.

리안은 급히 말했다.

"아니야, 스캇. 지금은 성으로 가기 전에 잠시 들를 데가 있어."

"어디……."

"나중에 다 얘기할게. 지금은 아무것도 묻지 말고 그냥 내 말대로 해줘. 부탁이야."

간곡한 리안의 어조 때문이었을까. 스캇은 순간 아무 말도 하지 못하고 리안을 멍하니 쳐다봤다. 아무것도 묻지 말고 보내달라는 리안의 얼굴이 너무 간절해 보여 더 이상 어떤 말도 할 수가 없었.

반면 오스왈트는 포기하지 못한 듯 리안을 붙들고 사정했다.

"영주님, 지금 이 시간에 대체 어딜 가신다는 겁니까? 그러다 밖에서 무슨 일이라도 생기시면 어쩌시려고요. 마님께서 아시면 또 충격으로 쓰러지실지도 모릅니다."

"오스왈트, 설마 지금 일을 어머니께 말씀드릴 생각은 아니겠죠?"

"……!"

"우리 셋만 조용히 하면 오늘 일을 어머니가 아실 방법은 아마 없을 거예요. 그리고 잊었어요? 컴프턴 산맥에서도 무사히 살아 돌아온 저예요. 오늘도 아무 일 일어나지 않을 테니 걱정 말고 기다리세요. 지금 오스왈트가 집중해야 할 건 로스 백작을 상대하는 일이에요."

"하지만……."

"지금은 시간이 없어요. 궁금한 게 많겠지만 다음에 얘기하기로 해요. 알았죠? 그럼 부탁할게요. 스캇, 너만 믿는다."

리안은 그렇게 마지막 말을 남기고 조용히 방문을 닫고 나왔다. 오스왈트와 스캇은 당장이라도 그런 리안을 따라가고 싶었지만 영주의 명을 함부로 거역할 수는 없었다.

혹시나 싶어 문 밖에서 잠시 뜸을 들였던 리안은 조용한 문을 보고 안도한 뒤 주머니에서 목걸이를 하나 꺼냈다.

바로 레드 드래곤 베리스테인이 만들었다는 아티팩트, 그림자의 춤이었다. 그것을 목에 걸고 리안은 메달 중앙의 다이아몬드를 옆으로 돌렸다.

딸깍하는 소리와 함께 다이아몬드가 돌아가고 곧 붉은 빛과 함께 붉은 연기가 새어나와 리안의 몸을 감쌌다. 리안의 존재는 이내 그곳에서 서서히 사라졌다.

리안은 일단 마구간으로 달려갔다. 가는 동안 보초를 서고 있는 몇몇과 마주치긴 했지만 그들은 전혀 리안의 존재를 인식하지 못하는 듯했다.

바로 옆을 지나치는데도 아무것도 모르고 저들끼리 수다를 떠는가 하면 늘어지게 하품을 하며 신세한탄을 하기도 했다.

마구간에 도착한 리안은 낮에 탔던 밀을 찾아 우리 밖으로 끌고 나왔다. 익숙한 리안의 손길 때문인지 말은 별다른 거부 반응 없이 순순히 리안을 따라나섰다.

리안은 조금은 긴장된 표정으로 말 등에 올라탔다. 그러자 리안을 둘러싸고 있던 붉은 연기가 마치 살아 있기라도 하듯 움직이며 서서히 말의 몸까지 감싸기 시작했다. 그리고 이내 리안처럼 말 또한 점점 어둠 속으로 사라졌다.

역시 짐작대로였다. 만약 이렇게 되지 않았다면 리안은 말을 포기한 채 직접 뛰어갈 수밖에 없었다.

피셔 숲은 제법 큰 숲이다. 그곳까지 가는 시간도 시간이지만, 그곳에서 라키아를 찾기 위해 헤매야 하는 시간은 그보다 훨씬 길 것이다.

말을 이용할 수 있게 되었다는 사실에 리안은 안도하며 서둘러 숲을 향해 말을 몰았다. 제발 그가 아직 피셔 숲에 머물고 있기를 진심으로 바라면서.

점점 속도를 높일수록 주변 풍경이 빠르게 뒤로 물러났다. 하지만 힘찬 말의 움직임에도 불구하고 주위는 아무런 소리도 들리지 않는 듯 고요했다.

참으로 이상한 경험이었다.

소리가 들리지 않는다는 사실만으로 이렇게 어색하고 부자연스러운 느낌이 들 줄은 미처 생각지 못했다.

그러나 그 어색함도 잠시, 피셔 숲이 시야에 들어오자 잡생각은 사라지고 오로지 라키아만이 리안의 머릿속을 채웠다.

가능하면 오늘밤 안으로 반드시 그를 찾아야 했다. 상처가 깊다던 기사의 말이 자꾸만 리안의 귓가를 맴돌았다. 그가 부디 무사해야 할 텐데…….

리안은 달리면서 서서히 마나의 흐름에 집중했다. 아직 마나 장악력이 미치는 범위가 넓지 않기 때문에 일일이 숲의 곳곳을 뒤져야 할 판이었다.

다행인 점은 그림자의 춤으로 인해 라키아가 자신의 존재를 느끼지 못할 거란 사실이었다. 자신의 존재를 알게 되면 숨을 것이 자명한 일. 새삼스레 이런 것을 선물해준 세이프리드에게 고마움이 느껴졌다.

날이 어두웠지만 간간이 구름 위로 떠오르는 달빛 때문에 리안은 비교적 힘들이지 않고 주변을 살필 수 있었다. 이따금 말을 멈추고 잠시 귀를 기울이기도 했지만 들리는 것이라곤 곤충과 밤짐승의 울음소리뿐이었다.

그러길 얼마나 지났을까.

입에 단내가 나도록 말을 움직여가며 숲을 헤매는 도중 어디선가 물소리가 들렸다. 그 때문인지 갑자기 목이 말랐다.

리안은 곧장 물가로 향했다.

오늘밤 내내 수고를 해줄 건 자신이 아닌 말이었다. 목이 마른 듯 아까부터 말의 숨소리가 거칠었다.

물소리가 나는 곳은 제법 큰 나무들이 빽빽하게 들어찬 곳이었다. 리안이 그 나무들을 헤치고 들어가자 탁 트인 공간이 나왔다. 그 중앙에는 구불구불한 작은 개울이 졸졸 소리를 내며 흐르고 있었다.

리안은 고삐를 손에 쥔 채 말에서 뛰어내렸다. 그리고 말을 끌고 개울을 향해 한 발 내뻗은 순간, 그렇게도 소망하던 누군가를 개울의 건너편에서 발견했다.

"……!"

라키아였다. 한 번도 본 적은 없지만 리안은 확신했다.

하지만 그를 찾아냈다는 기쁨도 잠시, 리안은 쥐고 있던 말고삐를 놓고 허둥지둥 개울을 건넜다.

그림자의 춤 덕분에 첨벙첨벙하는 소리가 나진 않았지만 그랬다 하더라도 마음이 급해진 리안은 물론, 쓰러져 정신을 잃고 있는 라키아에게 그 소리는 전혀 들리지 않았을 것이다.

"이, 이봐요!"

목이 말랐던 걸까?

리안이 라키아라 단정 지은 사내는 한쪽 손을 개울물에 담근 채 엎어진 자세로 쓰러져 있었다. 리안은 서둘러 다가가 그런 사내의 몸을 바로 눕혔다.

"아……!"

다행히 아직 숨을 쉬고 있는 것이 느껴졌다. 하지만 핏기를 잃은 창백한 피부하며 제대로 허기를 채우지 못한 듯 앙상한 두 뺨이 눈에 밟혔다.

그뿐 아니라 자잘한 상처들과 함께 온몸이 피로 얼룩져 있었다. 그간의 행보가 얼마나 고됐을지 짐작이 가는 순간이었다.

리안은 심각한 눈빛으로 그의 오른쪽 옆구리에 난 상처를 살펴보았다.

절로 눈살이 찌푸려졌다. 로스 백작의 말마따나 칼에 찔린 듯한 꽤 깊은 상처가 그의 허리 부근에 나 있었다.

제대로 응급처치조차 못한 듯 커다란 나뭇잎 몇 개가 상처 부위에 붙어 있는 것이 다였다.

리안은 일단 주머니에서 가져온 반지를 꺼냈다. 어젯밤 레어에서 얻은 아티팩트, 봄날의 오후였다.

봄날의 오후에 걸려 있는 마법은 치료 마법이긴 하나 단순히 기력을 돋게 해주는 마법이지, 상처를 낫게 하는 마법은 아니었다.

하지만 가늘어져가는 숨결을 이어주는 데는 어느 정도 보탬이 되리라.

리안은 서둘러 봄날의 오후를 라키아의 왼손 중지에다가 꼈다. 그리곤 잠시 그를 바닥에 뉘인 후 다시 개울을 건너 쉬고 있던 말을 데려왔다.

지금부터가 정말 중요한 순간이었다. 리안은 여태껏 자신이 아닌 다른 누군가에게 마법을 사용해 본 적이 한 번도 없었다.

하지만 지금은 어쩔 수 없이 마법을 사용해야만 했다. 부상이 심한 라키아를 말에 태우고 달렸다가는 상처가 벌어지거나 덧날 수 있기 때문이다.

일찌감치 치료 마법을 수련이라도 해놨으면 좋았겠지만 아쉽게도 리안은 이제 막 3서클의 마법인 블링크 마법을 처음으로 터득한 상태였다.

치료 마법이 같은 3서클이라고는 하나 수련도 없이 함부로 시전할 수는 없었다.

그래서 리안이 생각해낸 방법은 라키아에게 가해질 충격을 최소화하기 위해 그를 업고 말을 타는 것이었다. 당연히 열다섯 살 소년의 몸으로 건장한 체구의 사내를 업는다는 것은 힘에 부치는 일이었다.

하지만 명색이 마법사답게 리안에게는 좋은 방도가 있었다. 바로 경량화 마법을 라키아에게 거는 것이었다. 그리고 그가 떨어지지 않도록 홀드 마법을 걸어둘 참이었다.

두 마법은 모두 비교적 간단한 축에 속했다. 하지만 처음으로 자신이 아닌 타인에게 시전을 한다고 생각해서인지 리안은 조금 땀이 났다.

그래도 실수 없이 라키아의 몸에 경량화 마법을 거는 데 성공했다.

"휴."

마지막으로 그를 업기 전 리안은 손바닥을 오므려 개울물을 몇 모금 떠 마셨다. 시원한 물이 목구멍을 타고 넘어가자 긴장된 속이 조금 풀리는 듯했다.

리안은 조심스레 라키아를 등에 업었다. 마법 덕분에 무게는 거의 느껴지지 않았다.

이제 남은 것은 추격대의 눈에 발각되기 전에 한시라도 빨리 라키아를 안전한 곳으로 데려가 치료를 하는 것이었다.

리안은 그 장소를 자신의 침실로 정했다.

설마 영주인 자신의 침실까지 그들이 쳐들어오지는 않을 것이란 생각 때문이었다.
　발밑이 어둡다고 하지 않는가. 자신만 조심하면 그들이 돌아갈 때까지 라키아는 안전할 수 있을 것이다.
　처음에는 치유홀이 있는 레어로 데려갈까 생각도 해보았다. 하지만 아무리 라키아라 할지라도 리안은 아직 그를 믿을 수 있을지 없을지 판단을 내리지 못했다.
　그에 대해 리안이 아는 것이라곤 실제로 경험한 것이 아니라 모두가 전해들은 이야기였다.
　그런 상황에서 레어의 존재를 그에게 드러낼 수는 없다고 판단한 것이다.
　돌아가는 즉시 치료를 서두른다면 목숨을 살리는 데는 큰 어려움이 없을 것이다.
　"이랴!"
　리안은 서둘러 말의 고삐를 쥐고 명령했다. 잠시간의 휴식으로 인해 기운을 차린 듯 말이 힘차게 달림과 동시에 피셔 숲이 점점 뒤로 멀어졌다.

　　　　＊　　　　＊　　　　＊

　리안은 낮과 밤을 가리지 않고 달린 끝에 하루하고도 반나절 만에 성에 도착했다. 말에게 휴식이 필요할 때나 잠시 이동을 멈췄을 뿐 리안은 거의 잠 한숨을 자지 않고 달렸다.

힘든 나머지 잠깐 쉬어갈까 하는 마음도 들었지만, 그때마다 등에 업은 라키아를 생각하며 마음을 다잡았다.

라키아의 상태는 갈수록 위중해져갔다. 아무리 리안이 충격을 완화시켰다고는 하지만 무리한 이동이 원인이 된 듯 성에 도착할 때까지 깨어나지 않았다.

뒤에서 들리는 라키아의 숨소리에 변화가 있을 때마다 리안은 가슴이 조마조마했다.

성에 도착하자마자 리안은 바로 침실로 향했다. 그림자의 춤으로 인해 성으로 오는 동안은 물론이고, 하인들조차 리안이 돌아온 것을 알지 못했다.

라키아를 침대에 눕히고서야 리안은 그림자의 춤을 목에서 풀었다.

그리고 막 한숨을 돌릴 무렵, 예고도 없이 방문이 벌컥 열렸다.

"······!"

강행군으로 인해 리안의 몸 상태는 말이 아니었다. 누군가가 다가오는 것도 모르고 긴장을 풀던 찰나, 문이 열리자 리안은 그야말로 깜짝 놀랐다.

하지만 그보다 깜짝 놀란 사람은 단연 문을 연 당사자였다. 아무 생각 없이 문을 열고 침실로 들어선 매들린은 리안을 보고 아연실색했다.

지난날 그 일이 있은 이후로 어떡해서든 리안을 피하려고 노력한 그녀였다.

공평성 때문에 성의 청소를 담당하는 하녀들은 매주 담당하는 구역이 바뀌게 되어 있다. 매들린 또한 그런 이유로 어쩔 수 없이 리안의 침실을 청소해야 할 때가 있었다.

그럴 때마다 그녀는 무슨 수를 써서라도 담당 구역을 바꾸고는 했다. 리안의 눈에 들기 위해 침실 청소를 원하는 하녀들은 많았기에 그것에는 별 어려움이 없었다.

하지만 그런 것도 어디 한두 번이지, 매들린이 매번 그런 요구를 해오자 요즘 들어 그녀를 향한 이상한 눈초리들이 보이기 시작했다.

그래서 매들린은 리안이 영지 순방을 나가고 없는 틈을 타 그의 침실을 청소하기로 마음먹었다. 여전히 그때의 기억이 떠올라 몸서리치게 싫은 곳이지만 한낱 하녀일 뿐인 그녀에게 다른 방법은 없었다.

그런데 문을 열자 순방 중이라는 영주가 떡 하니 나타났으니 그녀가 얼마나 놀랐겠는가. 소리를 지르지 않은 게 천만다행이었다.

갑작스런 사태에 잠시 어안이 벙벙했지만 리안은 서둘러 매들린을 잡고 문을 닫았다. 다행히 밖에는 아무도 없었다.

"여, 영주님!"

리안의 돌연한 행동에 매들린은 몸을 떨었다. 잊고 있던 그때의 감촉이 떠오르며 리안에게 붙잡힌 팔뚝이 끊어질 듯 아팠다.

"제, 제발……."

애처로운 음성을 발하는 매들린의 눈에서는 금세 닭똥 같은 눈물이 흘러내렸다. 또다시 그런 경험을 했다가는 더 이상 세상을 살아나갈 자신이 없었다.

매들린의 반응이 일순 의아했지만 리안은 곧 그녀가 무슨 생각을 하는지 알아챘다. 그 즉시 매들린의 몸에서 손을 떼고 리안이 뒤로 물어났다.

"매들린, 아무 짓도 않을 테니 안심해."

리안은 매들린을 안정시키기 위해 서둘러 말을 이었다.

"갑자기 내가 문을 닫아서 놀란 모양인데, 지금 누구보다도 놀란 사람은 나야. 여기 이 사람 보이지?"

그제야 매들린은 침실에 영주와 자신 말고도 다른 사람이 있다는 것을 발견했다. 눈물이 멈춘 그녀의 눈에 이번에는 기이함이 어렸다.

대관절 누구이기에 감히 영주의 침대를 차지하고 있는 것인지 궁금했다.

더구나 상태를 보니 꼴이 말이 아니었다. 전쟁터에서 막 구출한 포로도 이보다는 상태가 양호할 것이다. 상대의 처참한 몰골에 매들린은 얼굴을 찡그리며 고개를 돌렸다.

그러고 보니 영주의 상태도 썩 좋아보이지는 않다. 잠을 제대로 자지 못한 듯 눈은 퀭했으며 피부도 매우 꺼칠해 보였다.

언제나 깨끗하고 반듯하던 옷차림 또한 먼지를 가득 뒤집어쓴 채였다.

"보다시피 상태가 많이 안 좋아. 치료를 할 수 있게 매들린이 좀 도와줘야겠어."

"……제가요?"

여전히 겁에 질려 있는 듯했지만 되묻는 그녀의 음색은 많이 안정되어 있었다. 다 죽어가는 환자가 함께 있으니 영주가 어찌지 못할 거란 생각이 들면서 그녀를 내심 안도하게 한 것이다.

리안은 고개를 끄덕이며 말했다.

"응. 우선 따뜻한 물이랑 수건이 많이 필요할 것 같아. 그것 좀 몰래 가져다 줄 수 있을까?"

물론 가져다 줄 수 있었다. 영주의 말이 아니면 그녀가 누구의 명을 듣겠는가.

하지만 몰래 가져오라니? 그걸 왜 몰래 가져와야 하지?

매들린은 그 말의 뜻을 잘 이해하지 못했다. 그런 그녀의 생각이 표정에 드러나자 리안이 덧붙였다.

"내 방에 다른 사람이 있다는 걸 알리고 싶지 않아서 그래. 오늘 일은 우리 둘만의 비밀이었음 좋겠는데…… 부탁해도 될까?"

"……!"

왜 비밀이어야 하는지는 알 수 없으나 매들린은 리안의

부탁이란 말에 정신이 다 혼미했다.

부탁이라니?

영주인 그에게 그런 말은 전혀 어울리지 않았다. 어찌 귀족인 그가 하녀인 자신에게 부탁을 할 수 있느냐 말이다.

언제나 그는 명령만 내리면 되는 존재였다. 쭉 그렇게 해왔고 아무도 그것에 대해 저항하지 않았다. 당연한 것이었으니까.

하녀인 매들린은 영주인 그가 그렇게 하라면 그렇게 할 수밖에 없었다.

매들린이 밖으로 나가려는데 리안의 말이 이어졌다.

"그리고 앞으로 여기 청소는 매들린이 쭉 맡아주는 것이 좋겠어. 그래야 비밀이 지켜질 테니까. 그래줄 수 있지?"

귀신에 홀린다는 표현을 이럴 때 쓰던가?

부드러운 미소와 함께 나긋한 어조로 물어보는 리안의 부탁에 매들린은 그저 멍하니 고개를 끄덕였다.

"참, 환자가 먹을 만한 음식들도 준비해서 가져와줘. 명심해, 매들린. 반드시 아무도 모르게 가져와야 해."

문을 열고 밖으로 나가는 매들린에게 리안은 마지막으로 신신당부했다.

아무도 모르게 하려던 처음의 계획에 약간의 차질이 생기긴 했지만 리안은 크게 걱정하지 않았다. 과거 매들린과 그리 친하진 않았어도 그녀의 성격을 어느 정도는 알기 때문이었다.

입이 무겁고 행동하는 것이 꽤 신중했던 그녀는 나이보다 어른스러운 느낌을 풍기곤 했다.

 어찌 보면 오히려 잘된 일일 수도 있었다. 영주인 자신이 라키아를 하루 종일 간호할 수는 없었다.

 추격대가 성에 도착하면 당분간 리안은 그들과 함께 지내면서 반역자를 찾는 척 연기라도 해야 했다. 그들이 황궁으로 돌아갈 때까지 최대한 노력하는 모습을 보여야 나중에 뒤탈이 없을 것이다.

 오스왈트나 스캇에게 부탁을 할 생각이었지만 아무래도 둘보다는 여자인 매들린이 나았다. 더구나 간호를 하기 위해선 이래저래 필요한 것이 있을 텐데, 그런 것을 구하기엔 하녀인 매들린이 가장 적합했다.

 전의 일도 그렇고 이것을 빌미로 삼아 이번 기회에 매들린에게 무언가 보상을 해주는 것도 좋을 것이다.

 '라키아, 이제 당신만 깨어나면 됩니다.'

 아직 위험이 완전히 지나간 것은 아니지만 침대 위 라키아를 내려다보며 리안은 그제야 안도의 표정을 지었다.

"뭐라고? 영주님이 오셨다고?"

리안이 자신을 찾는다는 하인의 말에 알만은 깜짝 놀라 되물었다. 그도 그럴 것이 알만은 이제 막 성에 도착했다. 순방 중이던 영지에서 리안의 명으로 먼저 출발을 했던 그가 이제야 도착을 한 것이다.

그런데 영주가 찾는다니?

그보다 늦게 출발했을 영주가 어찌 자신을 찾는다는 것인지 알만은 상식적으로 이해가 가지 않았다.

더구나 그 많은 추격대가 함께 왔다면 성이 이토록 조용할 수는 없지 않은가?

"지금 집무실에서 기다리고 계십니다. 어서 가보십시오."

"……알았다."

여전히 머릿속으로는 이해가 가지 않았지만 알만은 일단 고개를 끄덕였다.

가보면 알게 될 일. 옷조차 갈아입지 않은 채 알만은 그대로 리안의 집무실로 향했다.

"영주님, 접니다."

"응, 들어와."

집무실 안에서는 정말로 영주의 음성이 들렸다. 문을 열고 들어가자 리안이 그를 맞았다.

"영주님, 어찌된 일입니까? 분명 제가 먼저 출발을 했던 것으로 기억하는데, 성에는 언제 돌아오신 겁니까? 그리고 추격대는요?"

알만은 들어오자마자 질문부터 쏟아냈다. 리안은 그의 심정을 이해하기에 차근히 설명했다.

"일이 생겨서 나만 먼저 오늘 아침에 도착했어. 추격대는 아마 내일이나 모레쯤 도착할 거야."

"일이라니요?"

그러고 보니 며칠 사이에 보는 주인의 얼굴이 많이 상해 있었다. 수척하다고 해야 할까?

하긴, 생각해 보면 그럴 만도 했다.

준비해야 할 것이 많아 서두른다고 잠도 쪼개가며 달린 끝에 알만은 이틀 만에 성으로 돌아왔다. 그런 그보다 늦게 출발하고도 더 일찍 도착했으니 상태가 오죽하겠는가.

무슨 일인지는 몰라도 리안을 향한 알만의 눈동자에 걱정이 떠올랐다.

"지금은 그렇고, 나중에 말해줄게. 그보다 부탁이 있어서 불렀어."

"부탁이요?"

"응, 알만은 오랫동안 집사로 일했으니 믿을 수 있는 사람이 많이 있겠지? 그런 사람들을 통해서 비밀리에 구하고 싶은 게 있어서."

"구하고 싶으신 거라면, 어떤……."

"나이는 이십 대쯤으로, 키는 한 백 팔십은 넘어야 할 것 같고, 머리색은 회색에 눈동자는 남청색이었으면 좋겠어. 찾기 힘들면 눈동자까지는 꼭 남청색이 아니어도 돼."

"……지금 사람을 말씀하시는 겁니까?"

구한다는 말에 물건일 줄 알았던 알만은 미간을 좁히며 물었다. 리안은 그 심정 이해한다는 듯 어색한 웃음을 지으며 대답했다.

"응, 사람은 사람이지. 근데 죽은 사람."

"네?"

아무래도 나이를 생각하지 못하고 오는 동안 무리를 했는가 보다. 알만은 자신의 귀가 잘못되어 헛소리가 들린다고 생각했다.

자신의 영주가 미치지 않고서야 시체를 구해달라고 말하겠는가. 하지만 알만의 귀로는 여전히 헛소리가 들려오고 있었다.

"죽은 사람, 그러니까 송장 말이야. 그렇게 놀란 표정 짓지 마. 그렇다고 산 사람을 죽여서 데려오라는 건 아니니까. 내 말은 이제 갓 죽은 사람 중에서 내가 말한 조건에 맞는 사람을 찾아달라는 거야. 물론 그 가족들은 모르게."

"영주님, 지금 대체……."

"알아. 내 부탁이 무리라는 거. 남은 가족들에게 못할 짓이지. 하지만 누군가를 살리기 위해선 그 방법밖에는 없어. 가족들에게는 따로 보답을 할까 해."

리안의 부연 설명은 알만이 잘못 들은 것이 아니라는 사실을 깨닫게 하기에 충분했다.

"가능하겠어, 알만?"

리안은 애써 태연한 척했지만 자신의 부탁이 무리라는 것을 본인 스스로가 더 잘 알았다. 어떤 정신 나간 놈이 일일이 생김새까지 따져가며 송장을 찾겠는가.

자신을 향한 알만의 황당해하는 시선을 리안은 십분 이해했다.

그렇게 얼마나 지났을까.

"……이유를 물어도 되겠습니까?"

한참을 복잡 미묘한 시선으로 리안을 바라보던 알만이 진중한 음색으로 물었다. 그 말투가 왠지 모든 걸 사실대로 밝히라는 것만 같아서 리안은 일부러 가볍게 맞받아쳤다.

"좀 전에 말했는데, 못 들었어?"

"누군가를 살리기 위해서라고 하셨습니까?"

"응, 맞아. 기억하고 있네."

"그럼 다시 묻겠습니다. 누구를 살리기 위해서입니까?"

"……중요한 사람. 지금은 이렇게밖에 말 못하겠어."

라키아에 대해 지금 말해버리면 리안이 그를 구하려는 이유에 대해 타당한 설명을 할 수가 없었다.

지금은 반역죄로 쫓기고 있지만 5년 후에는 누명을 벗고 신분이 회복될 것이라고 말할 수는 없지 않은가?

또 말한다고 쳐도 그걸 어떻게 아냐고 물어오면 리안이 할 말은 없었다. 15년 후의 세상에서 왔다고 대답을 할 수는 없으니까.

그렇게 리안이 얼버무릴 때 알만이 무언가를 결심한 듯 입을 열었다.

"영주님, 외람된 말씀이지만 제게 무언가를 숨기고 계시면 그러지 마시고 다 말씀해 주십시오. 집사인 제가 알고 있어야만 영주님을 제대로 모실 수가 있습니다."

"……난 숨기는 거 없어."

"모든 걸 솔직하게 말씀해 주셔야 합니다. 그래야 제가 영주님을 도울 수 있습니다."

"때가 되면 알 수 있을 거야. 지금은 그냥 나를 믿어주면 안 되겠어?"

"누군가를 살리기 위해서 시체가 필요하다는 말씀을 저보고 어찌 믿으라고 하시는 겁니까?"

"믿건 안 믿건 알만의 자유야. 하지만 난 거짓말은 하지 않아."

알만의 목소리가 높아지자 덩달아 리안의 음성 또한 커졌다. 알만은 마지막으로 자신의 심정을 털어놓았다.

"한 말씀만 더 드리겠습니다. 솔직히 전대 영주님이 돌아가시고 영주님이 영주직에 오르셨을 때 걱정을 했던 게 사실입니다. 하지만 나이를 먹고 철이 드시면서 변해가는 영주님의 모습을 보고 많이 기뻐했습니다. 제가 주제도 모르고 괜한 걱정을 했다고 여겼지요. 하지만 시체라니요. 이건 아니지 않습니까?"

"……"

"얼마 전, 마차 사고로 죽을 뻔한 저를 살려주셨을 때 홀로 맹세를 했습니다. 이제부터라도 진심으로 영주님을 모시겠다고요. 그런 저를 봐서라도 제……."

"믿는 김에 끝까지 믿어주면 안 돼?"

"영주님……."

"나도 알만을 믿으니까 이런 부탁을 하는 거야. 약속할 수 있어. 절대 허튼 일 때문에 이러는 거 아니야. 아마 시간이 지나면 알만도 날 이해할 수 있을 거야."

리안은 진심 어린 목소리로 알만을 향해 분명하게 말했다.

'믿는다라……'

알만의 눈동자가 흔들렸다. 리안의 음성에 서린 진심을 그도 느낄 수는 있었다.

하지만 걸리는 것이 너무 많았다.

하필이면 시체라니. 어찌 그런 것을 구해오라 명하실 수가 있단 말인가.

알만은 망설이는 얼굴로 리안을 바라봤다.

리안은 그런 알만을 당당한 눈빛으로 마주했다. 한 치의 죄의식도 느껴지지 않는 눈빛이었다.

알만의 마음이 기울기 시작했다.

말도 안 되는 부탁 때문에 자신이 너무 성급했던 것은 아닐까? 주인의 말처럼 믿는 김에 끝까지 믿어주는 게 옳을 수도 있었다.

그간 리안이 행한 여러 일들이 알만의 머릿속을 스치듯 지나갔다.

몸소 마차에 뛰어들어 자신을 구해준 것하며, 부패한 관리인 플린을 처결하고 영주의 위상을 높이 세움은 물론, 하인들의 생활환경 개선에 힘쓰는 등 아랫사람을 대하는 데 있어서 이전에는 없었던 따뜻함이 자주 보이곤 했다.

알만의 두 눈은 여전히 리안을 향해 있었다. 믿음직스러운 한편 온화한 기운이 리안에게서 느껴졌다.

한참을 그렇게 리안을 쳐다보던 알만은 잠시 후 리안을 대하던 예의 정중한 자세로 돌아갔다. 그리고 물었다.

"나이는 스물, 키는 백 팔십, 머리는 회색…… 그리고 또 뭐라고 하셨죠?"

리안의 청을 결국 받아들인 것이다. 리안은 더 이상 묻지 않고 자신의 편을 들어준 알만에게 진심으로 고마움을 느꼈다. 그의 입가에 빙긋 미소가 지어졌다.

"고마워, 알만. 어렵겠지만 다시 한 번 부탁할게. 눈동자색은 남청색이야. 하지만 이건 굳이 상관없을 것 같아. 시체가 썩으면 어차피 보이지 않을 테니까."

"알겠습니다. 준비가 되는 대로 보고 드리겠습니다."

"응, 비밀인 거 잊지 말고."

"안심하십시오. 입이 가벼운 자를 주변에 두지는 않으니까요."

매사 신중한 성격의 알만이니 허튼소리는 아닐 것이다. 리안은 마지막으로 한마디 더했다.

"아, 그리고 내 침실 말인데. 앞으로 매들린 외에는 출입을 금한다고 하인들에게 지시해 둬."

"매들린만요?"

"응, 편안하게 쉬는 공간인데 매들린 그 아이가 가장 청소를 맘에 들게 하는 것 같아서 말이야."

"아, 그 때문이라면 제가 똑바로 교육을 다시……."

"아니, 지금도 바쁜데 괜히 다른 것에 신경 쓸 것 없어. 예전과 같은 실수도 다신 하지 않을 테니까 걱정하지 말고."

매들린의 이름이 나오자마자 알만의 표정에 떠오른 것은 걱정이었다. 그 걱정이 자신 때문임을 리안이 모를 리 없었다.

"말이 나온 김에 하는 말인데, 전에 내가 실수했던 하녀들에게 뭔가 보상을 해주고 싶은데…… 괜찮을까?"

실수라는 표현이 스스로도 마음에 들지 않았지만, 공교롭게도 그것은 지금 리안이 할 수 있는 최대한의 표현이었다.

그때의 리안이 지금의 리안은 아니지만 어쨌든 지금 리안은 주인의 몸을 가졌다. 할 수 있는 한 그녀들에게 이렇게나마 사죄를 하고 싶었다.

알만은 또다시 자신의 귀를 의심했다. 주인이 변했다고는 하지만 지난날 그 일을 이렇게까지 생각하고 있는 줄은 전혀 몰랐다.

그저 정신을 차린 것만으로도 감사했거늘, 어린 주인은 정녕 다른 사람이 된 듯하다.

"괜찮고말고요. 지난 일로 불만을 갖고 있지만, 그에 따른 보상을 한다면 다들 분명 기뻐할 겁니다. 주제넘은 말이지만, 제 생각엔 그에 대한 보상으로 그들이 각자 원하는 것들을 해주는 게 어떨까 생각합니다."

"내 생각도 그래. 최대한 그들이 원하는 것을 들어주고 싶어. 황궁 기사단 일도 그렇고 내가 시킨 것도 그렇고 당분간 바쁘겠지만, 시간이 나는 대로 알만이 좀 알아다 줘."

"네, 영주님. 정말 감사합니다!"

알만은 칼리스타 백작 가문의 집사다.

집사가 하는 일이란 크게는 영주를 보필하는 것이지만 작게는 가문 내의 여러 가지 일을 담당한다. 그중 하나가 하인들을 지휘하는 일이었다.

집사도 각자 성격마다 다르겠지만, 알만은 자상한 성격답게 마치 아버지처럼 하인들을 대했다.

물론 일처리만큼은 확실한 것을 좋아했기에 실수가 있을 시에는 엄한 꾸중이 따라왔지만, 그런 뒤에도 하인들을 잘 다독여 마음이 상하지 않게 노력했다.

그런 알만이기에 가장 골머리를 앓고 있던 문제가 영주에게 겁탈을 당한 하녀들에 대한 처우 문제였다. 다른 문제라면 손수 나서서 애써 해결이라도 해보겠지만, 상대는 영주였다.

주인인 영주가 개입된 만큼 알만이 해줄 수 있는 건 아무것도 없었던 것이다.

하지만 이제는 아니었다. 영주가 직접 명하지 않았는가. 보상을 하고 싶다고.

알만은 마치 자신의 일처럼 기뻐했다. 그간의 일로 힘들어했던 하녀들이 이 소식을 들으면 좋아할 거란 생각을 하자 그답지 않게 마음이 들뜨기까지 했다.

그리고 다시 한 번 주인에 대한 믿음을 굳건히 했다. 이런 생각까지 하시는 분이 아무런 생각 없이 송장을 찾지는 않을 것이다.

"그럼 이만 나가보겠습니다."

황궁 기사단을 맞는 일 때문에 해야 할 일이 산더미지만 알만은 그에 앞서 하녀들을 만날 생각이었다. 문을 나서는 그의 걸음이 어느 때보다 한결 가벼웠다.

　　　　＊　　　　＊　　　　＊

이틀 뒤 황궁 기사단을 위시한 추격대가 성에 도착했다. 근 이백에 달하는 대규모 인원임에도 불구하고 알만의 철저한 준비 때문인지 기사들은 물론 병사들에게서도 불만의 소리는 나오지 않았다.

잠깐 만난 것만으로도 알만은 황궁 기사단의 성격을 잘 파악한 듯했다. 어딜 가든 특별한 존재이기를 바라는 그들을 위해 알만은 성에서 가장 전망이 좋은 방을 내어줬다.

척 보기에도 고급스러운 느낌을 물씬 풍기는 방들을 로스 백작과 기사단은 무척 좋아하는 눈치였다. 사람까지 고용해 실내 장식에 각별히 신경을 쓴 보람이 있었다.

알만이 준비한 것은 그것만이 아니었다. 오랜 추격으로 심신이 피로했을 그들을 위해 알만은 전문 마사지사 열 명을 성으로 불러들였다. 덕분에 황궁 기사단은 그들이 원하면 언제 어디서든 훌륭한 마사지를 받을 수 있었다.

 생각지도 않게 이래저래 많은 돈이 들기는 했지만 불평 없는 기사단을 보며 리안은 알만의 능력을 다시 한 번 높이 샀다.

 기사단에는 미치지 못했지만 일반 병사들에게도 알만은 나름 신경을 많이 썼다.

 신선한 식재료를 매일같이 그들에게 제공했고, 필요하다는 것은 거절하지 않고 힘써 구해다줬다.

 워낙 많은 사람들이 한곳에 몰려 있는 탓에 가장 큰 문제가 씻는 것이었다. 계절 또한 폭염이 내리쬐는 뜨거운 여름. 알만은 더위에 지쳤을 병사들을 위해 성의 뒤편에 난 작은 저수지를 개방했다.

 영주의 직영지 농사를 위해 평소에는 오염이 되지 않도록 막아놓는 곳이지만, 성에서 가장 가까운 물가라고는 그곳뿐이었기에 알만은 잠시 출입금지 푯말을 내려놨다.

 추격대가 도착하고 이틀 후, 리안의 영지 곳곳에는 포고문이 붙었다. 포고문에는 라키아의 얼굴과 그의 죄목이 간단하게 적혀 있었다.

 리안의 영지에서 도망자를 잡기 위한 포고문이 붙는 것이 흔한 일은 아니었지만, 그렇다고 아주 처음 있는 일도 아니었다. 곧 구경꾼들이 몰려들었고, 그런 그들의 얼굴에는 놀라움이 번졌다. 이유는 보상금의 규모와 또 다른 혜택 때문이었다.

라키아 디 로드리게즈.
현상금 100골드.
위 상금은 신분의 관계없이, 설사 노비라 할지라도 하사할 것은 물론, 원하는 것 한 가지를 무조건 들어주겠다.

100골드라니. 믿을 수 없는 수치였다.

보통 평민들이 한 달을 살아가는 데 필요한 돈이 10실버 정도다.

1골드는 20실버. 그러니까 계산을 해보면, 100골드란 10년이 넘는 세월을 돈 걱정 하나 없이 살아갈 수 있는 거금인 것이다.

뿐이랴. 황도에서 웬만한 집 한 채는 거뜬히 살 수도 있고, 목 좋은 곳에다가 점포를 서너 개쯤은 차릴 수 있는 큰돈이었다.

그것만이라면 더 이상 밀도 않는다. 원하는 것 한 가지를 무조건 들어주겠다는 황제의 약조까지 있다. 허튼 소리가 아니라는 듯 당금의 황제인 카터 3세의 직인이 또렷이 찍혀 있었다.

리안의 영지 전체가 들썩거렸다. 자신에게 찾아올 혹시 모를 행운을 위해 다들 눈에 불을 켜고 라키아를 찾기 시작했다.

생업을 포기하고 라키아를 쫓는 사람, 아이를 등에 업은 아녀자들, 심지어 주인 몰래 탈출하여 일을 도모하는 노예들까지 생겨났다.

전 영지에 포고문이 전달되었을 쯤, 추격대도 본격적으로 수사에 나섰다.

사람이 지나다닐 만한 곳이란 곳에는 모조리 밤낮 가리지 않고 보초가 세워졌다. 숨어들거나 숨겨주었을 가능성을 고려해 개개인의 집을 일일이 방문해 조사를 하기도 했다.

그토록 찾아다니는 존재가 영주의 성, 그것도 영주의 침실에 있다고는 꿈에도 생각지 못한 채 그렇게 추격이 다시금 시작되었다.

갑작스럽게 추격대가 밀어닥치자 오웬과 레지나는 깜짝 놀랐다. 거친 병사들이 한둘도 아니고 떼로 나타났으니 무리도 아니었다.

오웬이야 원래가 침실에만 있으니 병사들과 마주칠 일이 없지만, 리안은 레지나가 걱정이었다. 아직 어린 티가 나긴 해도 레지나도 여자였다.

게다가 그녀의 나이 올해로 열넷. 본래 조숙하기도 하거니와 열넷이면 때때로 여인의 향기를 풍길 나이다.

해서 리안은 레지나에게 될 수 있으면 밖에 나오지 말 것을 부탁했고, 그녀는 순순히 그 뜻에 따랐다.

하지만 언제까지고 방 안에만 틀어박혀 있을 수는 없었다.

추격대가 돌아갈 때까지 레지나가 홀로 다닐 수 없도록 알만에게 특별히 지시를 내리고서야 리안은 안심을 좀 할 수 있었다.

'그나저나 라키아는 이제 깨어났을까?'

라키아를 데려온 지도 벌써 닷새가 지났건만 그는 여전히 깨어나지 않았다. 숨은 고르게 돌아왔음에도 어쩐 일인지 의식이 불명했다.

리안이 읽었던 일대기가 사실이라면 라키아는 아직 죽을 때가 아니었다. 부상이 심하기는 했으나 그의 시체가 발견된 곳은 가깝기는 해도 엄밀히 말해 다른 영지였다.

'혹 내가 무리하게 이곳으로 데려온 탓에 잘못된 것은 아닐까?'

애써 부정하며 고개를 저었지만 언젠가부터 내내 그 사실이 리안을 괴롭혔다.

어머니와 동생을 안심시키고 자신의 처소로 돌아가는 리안의 발걸음이 무거웠다. 해야 할 일이 산더미처럼 쌓였지만 리안은 하루에 꼭 한두 번은 라키아의 상태를 살피기 위해 침실을 찾았다.

복도에 아무도 없는 것을 확인하고 리안은 자신의 침실을 노크했다. 그러자 잠시 후 인기척이 들리며 안에서 문이 열렸다.

"오셨어요?"

"응, 그는 아직인가?"

"네, 영주님."

매들린의 인사를 받는 둥 마는 둥하며 리안은 곧장 침대로 걸어갔다. 매들린은 언제나처럼 서둘러 문을 닫고 잠금 장치를 걸었다.

리안의 침대 양쪽으로는 의자가 한 개씩 놓여 있었다. 리안은 그중 왼편으로 가 앉았다.

"오늘은 혈색이 많이 좋아진 것 같네."

처음 발견했을 때만 해도 창백하다 못해 파랬던 피부가 이제는 제법 분홍빛을 띠고 있었다. 앙상하던 두 뺨도 그동안 조금씩 억지로 먹인 탓인지 제법 살이 오르고 있었다.

깨끗하게 씻겨놓고 본 라키아는 책에서 보았던 대로 꽤 잘생긴 용모의 소유자였다. 가는 얼굴의 리안과는 달리 뚜렷한 이목구비가 전체적으로 강한 인상을 풍겼다.

아직 눈을 뜬 모습을 보지 못해 이렇다 할 정의를 내리지는 못하지만 분명 리안과는 그 느낌이 많이 달랐다.

"저건 뭐지?"

한참을 말없이 라키아를 지켜보는데 그제야 침대 머리맡에 놓인 누런 바구니가 눈에 들어왔다. 그러자 뒤에 시립하고 있던 매들린이 바구니를 가져와 리안에게 내밀었다.

고개를 푹 수그리고 바구니를 내미는 폼이 마치 뭔가를 잘못한 사람 같아 보여 리안은 고개를 갸웃하며 안을 살폈다.

바구니 속에는 햇볕에 말린 여러 풀들이 종류별로 보기 좋게 담겨 있었다.

"……약초?"

처음에는 웬 풀인가 싶었지만 이내 리안의 머릿속에 떠오르는 한 단어가 있었다. 지금의 상황에서 리안이 생각할 수 있는 가장 적합한 것이었다.

맞느냐는 듯 리안이 매들린을 바라보자 그녀의 고개가 천천히 위아래로 움직였다.

"네, 영주님……."

"가만, 근데 이게 무슨 냄새지?"

약초에 대해 리안이 물으려는 그때, 갑자기 의식하지 못했던 냄새가 코를 찔렀다. 딴 생각에 몰두한 나머지 깨닫는 것이 늦었지만, 맡고 보니 냄새가 심히 고약했다. 손에 들고 있는 바구니에서 나는 냄새는 분명 아니었다.

"그게 상처에 바른 약초 때문에……."

"뭐?"

매들린의 말이 끝나기가 무섭게 리안이 서둘러 라키이의 몸을 덮고 있는 이불을 걷어냈다.

"윽."

좀 전보다 더욱 독한 냄새에 리안은 저도 몰래 얼굴을 찡그렸다. 매들린의 말마따나 냄새의 원흉인 듯한 무언가가 라키아의 옆구리에 듬뿍 발라져 있었다.

"약초에 대해 잘 알아?"

매들린의 성격상 무턱대고 이런 짓을 저질렀을 거라고는 생각하지 않았다. 그러나 상대는 라키아다. 리안은 불안한 것이 사실이었다.

하지만 매들린의 다음 대답에 리안은 반색했다.

"아버지께서 약초꾼이세요."

"앗, 그래?"

"네, 어릴 때부터 이곳에 하녀로 들어오기 전까지 종종 아버지를 따라 산에 가서 약초를 캐곤 했어요. 이건 통증을 멎게 하는 것이고, 이건 소독 효과, 이건 피를 멈추게 하죠. 오늘 이분께 사용한 것은 새 살을 돋게 하는 약초예요. 상처에 맞닿으면 고약한 냄새가 나는 것이 흠이죠."

각각의 약초가 지닌 효능에 대해 유창하게 설명하는 매들린의 모습은 마치 딴사람 같았다. 하지만 설명을 다 마치고 나서는 언제 그랬냐는 듯 금세 자신 없는 본연의 모습으로 되돌아갔다.

아니나 다를까. 리안이 아무런 말이 없자 매들린이 무릎을 꿇으며 잘못을 빌었다.

"죄, 죄송합니다, 영주님. 제가 주제도 모르고. 치료사를 부를 수 없다는 영주님의 말씀 때문에 보다 못해 제가 제 맘대로……. 정말 죄송합니다."

"어엇, 아니야, 매들린. 괜찮으니까 어서 일어나."

놀라서 잠시 말이 없던 것을 매들린이 오해한 것 같아 리안은 서둘러 말을 이었다.

"나 화난 거 아니니까 어서 일어나. 조금 놀라긴 했지만, 매들린의 말이 사실이라면 환자에게도 좋은 거잖아. 그러니 괜찮아."

"영주님……."

"그보다 약초를 가져오다 들키진 않은 거야?"

"그럼요. 아무하고도 마주치지 않은 걸요."

환자의 존재에 대해 이상할 정도로 비밀을 요하는 영주였다. 그녀가 맹렬히 고개를 끄덕이며 아무도 못 봤음을 강조했다.

"그보다 약초를 캘 시간도 없었을 텐데, 매들린이 수고가 많네."

약초꾼 아버지를 둔 매들린의 실력을 리안은 일단 믿기로 했다. 들킬까 염려스러워 치료사를 부르지도 못하는 이때 그녀라도 있는 게 어디냔 생각이 들었다.

더구나 그녀는 라키아를 마치 자신의 가족을 대하듯 성심성의껏 돌보고 있었다. 라키아가 깨어난다면 그건 모두 매들린의 공이었다.

만약 추격대가 찾는 자가 눈앞의 사내라는 것을 알게 된다면 그녀는 어떤 반응을 보일까. 모르긴 몰라도 아마 지금처럼 대하지는 못할 것이다.

이곳 일이 바빠 바깥 사정에 어두운 것이 그녀에겐

다행이라고 할 수 있었다.

수고가 많다는 리안의 말에 매들린은 그제야 안도했다. 며칠째 의식이 없는 환자가 걱정이 되어 도움이 될까 싶어 가져온 약초였다. 하지만 영주의 얼굴을 마주한 순간 허락을 받지 않고 멋대로 일을 저질렀다는 것을 깨달았다.

불호령이 떨어질까 겁이 났었는데, 화를 내기는커녕 영주에게 칭찬까지 들었다.

뿌듯했다. 그토록 미워하던 영주에게서 고작 수고가 많다는 말을 들었을 뿐인데, 묘하게도 가슴이 떨렸다. 저절로 입가에 미소가 지어졌다.

그것을 들키고 싶지 않아 매들린은 시선을 다른 곳으로 돌리며 말했다.

"약초들은 모두 제가 미리 캐어다 말려놓은 것들이에요. 몇 개는 집에 내려갔다가 아버지께서 주신 것이고요."

"아버지가?"

"네, 만약을 대비해서 주신 것들인데 그동안은 쓸 일이 없었거든요."

"흠, 그럼 나중에 집에 내려갈 때 알만에게 들렀다가 가도록 해. 영주가 돼서 약초 값을 떼먹을 순 없지."

"어머! 아니에요, 영주님. 어차피 시간이 지나면 못 쓸 것들이었어요. 그러지 않으셔도 돼요."

사례를 한다는 리안의 말에 매들린은 급히 고개를 저으며 거절했다. 자신이 대가를 바랐다고 리안이 생각하는 것 같아 마음이 좋지 않았다.

"괜찮아, 받아도 돼. 이런 귀한 것을 공짜로 받을 수는 없어."

"저는 뭔가를 바라고 그런 것이 아니에요."

"그런 것쯤이야 나도 알아. 매들린의 마음 씀씀이가 고마워서 그러는 거니 받도록 해."

"하지만……."

"괜찮대도. 매들린이 싫다고 해도 난 줄 거니까 그런 줄 알아."

빤한 게 하인 월급이었다. 일반 평민들의 수입보다야 많기는 하지만 리안이 보기엔 거기서 거기였다.

말은 안 해도 이 정도 약재면 한 달 치 식량은 살 수 있을 것이다. 그런 것을 알고도 어찌 그냥 받을 수 있겠는가. 매들린은 모르겠지만 외려 리안은 시세보다 더 쳐줄 생각이었다.

생각지도 않은 리안의 배려에 매들린은 라키아의 간호에 더욱 정성을 기울였다. 약초 값을 주겠다고 하니 그녀 또한 책임감이 생긴 것이다.

보다 심혈을 기울여 약초를 만들었고, 그럴 때마다 아버지에게 배웠던 지식들을 반복해서 머릿속에 떠올렸다.

하지만 하루가 지나고, 이틀이 지나고, 일주일이 지나도록 라키아는 여전히 깨어나지 않았다.

옆구리의 자상은 워낙 그 정도가 심해 회복이 되려면 아직 멀었지만, 얼굴만 보면 더 이상 환자란 생각이 들지 않을 정도로 상태는 많이 호전되었다. 몸 전체에 나 있던 자잘한 상처들도 이제는 거의 찾아보기 힘들었다.

그러나 어찌된 일인지 의식만은 돌아오지 않았다.

리안은 며칠 전 처음으로 라키아를 성으로 데려온 것을 후회했다. 이 모든 게 부상당한 그를 치유도 하지 않은 채 무리하게 말에 태워 왔기 때문이라고 리안은 생각했다.

그때 다른 방법을 택해야 했다고, 차라리 그가 스스로 도망을 치다가 죽도록 내버려두는 게 나았을 거라고 리안은 자책하고 또 자책했다.

그리고 또 한 사람. 자신의 탓이라고 생각하는 이가 한 명 더 있었다.

"휴우."

매들린은 한숨을 푹 쉬어가며 터벅터벅 걸었다.

'왜 깨어나지 않는 걸까.'

그녀가 할 수 있는 건 모조리 다 했다. 가지고 있던 약초도 이제 얼마 남지 않았다.

매들린은 매일 상상했다. 침실의 사내가 깨어났을 때, 모든 게 그녀의 덕분이라며 자신을 칭찬하며 기뻐하는 영주의 모습을.

하지만 지금은 매일같이 악몽을 꾼다. 이 모든 게 그녀의 잘못이라며 소리치는 영주를 꿈속에서 마주할 때마다 소리를 지르며 잠에서 깨어난다.

'아냐, 영주님이 그러실 리 없어. 예전의 영주님이 아니잖아. 영주님은 변하셨어.'

그렇게 스스로를 위로해 보지만 손가락 하나 까딱하지 않는 침대의 사내를 볼 때면 절로 마음이 다시 무거워졌다.

'오늘은 제발……'

신분도, 나이도, 심지어 이름조차 모르는 그를 위해 기도하며 매들린은 오늘도 영주의 침실을 향해 느린 발걸음을 옮겼다.

계단을 지나 이층에 올라섰다. 매들린은 언제나처럼 주변을 조심스레 훑었다. 그녀가 영주의 침실 청소를 담당하는 것을 모르는 하인은 없었다.

하지만 비밀을 요하라는 영주의 명 때문인지 저절로 주변을 살피는 게 몸에 배었다.

이른 아침인 탓인지 이층에는 아무도 없었다. 안심하고 몸을 움직이려는 찰나, 위층에서 누군가 걸어 내려오는 소리가 들렸다.

삼층은 황궁 기사단의 숙소가 있는 곳이었다. 가끔 지나가다 보면 음흉한 그들의 시선과 마주칠 때가 있었다.

그때의 눈빛이 떠오르자 매들린은 얼굴을 찡그리며 후닥닥 침실을 향해 뛰어갔다. 그리곤 재빨리 주머니에서 열쇠를 꺼내 문으로 가져갔다.

찰칵하는 소리가 기분 좋게 울리며 문이 열릴 때였다.

"흐흐, 예쁜 꼬마 아가씨. 어딜 그렇게 바빠 가시나?"

별안간 등 뒤에서 누군가의 음성이 들렸다. 황급히 돌아보니 조금 전 떠올렸던 징그러운 시선의 주인공이 바로 코앞까지 다가와 있었다.

가슴이 철렁 내려앉았다. 매들린은 본능적으로 입을 벌리고 비명을 내질렀다.

"꺄……!"

하지만 상대의 손이 더 빨랐다. 그가 재빨리 매들린의 입을 틀어막으며 문을 열고 안으로 들어갔다.

'아, 안 돼!'

그 순간 매들린이 걱정한 것은 자신의 안위가 아니었다. 침대에 누워 있을 사내의 존재가 여자로서의 공포를 앞서갔다.

그에 대해서는 누구도 알아서는 안 된다는 영주의 엄명이 있었다. 자신의 부주의로 한순간에 그것이 들통 날 처지에 놓이자 매들린은 눈앞이 깜깜했다.

아아, 이 일을 어찌한단 말인가.

자신이 모든 것을 망쳐놓았다는 생각에 매들린은 눈물이 앞을 가렸다.

"오호, 여기가 애송이 영주의 침실이라 이거지?"

안으로 들어온 사내는 방을 빙 둘러보며 작게 휘파람을 불었다. 그가 흡족한 표정을 짓더니 침대를 향해 매들린을 던졌다.

"아앗!"

갑자기 몸이 내동댕이쳐지자 매들린은 작은 비명을 지르며 눈을 떴다. 그리고 어느 때보다 놀랐다.

'어, 없어! 어떻게 된 거지?'

차마 볼 수가 없어 문이 열리는 순간 눈을 감았다. 그러나 이게 무슨 노릇인지, 사내가 보이지 않았다.

분명 어제까지만 해도 의식 없이 종일 누워 있기만 하던 사내가 사라지고 없었다.

여기가 영주의 침실이 아닌가 하는 착각이 잠시 들기도 했다. 하지만 아무리 둘러봐도 분명 영주의 침실이 맞았다. 희미하지만 약초 냄새도 나고 있었다.

'어, 어떻게······!'

자신이 현재 강간을 당하기 직전이라는 것도 망각한 채 매들린은 경악했다.

"그동안 내가 눈여겨봐왔지. 보면 볼수록 참 끌린단 말이야. 크크, 이리와 보거라."

방금 전까지 물건 던지듯 사람을 던져놓고서는 사내가 달래듯 매들린을 향해 말했다.

그제야 매들린은 지금의 상황을 인식했다. 없어져 버린

사내로 인해 여전히 머릿속이 혼란스러웠지만, 자신이 현재 어떠한 처지에 놓였는지 순간 절실하게 느꼈다.

"이, 이러지 마세요!"

매들린은 달아나기 위해 침대 끝으로 이동하며 애원했다.

"그렇게는 안 되지."

그런 그녀의 속을 다 알겠다는 듯 상대가 눈을 희번덕거리며 접근해왔다.

"사람……!"

혹시나 하는 기대에 다시 소리를 질러보려고 했으나 상대의 행동이 이번에도 빨랐다. 그가 한손으로 매들린의 입을 막으며 그녀의 치마 밑으로 남은 손을 집어넣었다.

그의 손은 곧장 속옷으로 향했다. 사내의 손가락이 속옷을 잡고 아래로 끌어내리려는 순간이었다.

뿌우우우우.

갑자기 어디선가 묵직한 소리가 들렸다. 나팔 소리 같기도 한 무거우면서도 둔한 소리가 조용한 성의 아침을 깨웠다.

"제길, 하필 이런 때에!"

사내가 거친 욕설을 내뱉으며 매들린에게서 떨어졌다. 그가 아쉽다는 듯 입맛을 다시며 매들린을 잠시 내려다보더니 부리나케 밖으로 뛰어나갔다.

갑작스런 사태에 어안이 벙벙했지만 매들린도 곧 옷을 추스르고 급히 침실을 나섰다. 방금 전 무서운 일을 당할 뻔했지만 지금은 일단 영주님께 알려야 했다. 사내가 사라졌다는 사실을.

매들린이 나가고 아무도 없을 거라 짐작했던 그곳에서 잠시 후 한 사내가 걸어 나왔다. 그가 나온 곳은 리안의 침실과 연결된 작은 방이었다.

찌푸려진 얼굴로 그가 매들린이 나간 문 쪽을 노려볼 때였다. 나팔 소리에 이어 우렁찬 누군가의 목소리가 다시금 창밖에서 들렸다.

"모두 주목하라!"

황궁 기사단 제1기사단 단장, 피트 로스 백작의 음성이었다. 익숙하다면 익숙하다 할 수 있는 그 음성에 사내의 미간에 주름이 잡혔다.

하지만 다음 순간 놀란 표정과 함께 사내의 고개가 창밖을 향해 돌아갔다.

"전원 지금 즉시 이동할 준비를 갖춰라! 라키아의 시체가 발견되었다는 급보가 전해졌나!"

"시체……?"

그의 남청색 눈동자에 떠오른 것은 불신이었다.

찰칵.

너무 놀란 탓일까. 사내는 그답지 않게 누군가 들어오는 것도 알지 못한 채 험악한 인상을 썼다.

그가 방 안의 또 다른 존재를 알아차린 것은 자신을 향한 목소리를 들은 후였다.
"깨어나셨군요."
그때까지도 창밖을 향해 있던 사내의 고개가 다시금 거칠게 꺾였다. 그의 시선이 향한 곳에는 옅은 미소를 짓고 있는 리안이 있었다.

『마법군주』 2권에서 계속

DREAMBOOKS

DREAMBOOKS

DREAMBOOKS

DREAMBOOKS